2

얼음석이

역사장편소설

2
얼음석이

강기현

평범하게 열심히 살았던
비범한 사람들의 역사

머리말

사람들은 지레의 원리를 이용하여 편리한 도구를 만들어 사용하는데 지레에 작용하는 힘을 한 지점에 집중시켜 사용하기도 하고 분산시켜 사용하기도 한다.

지레의 힘을 한 점 위에 집중시켜 사용하는 기구에는 사람이 더 높이 뛰는 놀이를 위해 만든 스카이콩콩이 있다.

스카이콩콩은 힘점과 작용점이 지면의 받침점 위에서 수직 방향으로 상하운동을 하며 즐기는 놀이기구다. 이런 경우 언제나 지레의 힘은 한 점 위에서 작용하므로 숫자 '1'에 대응시킬 수 있다.

숫자 '1'은 부분을 의미하기도 하고, 전체를 의미하기도 한다. 어떤 집합을 분수로 나타내는 경우의 '1'은 집합 전체를 의미하는 분모와 같다. 분모는 그 크기가 무한히 클 수도 무한히 작을 수도 있다. 그런데 분모는 아무리 크거나 작아도 자체의 공통적 속성에 의해 그 집합에

포함되는 원소의 범위를 한정한다.

'1'의 세계관을 가진 사람은 자신의 사고영역을 내포로 규정하고 그에 따라 외연을 한정적으로 설정하려는 경향이 있다. 이런 사람들은 사고력이나 능력을 한 곳에 집중하여 큰 업적을 이루지만 반면에 사고범위의 한계로 인해 폐쇄적인 세계관을 가지기도 하고, 자기중심적인 과욕으로 불평등을 야기하기도 한다. 그래서 이들은 개성과 평등의 가치를 아주 중요시한다.

'1'의 세계관을 가진 사람은 원만한 사회생활을 위해 몸과 마음을 닦아 수신修身하고 다른 사람을 배려하는 심성과 다양한 세계관에 대한 개방적인 자세를 가져야 한다.

지레의 세 점을 분산하여 사용하는 기구에 시소가 있다. 시소는 받침점이 가운데에 고정되어 있고, 양쪽의 지렛대 위에 힘점과 작용점이 교차하며 상하 왕복운동을 하는 놀이기구다.

시소를 타는 사람은 항상 상반된 위치에서 힘이 상호 반대방향으로 작용하도록 하고 힘의 세기를 조절해야 한다. 만약 몸무게가 같은 사람이 같은 거리에서 같은 크기의 힘을 같은 방향으로 가하면 시소가 고정되어 놀이가 불가능해진다. 따라서 시소 놀이에서는 위치적 평등보다는 상대적 기회균등의 가치가 더 중요시된다.

시소는 서로 다른 위치에서 다른 방향으로 힘이 작용하므로 숫자 '2'에 대응시킬 수 있다. 이때의 숫자 '2'는 수열을 나타내는 '2'가 아니라 서로 상대적인 의미를 지닌 별개의 개체를 지칭하는 것이다.

상대적 세계관에는 빛이 있으면 그림자가 있고, 하늘이 있으면 땅이 있고, 물이 있으면 불이 있어야 하는 이치와 상통한다. 시작이 있으면 끝이 있어야 하고 또한 시간이나 공간과 같이 시작과 끝이 없는 것도 있어야 한다.

수數에서도 양수가 있으면 음수가 있고, 실수가 있으면 허수가 있고, 유리수가 있으면 무리수가 있어야 한다. 또한, 양수와 음수가 있으면 양수와 음수도 아닌 '0'이 있어야 한다. 이 '0' 또한 크기가 없으면서 크기를 가져야 한다. '0'은 숫자 뒤에 붙는 자릿수의 위치에 따라서 값이 다른 크기를 가진다.

이러한 상대적 세계관은 제가齊家 사상과 그 의미가 상통한다. 가정에는 부모가 있으면 자식이 있고 조부가 있으면 손자가 있으며 남편이 있으면 아내가 있는 것이고 형이 있으면 동생이 있는 것이다.

화목한 가정이 되려면 가족 모두의 인격은 평등해야 하지만 각자의 임무와 역할이 평등해야 하는 것은 아니다. 가족들 간에는 서로 능력이 다르고 능력을 발휘하는 시기도 다르다. 따라서 가정에서는 평등의 가치보다 시차를 둔 기회균등의 가치가 더 중요하며 가족 간에 역지사지의 입장에서 서로를 배려해야 한다. 이렇게 행동할 때 시너지 효과가 나타나서 가화만사성家和萬事成이 이루어지는 것이다.

지게는 사람들이 물건을 등에 지고 운반하기 위해 만든 농기구다. 지게는 두 다리와 지겟작대기로 받쳐 세우고 그 위에 짐을 얹어서 지고 운반하는 도구다.

지게는 힘이 항상 두 다리와 지겟작대기 끝의 세 점 위에 분산되어 작용하므로 숫자 '3'에 대응시킬 수 있다.

지게가 서 있는 삼각대의 한 다리에 힘을 가하면 나머지 두 다리는 받침점과 작용점의 역할을 해 지게 전체에 힘이 작용한다. 그런데 지겟작대기를 지게의 꼭대기에 걸쳤을 때 지게의 두 다리와 지겟작대기의 끝이 정확하게 정삼각형의 꼭짓점에 있을 때 무게 중심이 정삼각형의 중심점 위에 위치하고, 가장 안정된 상태를 유지하게 된다.

그런데 이때 힘이 한 끝점에서 나머지 두 끝점을 이은 선분에 수직 방향으로 작용하면 두 끝점에 미치는 힘의 받침점과 작용점 역할을 구분하기가 어려워진다. 즉 애매모호한 현상이 발생하는 것이다.

숫자 '3'의 세계관은 상대적인 관계에 애매모호한 세계관이 더해진 것이다. 이로써 우주 만물이나 삼라만상의 모든 현상에 대한 세계관의 영역이 확장되고 사고활동 내용이 풍부해진다.

지게를 지는 사람은 먼저 지게의 모든 방향에서 작용하는 힘의 작용을 고려하여 무게 중심을 잡고 일어서야 한다. 그리고 짐을 지고 가려면 먼저 자기가 가야 하는 방향을 결정해야 하고, 언제나 자기가 원하는 방향의 반대쪽 가치는 버리고 가야 한다. 이런 경우에 내가 선택한 쪽의 가치가 버린 쪽의 가치보다 더 유용한지를 스스로 판단해야 한다.

짐을 지고 갈 때는 짐의 무게 중심을 자기가 원하는 방향으로 적당한 기울기를 조절하며 가야 한다. 과유불급의 정신이 필요한 것이다.

지게의 끝점이 정삼각형을 이루고 지레의 세 힘이 고르게 분산되어 무게 중심이 안정된 상태를 삼위일체라 할 수 있을 것이다. 이것을 나라에 비유하면 정치 권력자와 신하와 국민 간에 조화로운 정치가 이상적으로 실현된 상태이다.

이를 위해서는 삼자가 각자 도생하면서 상생하고 서로가 역지사지의 입장에서 타협할 줄 알아야 한다. 삼자가 중용과 상생의 가치를 실현하려고 노력해야 나라가 태평성대를 이룰 수 있다.

※ 참고로 이 소설의 액자 안 이야기는 대부분 역사적 사실을 토대로 엮은 것이며, 액자 밖의 '나'는 이 소설의 화자이자 극의 리얼리티를 위해 어느 정도 장치한 인물임을 감안하고 이 소설을 읽어주기 바란다.

2021년 4월

강기현

차례

얼음석이

一 호사다마好事多魔

몽환은 오래간만에 배드리장에 갔다. 그는 지소동네 사람들과 같이 만세운동을 일으킨 뒤로 장에 갈 때는 일본 순사와 마주칠까 봐 겁이 났다. 그래서 될 수 있으면 일본 순사를 피해 다니며 장을 보았다.

얼마 전에 일본 헌병과 경찰이 지소동네에 와서 박영모, 정기정, 정이천, 이종민을 만세운동 주동자로 체포해간 뒤에도 만세운동에 협조한 사람들을 색출하기 위해 시도 때도 없이 동네 구석구석을 수색하고 다녔다.

일본 경찰이 동네를 수색하러 다닐 때마다 몽환은 머슴들과 같이 보리밭이나 논에 가서 김을 매며 아무 일도 없었다는 듯이 태연한 척 하였다. 그러나 그는 일본 순사들이 부는 호각소리만 들어도 누군가가 고자질하여 자기를 잡으러 오는 것이 아닌가 하여 가슴이 철렁 내려앉았다.

다행히도 중땀의 정 부자와 몽환은 만세운동을 주도했다가 체포된 정기정, 박영모 등이 비밀을 지켜서 위기를 무사히 넘겼다. 그러나 한동안 불안한 마음이 가시지 않아 일이 손에 잡히지 않았다.

보리 이삭이 누렇게 익어갈 무렵 만세운동의 주동자 색출을 위한 일본 수사당국의 발걸음도 뜸해졌다. 지소동네 농민들은 보리 수확과 벼 이종 철이 다가오자 손발이 바빠지기 시작하였다.

배드리장날에 지소동네 사람들은 농번기 준비를 위해 여러 사람들이 어울려 장 보러 갔다. 몽환도 오랜만에 이들 틈에 끼어서 배드리장에 간 것이다.

몽환이 일본 순사들을 피해 다니면서 장을 보고 있을 때였다.

"허, 이 사람, 지수[1] 강 센 아인가? 마림이 데고 나서는 보기 심드네이."

범사 홍팔준이 어떻게 그를 알아보았는지 등 뒤에서 일부러 큰 소리로 불러 세웠다. 깜짝 놀란 몽환이 급히 허리를 굽혀 인사를 올렸다.

"아이구! 영감님, 장에 오싰십니꺼?"

"그래, 오랜만일세. 그런디 자네, 시방 나 좀 봄세."

홍팔준은 예전과 같이 그를 데리고 주막으로 가더니 그의 머슴을 시켜서 밖으로 나가 일본 순사를 찾아 주막으로 오라고 했다. 주막집 마루에 앉아서 조금 기다리니 일본 순사 두 사람이 니뽄도를 옆구리에 차고 들어오는데 그중 한 사람은 조선인 출신 박도준이었다.

홍팔준이 그들을 반기며 자리에서 일어나 일본 순사 앞으로 다가가

---

1) 지소

서는 허리를 직각이 되도록 굽혀서 인사했다.

"아이구! 아카라 형사님 나으리, 땡볕에 순찰 허시니라 얼매나 수고 많십니꺼? 그라고 박 순경님도 안녕허십니꺼? 얼른 여거 그늘 자리에 앉으시지요."

홍팔준이 자리를 권하자 박 순경이 아는 체를 하며 인사를 했다. 몽환은 잘 모르는 순경들이라 묵례만 하였다. 그 모습을 본 홍팔준이 인상을 찌푸리며 짜증스럽게 말했다.

"어이, 강 센, 이 사람아, 머 허능가? 퍼뜩 아카라 형사님허고 박 순경님께 인사 안디리고…"

몽환은 홍팔준의 성화에 억지로 자리에서 일어나 인사를 했다.

"처음 뵀겄십니더. 제는 지수 사는 강몽환이라 캅니더. 앞으로 잘 부택디립니더."

서로 간에 인사가 끝나자 박 순경이 홍팔준을 보고 공치사를 했다.

"홍 영감님! 홍 영감이 아이모 누가 우리를 챙기겄십니꺼? 배드리장에 올 적마다 신세를 집니더. 하이튼 고맙십니더이."

술집 주인이 주안상을 차려서 마루로 내오자 홍팔준이 몽환에게 평상시처럼 대하는 척하면서도 넌지시 뼈 있는 말을 던졌다.

"몽환이, 이 사람아, 그래, 마림 일이 헐만 허던가?"

그는 일본 순사들 앞에서 허세라도 부리려는 듯이 몽환의 이름을 부르고 하대했다. 몽환은 그의 무례함을 마음속으로 꾹 참으며 비위를 맞추어 주었다.

"지가 무신 재주가 있어야지요? 마림 일이 심들 때마다 영감님 생각이 마이 납디더. 아직꺼정 지는 일이 서툴러서 마림 일이 되게 에룹십니더."

"자네는 마림 허는 일이 식은 죽 먹기로 알았겄재이? 내는 요새도 자네 땜애 지수들판서 손해 본 걸 생각허모 부애가 나서 잠이 안 오네."

"영감님, 죄송헙니더."

"하이튼 내가 맘마 무모 김 개묵 어른께 고해서 자네 마림 모가지 날리는 거는 다 내 손안에 있다는 걸 명심해야 헐 걸세."

홍팔준은 아직도 지소들판의 소작논 마름이 몽환에게 넘어간 것에 불만을 품고 시시콜콜 시비를 걸기 일쑤였다.

"예, 잘 알고 있십니더. 지는 홍 영감님을 하늘겉이 모실라고 심 닿는 디꺼정 노력하고 있십니더."

"그라고 자네가 마림질 제대로 헐라모 여거 아카라 형사님과 박 순경님을 내보담 더 잘 모시야 헐 걸세. 알겄능가?"

몽환은 일본 순사를 향해 몸을 일으켜 다시 안사를 올렸다.

"예, 예! 명심허겄십니더."

홍팔준이 막걸리 한 잔을 죽 들이켜고는 일본 순사와 가깝다는 것을 과시하려는 듯이 술잔을 권하며 말했다.

"아키라 형사님! 날씨도 덥은디 장터 순시허시니라 심들 낍니더. 여겨 시원한 막걸리 한 잔 더 허시지요."

그는 일본 순사에게 갖은 아첨을 떨며 술잔을 권했다. 그리고는 은근히 몽환더러 들으라는 듯이 말했다.

"형사님, 그런디 요새는 조센징 놈들이 만세 부린다고 나부대는 놈은 별로 읎지요? 한 놈이라도 있이몬 내가 그냥 두지 않을 깁니더."

아키라 순사가 고맙기라도 하다는 듯이 '하이'를 연발하며 술잔을 들었다.

홍팔준이 이번에는 무슨 작심이라도 한 것처럼 몽환을 넌지시 떠보는 말을 툭 던졌다.

"몽환이, 이 사람아, 그런디 지난번에 여 배드리장터서 만세 부릴 적에 우째서 지수 사람들이 그리 설치댔는지 혹시 자네는 아는 기 읎는가? 태국긴가 머신가를 맨딜라모 종우 값이 술차이 들었일 낀디…. 그따가 만세 부리던 날 장꾼들이 문 술값이 상당히 마이 들었다 쿠던디 자네는 그 돈을 누가 다 댔는지 혹시 알고 있능가?"

홍팔준이 만세운동 때의 자금 출처에 대해 캐묻듯이 말을 꺼내자 몽환은 등골이 오싹하여 식은땀이 흘렀다.

"지는 아무 거또 모리는 디요. 지는 그때 배드리장에 발도 안 댔십니더. 지는 그날 보리밭에 똥오짐 퍼 내니라 쎄가 빠졌다 아입니꺼?"

그 말을 들은 홍팔준이 비웃는 듯한 표정을 지으며 말했다.

"허기사, 농새뿌이 모리는 자네가 그런 일을 꾸밀 위인이 몬데지. 맨날 허는 꼬라지가 한심헐뿌이지. 한심해…."

몽환은 홍팔준이 자기를 비꼬아서 하는 말이 듣기는 싫었다. 하지만 그가 자기를 무시해서 하는 말이 오히려 만세운동 사건에 대한 자신의 비밀을 덮어 주는 격이 되어서 속으로 안심이 되어 가슴을 쓸어내렸다. 그러자 박 순경이 퉁명스럽게 말했다.

"머? 강몽환이라 캤나? 자네가 지소 산다꼬? 내사 마, 지소 영모 그놈들만 생각허몬 치가 떨린데이. 내는 끝꺼정 두고 볼 끼다. 자네 혹시라도 지소 사는 만세운동 주동자 놈들헌티 눈꾸 반만치라도 도와주다가 들키모 작살날 줄 알아야 헐 끼네."

"예, 잘 알겄십니더. 박 순경님 시는 대로 꼭 잘 허겄십니더. 걱정 마이소."

몽환은 예전처럼 술값을 치르고 주막집에서 나왔다. 그는 배드리장 만세운동에 적극 지원을 한 자신의 비밀이 탄로 날 위기를 모면한 것이 마치 저승사자의 손아귀에서 벗어난 것 같은 기분이 들었다.

오뉴월이 다가오자 농촌에서는 무덤에 누워 있는 송장의 손도 빌려야 할 정도로 바쁜 이종 철이 되었다.

오늘은 몽환이네가 퇴꼬랑과 당산 밑에 있는 논 스물 댓 마지기에 모내기하는 날이다.

'꼬끼요-, 꼬고꼬, 꼬끼요~'

잠결에 첫닭 우는 소리를 들은 몽환의 아내는 소스라치게 놀라 잠에서 깨어났다.

"어매, 볼씨로 첫닭이 울었내. 진송아, 진석아, 퍼뜩 일나래이. 진영이 진철이도 깨우고…. 아부지헌티 혼날라. 퍼뜩퍼뜩 옷 입고 논에 모 찌러 가거래이."

몽환의 아내가 애들을 깨우고 나서 문을 열고 밖으로 나와 보니 아직 새벽하늘에 별이 총총하고 날이 깜깜하기만 했다. 그런데 이미 머슴들이 써레와 지게를 챙겨 지고는 소를 몰고 사립문을 나서고 있었다. 그녀는 얼른 호롱불을 밝혀 들고는 질퍽질퍽한 논두렁길을 걸어서 모리뜰에 있는 영모네 집으로 갔다.

"구영골띠야,[2] 퍼뜩 일나서 모리뜰하고 지수깨, 감밑에 모꾼들을 깨와서 빨리 퇴꼬랑으로 보내 놓고, 우리 집으로 올라 오이래이."

그러고 자기는 중땀과 고랑물에 사는 모꾼들을 깨워서 못자리가 있는 퇴꼬랑 논으로 보내 놓고 급히 집으로 돌아와서 새참 준비를 했다.

그녀는 가마솥에 시래깃국에 찬밥을 말아서 시래깃국밥을 끓였다. 그리고 막걸리를 체에 걸러서 주전자에 담은 뒤에 반찬거리와 식기, 수저 등을 준비하여 함지에 담아 구영골 댁과 나누어 이고는 퇴꼬랑과 당산 밑에 있는 못자리로 갔다.

"구영골띠야, 내는 퇴꼬랑으로 갈 낀깨로 니는 당산 밑에 가서 새참 챙기 주라이."

퇴꼬랑 못자리에서는 수십 명의 아낙네가 서너 자 너비로 줄이어 있는 모판에 엎드려 모를 쪄서 짚으로 묶어 뒤로 밀어내고 있었다. 그러면 어린 머슴과 그녀의 아들들은 모춤을 건져서 물이 잘 빠지게 논두렁 위에 쌓느라 바빴다.

다른 머슴들은 물이 빠져 가벼워진 모춤을 바지게에 담아서 지고는 큰 머슴이 써레질로 골라 놓은 논에 알맞은 간격으로 던져 넣고 있었다.

"자-, 새참 왔십니더이. 모도 다 퍼뜩 나오이소. 씨락국 다 식십니더. 퍼뜩 와 새참 잡숫고 일허이소이."

---

2) 구영골댁아.

몽환의 아내가 새참을 담은 함지를 보리를 베어낸 마른 논에 내려놓고 소리쳤다. 모두 팔다리에 묻은 펄을 대충 씻고는 보리밭에 둘러앉아 새참을 맛있게 먹었다.

"고시리이[3], 산천에 사는 구신들 모도 고시리 잘 갈라 묵고, 올해도 풍년 들게 해 주이소이."

몽환의 아내가 음식을 조금씩 떼어내어 들판에 세 번씩 던지며 고수레를 하였다.

"아따, 마, 월운띠 씨락국밥 무 봉께로 맛이 기똥차데이. 암캐도 올해는 월운 강 센 집에 대풍이 들겄내."

진월 댁이 새참을 먹으며 한마디 하자 뎅골 댁이 그녀의 말을 받았다.

"맛이야 기똥찬디 그거 갖고 데겄나? 모밥 나오는 거 봐봐야 알재. 월운띠 모밥 걸게 해 오이소이. 그래야 대풍이 들 꺼 아이요?"

"하모, 그렇재, 모밥이 걸어야 풍년이 들재."

모두들 서둘러 새참을 먹고 나서 다시 모판으로 들어가 모를 찌기 시작했다.

아침을 먹고 나서 퇴꼬랑과 당산 밑에 있는 논에서 모내기를 같이 시작했다.

"자아- 자, 아랫물로 두 피썩 땡기[4] 주이소이."

못줄 잡이가 못줄을 넘기면서 줄에 늘어선 모꾼들의 손을 고르는

---

3) 고수레

4) 포기씩 당겨

소리였다.

"이집 꼴때미 어디 갔노? 모침이 없데이. 빨리 모침 땡기 온나."

모꾼들이 꼬맹이 머슴이 모춤을 가까이 당겨줄 것을 재촉했다. 큰머슴은 쟁기갈이를 한 논에서 소를 몰고 써레질을 하면서 소를 다그쳤다.

"이랴, 이놈의 소야, 어디로 가노. 자 좌로, 좌로 워-어 워이."

작은머슴들은 논 가장자리의 펄을 끌어당겨 논두렁을 만드느라 땀 흘려 일하는 사이 점심때가 되었다.

"모밥이다, 월운띠가 모밥 이고 온다. 퍼뜩 이 도가리 다 숭구고 모밥 무로 갑시더이. 자아-."

못줄 잡이의 재촉에 모꾼들의 일손이 더욱 빨라졌다.

"자, 모밥 가지 왔십니더이. 모꾼들 퍼뜩 씻고 밥 무로 오이소."

몽환의 아내가 이웃집 아주머니와 같이 이고 온 커다란 네모 함지를 마른 보리논에 내려놓으며 모꾼들을 불러냈다. 그녀는 바가지와 커다란 냄비에 밥을 수북이 퍼 놓고는 그 주위에 반찬을 그릇에 담아서 모내기꾼 가족별로 따로따로 늘어놓으며 큰아들에게 말했다.

"진송아, 당산 밑에 가서 거기 모꾼들도 빨리 불러 오이라."

오늘 몽환이네 집에서 모내기하는 일꾼들이 약 서른 명 정도인데 점심 먹는 사람은 농촌 풍습에 따라 일꾼에 딸린 식구들까지 같이 식사를 하느라 거의 백 명에 가까웠다. 그야말로 들판에서 벌어지는 무슨 잔칫날같이 보였다.

이종 철에는 농민들이 누구나 할 것 없이 새벽같이 모를 찌러 나갔다가 해 질 녘이 될 때까지 모심기하느라 중노동에 시달렸다.

오후 새참을 먹고 나서 하루 종일 따갑게 내리쬐던 해가 서쪽 고숙재 너머로 기울어질 무렵이 되자 모내기하는 아낙네들의 허리통증이 심해져 왔다. 새참에 먹은 막걸리 술기운이 얼큰해지자 누구랄 것도 없이 모꾼들이 돌아가며 부르는 노동요가 들판에 울려 퍼졌다.

함양 산청 물레방아는
물을 안고 돌~ 고~
우리 집 저문뎅이는
나를 안고 돈~ 다~
에헤헤이야- 헤에이야라난다지화자-좋다-
네가내간장 스리사-알살다-녹인다-

앞산먼당 높운송장
네팔자가 상팔자네
퍼뜩 일나 내리 와서
모 안 심고 머허는고
에헤헤이야- 헤에이야라난다지화자-좋다-
네가내간장 스리사-알살다-녹인다-

아이고 허리 내 허리야
너무 아파 몬 살겄다
새복부텀 모숭구다

이내 허리 다 끊긴다
에헤헤이야- 헤에이야라난다지화자-좋다-
네가내간장 스리사-알 살다-녹인다-

세월아- 무정타야
머시 급해 도망가노
모숭구다 보낸 세월
이내 청춘 다 늙는다
에헤헤이야- 헤에이야라난다지화자-좋다-
네가내간장 스리사-알살다-녹인다-

노동요 소리에 모꾼들은 바늘로 찌르는 듯이 아파 오던 허리통증을 잊고 돌아가는 손길이 한결 가볍게 움직였다.

날이 어둑어둑해지자 오늘 장만한 논에 모내기를 다 마치기 위해 몽환이 줄잡이들을 재촉했다.

"어이, 줄잽이들아, 퍼뜩퍼뜩 줄을 넘기래이. 해 넘어간다, 해 넘어가."

줄잡이들이 서두른 덕에 해지기 전에 가까스로 모내기를 다 마치고 모꾼들은 다들 자기 집으로 향했다. 그때 몽환의 아내가 영모 아내를 불렀다.

"구영꼴띠야, 니는 반찬 그륵 좀 챙기서 우리 집꺼정 여다 주고 가래이."

몽환의 아내는 집으로 와서 구영골댁과 서둘러서 저녁밥을 지었다. 일꾼들이 많아서 깜깜한 밤이 되어서야 많은 밥상을 다 차릴 수 있었다.

"진송아, 아부지 보고 저녁 잡수로 오시라 캐라"

"예, 알겄십니더. 아부지-, 저녁 잡수로 오이소."

온 식구와 머슴들이 마당에 피워 놓은 모깃불 옆에 멍석을 깔고 둘러앉아 저녁을 먹었다.

몽환은 살림이 늘고 나서 새로 큰집을 지어야하는데 아직 사정이 여의치 않아 신혼살림을 차렸던 두 칸짜리 좁은 집을 그대로 사용하고 있었다. 우선 급한 대로 머슴들이 기거할 사랑채만 지어서 사용하고 있어서 방이 좁아 멍석 위에 저녁상을 차린 것이다.

"매자꼴 김 센, 씨기 논 장만헐라모 봇물이 안 모지라겄덩가?"

몽환은 저녁을 먹으면서 논물 걱정이 되어 큰머슴에게 물었다.

"예, 아까 봇목꺼정 가서 둘러보고 왔는디요. 내일 쟁기질허는 디는 지장이 없겄십디더."

"그러모 다행이고…. 남해 짐 센, 문용이가 키아 온 쇠[5]는 여물을 잘 묵덩가? 설사는 잡힜재?"

"예, 작은 쇠는 쎄가 짤라[6] 여물을 매 가리 무서[7] 탈입니더."

작은머슴인 남해 짐 센이 걱정스럽게 대답하자 몽환은 먹이에 주의하라고 일렀다.

"누가 머라 캐싸도 세가 젤 큰 일꾼이데이. 세가 탈 나모 큰일잉께로

---

5) 소

6) 혀가 짧아(입맛이 까다로워)

7) 매우 가려 먹어서

여물에 딩기[8]도 더 섞아서 입맛을 잘 맞추게."

"예, 알겄십니더."

저녁상을 물리기가 바쁘게 모두들 피곤하여 잠자리에 들었다.

"구영골띠야, 오늘 고생했다이. 집에 감시로 너 식구들 묵울 거 마이 담아 갖고 가래이. 그러고 이거는 진송이 애비가 너 실랑 땜에 너뜰이 고생헌다고 챙기주는 기다. 아무헌티도 말허몬 안 덴데이. 혹시 동내 마실 갈 때도 절대로 말허몬 안 덴다. 알겄재?"

몽환의 아내는 구영골 댁에게 저녁밥과 찬거리를 챙겨주면서 별도로 쌀 두 되를 함지에 같이 담아주었다. 그러고는 함지를 머리에 이어주면서 비밀을 지킬 것을 신신당부했다.

"그러고 이담에 초엿새 날 우리 밭에 콩 숭구로 온내이."

"예, 참말로 고맙십니더이. 올 때마다 이래 쌍께 미안해 죽겄십니더. 하이튼 고맙고로 잘 묵겄십니더. 안녕히 게시이소이."

지난번에 지소에서 만세운동을 주도한 박영모와 정기정 등이 일본 경찰에 잡혀가서 감옥살이하는 동안 이들의 가족들은 생활고에 시달려야 했다.

그래서 몽환은 정 부자와 몰래 의논한 끝에 정 부자는 비교적 가정형편이 나은 정기정과 정이천을 돕기로 하고 몽환은 가장 가정형편이 어려운 박영모를 돕기로 했다.

---

8) 등겨

이렇게 남몰래 영모네를 도우면서도 신경 쓰이게 하는 사람이 홍팔준의 인척인 김용석이었다.

몽환이 지소 김 개묵의 마름이 된 뒤에 그는 걸핏하면 자기 외척인 홍팔준이 지소 소작논을 관리할 때는 이랬니, 저랬니 하고 따지면서 시비를 걸 때가 많았다. 그때마다 몽환은 용석과 잘못 지내다가 홍팔준에게 무슨 트집거리를 제공하게 될지 몰라 좋은 말로 달래서 용석의 비위를 맞추어 주곤 하였다.

몽환은 마름이 된 뒤에 농사가 늘면서 더 많아진 논밭을 갈기 위해 소 세 마리를 사서 길렀다. 그는 모내기가 끝난 뒤에 소를 외양간이 아닌 노지에 두엄 밭을 만들고 말뚝을 박아 소를 매어 놓고 길렀다.

머슴들은 산이나 논두렁에서 풀을 베어다가 소를 맨 말뚝 주위에 깔아 널어놓고 소에게 먹였다. 그러면 소가 먹고 남는 풀과 소 배설물이 섞여 쌓이면서 썩어서 좋은 두엄을 만들 수 있었다.

이렇게 하여 여름 내내 모아 둔 거친 두엄을 벼 베기 전인 9월경에 골고루 잘 썩게 하려고 작두로 잘게 썰어서 다시 쟁여 쌓았다. 그렇게 하여 한두 달 더 썩혀 완숙 퇴비를 만들어 보리 갈이 때 밑거름으로 사용했다.

몽환은 지금까지는 두엄을 썰 때 작두를 남에게 빌려서 썼는데 이것이 여간 불편하지 않았다. 그래서 올해는 작두를 새로 사서 쓰기로 마음먹었다. 그때 몽환은 옆집 용석도 두엄을 썰 때 작두를 빌리러 다녔다는 생각이 떠올랐다.

'그렇다, 내가 작두를 사몬 가을 한 철만 씨고 그냥 놀릴 거 아이가?

내가 돈을 많이 부담허고 용석이는 쪼깸만 돈을 보태고로 해서 작두를 어울라서 새로 사 갖고 같이 씨몬 용석이헌티도 도움이 안 데겄나? 그라몬 용석이 마음도 쪼깸은 풀리겄재.'

몽환은 용석에게 조금이라도 도움이 될 일을 하여 그의 환심을 사기 위해 용석을 찾아갔다.

"어이, 동숭 집에 있나?"

"성님, 와 그럽니꺼? 그래 머할라꼬요?"

"다름이 아이고 내가 거름 써릴 작두를 살라고 허네. 그런디 비싼 돈 주고 사서 내 혼차 씨기는 아깝아서 그러닝깨 동숭 니허고 같이 사서 어울라 씨몬 어떻겄능가?"

그러자 용석은 별일 아니라는 듯이 시무룩한 표정을 지으며 아무 대꾸도 하지 않았다. 몽환은 용석이 자기 제안을 탐탁지 않게 여기는 것으로 알고 다시 성의를 보이며 말했다.

"그게 말일세, 작두값을 둘이 똑같이 내자는 기 아일세. 동숭은 돈을 쪼깸만 내고 같이 사서 어울리 씨자는 기지."

"쪼깸만 내라꼬요?"

"그래, 동숭은 쪼깸만 내몬 데네."

"돈은 그리 내고 작두를 씨기는 같이 써도 덴다, 그 말인교?"

"그렇네, 동숭 니허고 내허고 사이좋고로 같이 나노 쓰몬 안 데겄나?"

"그렇다몬 내사 마다헐 일이 아이재. 그래 좋십니더. 그라몬 작두는 성님이 사 오이소이."

"그래, 알겄네. 이번 하동장에 가서 씰만헌 거 내가 잘 골라서 사 오겄네."

그리하여 두 사람은 작두 한 개를 사서 같이 사용하기로 했는데 이것이 훗날 몽환에게 씻을 수 없는 심적 고통을 안겨다 줄 사건이 될 줄은 미처 몰랐다.

몽환의 큰아들 진송은 천자문 책과 지필묵을 싼 보자기를 들고 방깨 서당에 가려고 집을 나서면서 아버지한테 인사했다.

"아부지, 서당에 댕기 오겄십니더."

"오냐, 잘 댕기오이라. 서당에 가몬 어떠턴가 삼현 선생님 말씸 잘 듣고 공부 열심히 해라이. 그래서 자헌대부 할아부지 같은 훌륭헌 학자가 데야 헐 끼다."

"예, 아부지, 부지러이 공부허겄십니더."

"그러고 동내 어른들 만내몬 '진지 자이십니꺼?' 허고 인사 잘 해라이."

"예, 아부지, 잘 알겄십니더."

점심때가 되어 진송이 서당에서 돌아와 헐레벌떡 사립문을 들어서며 어머니를 찾았다.

"어머이, 내 좀 보이소. 예-!"

점심을 차리고 있던 어머니가 뭔가 기분이 들뜬 것 같은 아들의 목소리를 듣고 부엌에서 나오며 말했다.

"와 그러내? 우리 아들헌티 무신 좋은 일이 생겄나?"

"어머이, 제가 오늘 천자문을 다 떼고 새 책을 받았다 아입니꺼?"

"천자문을 다 뗐다고? 아이고 야! 우리 진송이가 인자 공부 더 마이 허모 너거 할아부지맹키로 선비 소리 듣겄다야. 용타 용해."

그녀는 천자문을 뗐다는 큰아들이 대견스러워 점심상을 차리는 손놀림도 가벼웠다.

몽환이 논을 매고 집에 와서 발을 씻고 있을 때 그의 아내가 부엌에서 나오며 기쁜 소식을 전했다.

"보이소, 우리 진송이가 천자문인가 허는 책을 다 뗐다 캅니더."

그 말을 들은 몽환도 속으로는 기쁘면서도 짐짓 내색하지 않으며 점잖게 말했다.

"진송아, 천자문을 다 뗐다고? 그러모 새로 배울 책도 받았나?"

진송은 신난다는 듯이 새 책을 들고 와서 아버지에게 보여주며 자랑스럽게 말했다.

"하모요, 이 책이 동몽선습이라 카는 책입니더. 내일부텀 이 책을 갖고 공부헐 낍니더."

진송의 말을 듣고 있던 큰머슴이 덩달아 기분이 좋은 듯이 한마디 거들었다.

"월운 강 센, 경사 났소이. 이 집안에 대학자 나겄십니더. 학자가 나요."

"이 사람, 참, 싱겁기는…."

몽환은 말은 그렇게 했지만 속으로는 기분이 좋아서 얼굴이 환해지며 웃음을 감추지 못했다.

모내기를 끝내고 마당에 쌓아 두었던 보리도 날씨가 좋아서 타작을 다 마쳤다.

몽환은 햇볕이 쨍쨍 내리쬐는 날, 창고에 있는 보리를 꺼내어 마당에 멍석을 깔고 널었다. 그런 뒤에 모처럼 짬을 내어 방깨 삼현 선생에게 자식 공부를 시켜 준 보답으로 보리쌀 너덧 되를 자루에 담아 지고 서당으로 갔다. 그는 자기 아들의 '책거리'를 해 주려고 막걸리를 항아리에 담고, 안줏거리로 쓸 명태 몇 마리도 들고 갔다.

"성님, 계십니꺼?"

몽환이 삼현 선생의 집안으로 들어서며 인사를 하자, 서당에서 아이들을 가르치고 있던 삼현 선생이 방문을 열고 내다보며 반겼다.

"동숭, 어서 오게. 자네 아들 공부허는 거 볼라꼬 왔는가 배? 여거 들어와서 자네 아들내미 공부허는 것도 좀 보게나."

"예, 그런디 지가 거 들어가도 데겄십니꺼?"

"야, 이 사람아, 들어오모 어때서…. 퍼뜩 들어오게."

몽환이 방안으로 들어서자 공부하던 학동들이 모두 일어나 인사를 하였다.

"모도 다 앉거래이. 그래 우리 진송이 허고 다들 잘 지내재?"

"예, 진송이 아부지."

모두 인사를 마치자 훈장은 진송이 공부하던 천자문 책을 벽에 걸어 놓으며 진송에게 말했다.

"뎄다, 다들 앉거라. 그러모 우리 진송아, 아부지 앞에서 천자문을 한 번 외아 볼래?"

삼현 선생이 진송에게 이르자, 진송은 자랑이라도 하려는 듯이 큰소리로 천자문을 외었다.

"하늘 천, 따 지, 검을 현, 누루 황, …."

"진송아, 잘했다. 진송은 아부지가 오닝께 더 잘 외우내."

"맞십니더. 진송아, 인자 책 한 개 뗐다고 너무 자랑허지 마라이."

친구들이 농으로 놀리자 훈장 선생이 말했다.

"우리 진송이 인자 동몽선습도 부지러이 익히고 공부 열심히 해라이. 그런디 우리 행수는 언제 천자문을 다 뗄꼬?"

삼현 선생이 걱정스런 표정을 지으며 말했다.

"성님, 인자 뎄십니더. 애들은 공부허고로 나 뚜고 우리는 안으로 들어갑시더."

"그리 험세. 너뜰은 여거서 꼼짝 말고 정신 단디 채리고 공부해라이."

삼현 선생은 서당 아이들을 단속하고는 몽환과 같이 안방으로 올라갔다.

"성님, 그런디 우리 진송이 공부가 좀 데기는 데는 거 겉십니꺼?"

"허허, 자네 집안이 어떤 집안인가? 자헌대부님 핏줄을 잇아 온 집안인디 오죽 헐라고? 걱정 안 해도 델 걸세."

"가 증조 할아부지 닮으라고 쎄가 빠지도록 타일러도 소용이 읎는 거 겉애서 한심헐 때가 있십니더."

"걱정 말래도 그러네. 그런디 자네 아들이 글공부는 특별나지는 몬해도 셈 머리는 참 기특허다네. 구구셈 에우고 계산허는 거는 천잴세. 천재라…."

"그래도 셈 머리는 텄능가 보네요. 성님 우리 애 이야구는 그만 허고 술이나 한잔 헙시더. 우리 새끼 공부시키느라 얼매나 수고했십니꺼?"

"그런디 내가 이런 말은 안 할라고 했네만…. 자네도 알다시피 내 조캐뻘 데는 쌀장수 경필이 아들 말일세."

"행수 말입니꺼?"

"그래, 그놈이 어찌나 해코지를 마이 허는지 다린 애들도 베린다니까? 자네 집에서 아들 단속을 잘 허도록 허게."

"예, 알겄십니더. 그런디 우리 새끼를 성님헌티 맫길 때는 성님 새끼맨키로 회초리로 쎄리감시로 갈치라고 헌 거 아입니꺼? 탕탕 쎄리감시로 가리치 주이소. 사람새끼 맨디는 디는 매가 체고지요."

두 사람은 술잔을 나누며 이 이야기, 저 이야기 하다가 헤어졌다. 몽환은 집으로 돌아오면서 기분이 썩 유쾌하지는 않았다.

'진송이 글공부가 특별나지 못하다는 말은 결국 글재주가 뛰어나지 못하다는 말이 아인가? 내가 할아부지 본받아서 열심히 공부허라고 그렇게도 다그쳤건만 별무신통이라고 허니 한심허구만…. 내가 다시는 그놈 행수허고 같이 몬 놀고로 단디 단속을 해야 허겄다'

그는 마음속으로 굳게 다짐하였다.

세월이 흘러 진송은 대학 공부도 마쳐서 상당한 수준의 한문도 익히고, 셈 머리도 뛰어나서 장부 계산을 능히 할 수 있을 정도로 성장했다.

가을걷이가 끝나고 찬바람이 불어와 날씨가 쌀쌀해지는 초겨울이 다가왔다. 몽환은 아들과 같이 하동장날을 택하여 구례 냉천으로 가려고 새벽 일찍 주먹밥을 싸 들고 집을 나섰다. 이번에는 예전과 달리 몽환은 처음으로 큰아들을 데리고 소작료 장부를 정리하러 구례 김 개묵의 집으로 가는 길이다.

그는 하동장에 도착하여 비교적 큰 상점에 들러서 새로 나온 질 좋은 햇김과 굵은 마른 문어와 대구, 굴비 등을 사서 주인에게 포장해 달라고 했다. 상점 주인이 비싼 물건을 많이 팔게 되어 기분이 좋았는지 몽환에게 관심을 보였다.

"손님, 집안에 무신 큰 잔치라도 헌당가요?"

그 말에 몽환은 밝게 웃으며 대답했다.

"아입니더. 전라도 큰어른헌티 선물할라고 사 간다 아입니꺼?"

전라도라는 말에 상점 주인이 반색하며 물었다.

"전라도라고라? 전라도 어디당가?"

"구례 냉천에 게시는 김 개묵 어른이지요."

"아! 냉천에 사시는 김배홍 어른헌티 선물 허는개벼이?"

"그렇십니더. 그런디 그 어른 성함을 알고 있는 걸 본 깨로 그분을 잘 아시는가 배요?"

"아다마다요? 옛날에 우리 아부지허고 광양서 같이 장사함시로 형제 같이 지내던 사이 아인가."

"아! 그러모 김 개묵 어른허고 아는 디서 물건을 샀신께로 더 잘 됐네요."

"아따, 그라고 봉께 징허고로 반갑고마이. 기분인디 내가 김 반속 더 디릴 테닝께. 그 분헌티 안부나 잘 전해 주시요잉."

"예, 그러고 말고요. 하이튼 고맙십니더."

몽환은 하동장에서 출발하여 악양 들판을 지나다가 주먹밥으로 점심을 먹었다. 두 사람은 부지런히 걸었지만, 저녁때가 되어서야 겨우 김 개묵의 집에 도착할 수 있었다.

몽환은 사랑방에 들어가서 김 개묵에게 큰절을 하며 인사를 올렸다.

"어르신, 그동안 안녕허싰십니꺼?"

"아이고, 우리 신농 강 씨 아인가 벼? 징허기 반갑고마잉."

"야야, 감역 어르신께 인사 올리거라. 어르신, 야가 제 아들놈입니더. 앞으로 잘 부탁 디립니더."

"감역 어르신께 인사 올립니더. 강진송이라고 헙니더."

진송이 큰 절을 올려 인사했다.

"허, 자네가 강 신농 아들인겨? 아부지 닮아서 인물이 훤 허고마이."

"아이고, 부끄럽십니더. 여러 가지로 마이 부족헙니더."

"자, 그래. 먼 질 오시니라 고생혔지라. 싸게 행랑방에 가시서 저녁 잡숫고 오라고라."

몽환은 아들과 같이 먼 길을 걸어서 시장한 참에 만석꾼 부잣집답게 밥상에 각종 채소 반찬과 생선, 육식 요리 등으로 걸게 차려온 저녁을 맛있게 먹었다.

그러고 나서 먼저 정 집사와 장부를 펴 놓고 소작료 계산을 마쳤다.

몽환이 아들과 같이 행랑방에서 잠깐 쉬고 있을 때 김 개묵이 몽환을 사랑방으로 불렀다. 몽환이 아들과 같이 사랑방으로 들어서니 대부분의 방문객은 다 돌아가고 없었다. 몽환이 아들과 같이 좌정하자 김 개묵이 기분 좋은 표정을 지으며 말했다.

"강 센, 역시 자네는 근농일세. 올해도 농사를 잘 지서 다른 사람보담 소출이 많았네잉. 내 기분이 징허게 좋아부렀네."

"칭찬해 주시니 정말 고맙십니더."

"그래서 내가 별도로 자네를 보자고 헌 기랑께…. 강 센. 인자 자네도 내 마림이 뎄싱께로 내 식구와 마찬가진디 택호를 강 센이라 부리기가 못 마땅 허당께. 그래, 자네 자가 머라고라?"

"예, 부끄럽십니더만. '선비 사' 자에 '저울대 형'을 써서 '사형(士衡)'이라고 헙니더."

"사형이라, 한쪽으로 지울지 않은 선비가 되라는 뜻 겉은디. 자를 참 잘 지었고마잉. 그래 누가 지어 주었당가?"

"예, 저의 작은아버지의 지인인 사천 무곡에 사시는 호가 회정인 김호곤 선비의 부친께서 지 주신 깁니더."

"그래, 회정 선생은 내가 잘 모리겄고…. 사형 작은아버지가 누구시당가?"

"예, 함자는 강 봉 자 헌 자이시고 호는 우송이라고 헙니더."

"머라고라, 우송 선생? 그분은 내가 잘 알지라. 내가 친구 따라 하동 향교에 갔일 적에 한번 뵌 적이 있었당께로…. 예전에 진사 과거 치로 갈라고 허다가 형님 병구완허시니라 과거를 포기허신 분이지라? 암, 알고말고…"

김 개묵이 담배를 한 대 피워 물고 나서 말했다.

"사형, 그러고 봉께로 자네 집안이 참 갠찮은 집안이고마이. 우송 선생 겉은 훌륭헌 선비도 게시고…"

"아이고, 송구시럽십니더."

"사형, 그런디 내 마림들이 사형맨키로 소작인들을 잘 채비혀서 쌀 소출을 늘리주모 내도 좋고 소작농도 도움이 데고로 해야 쓰겠는디….
그래 다른 사람들보담 농사를 잘 짓는 방도가 머라고라?"

"예, 머시 다린 기 있겄십니꺼? 제는 어떠턴가 논에 거름을 많이 허고, 멸구를 막는 기 최고지예. 그래서 제는 소작인들헌티 가실[9]이 오기 전에 멸구를 잡을 왜지름은 꼭 사 두라꼬 헙니더. 농사는 머라캐도 예비가 제일 아이겄십니꺼?"

"그렇고마이, 농사는 미리미리 채비를 잘 혀야 쓰겄재. 논에 크는 나락이 논 주인 발자국 소리 듣고 큰다고 헌당께잉."

잠시 침묵이 흐른 뒤에 김 개묵이 다시 말했다.

"그런디, 사형, 내가 범사 홍 씨헌티 들은 야긴디…, 사형이 지난번에 그거 장터서 만세운동험시로 무신 협조헌 일이 있었당가?"

몽환은 깜짝 놀라 얼굴빛이 붉어지며 말을 잇지 못하고 당황해하였다.

"이 사람아, 머 그리 놀래 쌌는당가? 내헌티는 솔직허이 말해 보랑께. 자네가 알고 있었는지 모리겄네만 내도 전에 동학운동을 헌 사람이여. 그라고 나도 만세운동 때 금전 지원을 좀 혔지라. 실지 내 맴 속으로는 왜놈들헌티 치를 떨고 있당께로."

몽환은 그 말을 듣고서야 안도의 한숨을 내쉬며 겨우 말했다.

"예, 실지로 제가 만세운동헐 적에 돈을 좀 보탰십니더. 왜놈들이 길 닦는다, 다리 놓는다, 험시로 지들 맘대로 자꾸 돈 내노라고 허는디 누가 가만 있겄십니꺼?"

---

9) 가을

"그렇지라이, 내 처지도 사형허고 다리지 않당께로…. 실은 내가 걱정이 데서 허는 말인디. 이런 때일수록 몸조심 허게. 옛말에 '불가원 불가근'이라꼬 허지 않던가 벼. 내 맴 속으로 심지만 굳게 가지고 겉으로는 그놈들 허자는 대로 해 주랑께이."

"예, 잘 알겄십니더."

들이 그 애 보고 학교 댕기라고 안 허덩가?"

"그라내도 그일 땜시로 신경이 많이 씹니더."

"그런 일은 모린 척 허고 그놈들 허자는 대로 허랑께. 죽으라모 죽는 시늉이라도 허란 말이시. 그거이 힘없는 백성이 사는 길인걸 어쩌겄당가? 실은 내가 홍팔준이 말을 듣고는 자네가 혹시 그 일로 왜놈들헌티 몬뗀 짓을 당허지 안 했일까 혀서 내가 물어본 기여."

"예, 어르신 참말로 고맙십니더. 그라고 어르신 말씸을 명심허겄십니더. 그런디요. 좀 이상시런 기 있어서 그러는디 한 가지 여짜 바도 데겄십니꺼?"

"머 땜시 그러는기여? 말혀 보랑께."

"아침부텀 봉께로 전에 안 비던 애들이 수두룩허이 마당에 놀고 있던디요. 가들이 다 뉩니꺼?"

"아, 개들 말인겨? 개들은 마산면이나 인근에 삼시로 묵을 기 읎어서 떠돌아 댕기던 아새끼들인디. 내가 좀 챙기 주고 있는 기여. 지난 만세운동 때에 만세 부리다가 왜놈 헌병헌티 잽히간 사람들 식구들이 배를 곤다꼬 혀서 그런 집 아들도 항캐 모아 돌보고 있는기여."

"그리코롬 많은 애들을 돌볼라 카모 양석이 술차이 들 낀디 우짤라고 그러십니꺼?"

"그래도 어쩌겠능가? 인명은 재천 아인가 벼. 아무리 남우 자슥이라 혀도 사람이 굶어 죽는 거를 그냥 보고 넘길 수는 읎는 일이재이. 그래서 있는 사람이 돌보는 거이 인지상정이 아이겄당가?"

"그러모 앞으로도 자들을 계속 공짜로 미 주고 재이 주고 해서 거둘낍니꺼?"

"안 그러모 다린 수가 있당가? 앞으로 형편 데는 대로 새집을 한두채 지 갖고 그서 묵고 잠시로 공부도 시 볼 참이여."

몽환은 김 개묵이 가난한 아이들에게 적선을 베푸는 것을 보고 마음속으로 놀라움을 금치 못했다. 역시 동학운동에 참여했던 사람은 만석꾼이 되어도 민심을 돌보는 생각이 보통 사람들과는 다르다는 것을 느꼈다.

몽환은 자기도 김 개묵 어른의 행실을 본받아서 가난한 아이들 뒷바라지까지는 못하더라도 소작인들의 민심을 잘 돌봐야겠다고 다짐했다.

몽환은 집에 돌아온 뒤에 김 개묵의 충고를 받아들여 둘째인 진석을 양보보통학교에 보내서 신식 교육을 시켰다.

몽환은 가을걷이와 보리 갈이를 다 마친 뒤에 창고에 있는 쌀을 내다 팔려고 배드리장에 갔다. 그는 친구인 김경필의 싸전에 가서 가져온 쌀을 판 뒤에 일꾼들에게 새참을 사주려고 주막으로 갔다.

"주모, 여거 탁배기 한 사발씩 내 오이소."

주모가 주안상을 차려 나오자

"자, 모도 다 욕 봤는디. 한 잔썩 죽 들이키게."

몽환이 일꾼들에게 술대접을 하고 있을 때 술을 좋아하는 방깨 삼현 선생이 주막으로 들어왔다.

"아이구, 성님, 어서 오이소. 주모 여거도 술 한잔 더 내 오이소이."

"동숭, 자네가 술도 안 먹음시로 술집에는 웬일인가?"

"예, 저, 일꾼들 술 한 잔썩 사 줄라꼬 그런다 아입니꺼? 성님, 내 자슥 가리친다고 고생 허시는디. 자, 술이나 한 잔 받으이소."

둘이서 술좌석에 앉아 서당 아이들 글공부 이야기를 하고 있을 때 순경 두 사람이 들어섰다. 그들은 예전에 보던 순경이 아닌 낯선 사람들이었다. 삼현 선생은 그들을 이미 알고 있었는지 아는 체를 하며 인사했다.

"아이고, 시게루 순사님, 어서 오이소. 김 순경도 이리 올라 오이소."

"안녕구 하시무네까?"

일본 순경이 인사를 받았다.

"동숭도 인사허시게. 이번에 새로 진교면 주재소로 발령받아 온 시게루 형사님일세. 옆에 이분은 김 순경이고…."

"예, 안녕허십니꺼? 제는 지소 사는 강몽환이라고 헙니더. 앞으로 잘 부탁 디립니더."

인사를 나눈 뒤에 모두 마루에 걸터앉았다. 그런데 경찰 모습이 예전과는 사뭇 달랐다. 일본 경찰은 항상 니뽄도를 옆구리에 차고 다녔는데 칼 대신 빨간 색칠을 한 조그만 방망이만 차고 있었다.

이것은 3.1운동이 전국적으로 일어난 사건을 계기로 조선총독부에서 조선인들을 다스리는 정책이 바뀌었기 때문이다.

조선인들을 총검으로 다스리는 것이 무리였음을 깨닫고 식민지 정책을 문화적인 유화정책으로 전환하면서 행해진 조치에 따른 것이었다. 그러한 사정을 잘 모르고 있던 몽환이 참 이상하다 여기고 있는데,

"안녕구 하시무니까? 저는 새로 부임해 온 시게루 순사이무네다."

하면서 일본 순사가 먼저 악수를 청했다. 몽환은 일본 순사의 돌발적인 행동에 놀라 엉겁결에 악수하고 말았다.

"강 씨라고 하였스무네까? 저는 강 씨 성을 존경하무네다."

그 말을 들은 삼현 선생이 이상하다는 듯이 물었다.

"순사님이 우찌 강가 성을 존경헌다고 허십니꺼?"

그러자 시게루 순사가 그 연유를 설명하였다. 사연인즉 자기는 일본 쿄오토에 사는 사람인데 조선정벌[10] 때에 쿄오토에 포로로 잡혀 온 조선인 유학자로서 일본에 처음으로 퇴계 유학을 전한 강항이라는 선비가 있었다고 한다. 그때 자기 조상이 강항 선생을 존경했는데, 강항 선생의 글씨를 받기 위해 일부러 그를 찾아가서 신신당부하여 받은 붓글씨가 가보로 전해 오고 있다고 했다.

"하이, 그 선비한테 받은 글이 이유극강以柔克剛이무네다. 부드러운 것으로 강한 것을 이긴다는 뜻이지요. 제가 참 좋아하는 글이무네다. 그래서 강항 선생의 성씨인 강 씨를 존경하고 있으무네다."

설명을 들은 몽환은 일본인 순사가 우리 조상에 대해 알고 있다는

10) 임진왜란

것이 신기하기만 하였다. 그러나 포악하기만 하던 일본 경찰이 갑자기 자기에게 부드럽게 대하는 것이 이상하다고 생각이 들어 물어보았다.

"시방 무신 말씀을 허시는지 모르겄십니더."

"아! 그것은 우리 천황폐하의 뜻을 받들어 제가 조선인들과 가까워지고 싶어서 하는 말이무네다. 그래서 우리 집안 조상들이 훌륭한 조선인을 알고 있다는 것을 내가 말해주려고 한 것이무네다."

"그렇십니꺼? 하이튼 우리 조상을 칭찬해 주시서 감사헙니더."

그런데 이번에는 시게루 순사가 더 알기 어려운 말을 했다.

"그리고 또, 우리 천황폐하께서는 앞으로 조선인들을 2등 국민으로 대하시겠다고 하셨스무네다. 아시아의 다른 민족들은 모두 3등 국민으로 대하겠지만, 조선 신민들을 그만큼 우대한다는 뜻이무네다."

시게루 순경이 이러한 말을 하는 것도 조선인에 대한 유화정책의 일환으로 한 말이었는데, 몽환에게는 왠지 어색하게만 들렸다.

몽환이 그들과 주막에서 헤어진 뒤에 집으로 가려고 하는데 삼현 선생이 그를 불러 세웠다.

"동숭, 집에 갈 때 내하고 같이 가세. 성터재를 넘어갈라 카모 우리 동내꺼정은 같이 가야 헐 거 아인가?"

"예, 그러모 그리 헙시더."

몽환은 일꾼들을 먼저 보내고 몇 가지 장거리를 더 사 가지고 삼현 선생과 같이 성터재를 넘어서 집으로 돌아왔다. 몽환은 오는 도중에 삼현 선생에게서 귀에 거슬리는 이야기를 들었다.

"동숭, 그런디 요새 말이세. 범새 홍팔준이가 아까 본 김 순경허고 자주 어울리던디…. 자네는 잘 모리고 있재?"

"예, 제는 금시초문입니더."

"내가 한번은 장터 술집에 갔다가 홍팔준이 옆자리에 앉기 됐다네. 그때 옆에서 들어 본께로 홍팔준이가 김 순경헌티 자네허고 구례 김 개묵 이야기를 자꾸 허는 거 겉던디…. 혹시 자네헌티 무신 일이 있었나?"

"아인디요. 와 그랬일꼬?"

"하이튼 그 사람 조심허게. 홍팔준이가 일본 순사허고 어울리는 게 아무래도 심상치 않단 말일세."

몽환은 그때만 해도 삼현 선생의 이야기를 듣고는 대수롭지 않게 넘겼다. 자기와 홍팔준 사이에 앞으로 설마 어떤 일이 일어나리라고는 상상도 하지 못했다.

몽환은 아버지가 돌아가시고 나서 새실에 계시는 어머니를 자기 집으로 모셔왔다. 그때 어머니와 같이 살고 있던 동생도 같이 분가하여 지소의 음달에 집을 마련하여 한동네에 같이 살게 되었다.

그해 겨울 음력설을 맞이하여 몽환은 자기 가족과 동생 가족과 같이 새실 큰집에 차례를 지내러 갔다.

아버지가 돌아가신 후 처음 모시는 차례였다. 아버지와 아들 6형제와 그에 따른 식솔들이 다 모이니 거의 50명이 넘는 대식구가 되었다. 여자들은 부엌과 안마당에서 떡과 반찬 등 명절 음식을 준비하느라 바빴고, 남자들도 떡방아를 찧거나 군불을 지피는 등 부산하게 움직였다.

몽환의 큰집은 농촌치고는 꽤 큰집이었지만 워낙 식구들이 많이 모이고 보니 밥상도 모자라고 잠자리도 비좁아서 불편하였다. 그렇지만 오랜만에 모인 형제 가족들이라 반가워서 명절놀이도 하고 그동안의 안부와 이야기를 나누느라 밤새는 줄 몰랐다.

그런데 몽환이 느끼기에 큰형수의 기분이 왠지 별로 좋아 보이지 않았다. 몽환은 이 사실을 속으로만 여기고 별일 없겠지 하고는 내색을 하지 않았다.

다음 날 아침이 되어 아버지 직계 자손들이 모두 같이 차례를 지내고 세배하고 성묘도 다녀왔다.

몽환이 작은아버지께 세배를 드리러 가려고 하는데 큰형수가 할 이야기가 있다면서 6형제를 불러 모았다.

"제가 아지뱀들헌티 디릴 말씸이 있십니더. 저-, 내가 말허는 거보다 먼첨 당신이 이야기 좀 해 보이소."

그러자 큰형님이 한참을 머뭇거리다가 어렵게 말을 꺼냈다.

"내가 지금꺼정 아부지를 모시 왔는디. 잘 모시기나 했는지 동숭들헌티 머라 헐 말이 읎는 거 겉내."

"아이고, 참, 딴전 피지 마시고 속 시원하고로 헐 말을 톡 뿌질라서 해 보이소."

비교적 성미가 급한 편인 둘째 형이 답답하다는 듯이 큰형을 재촉했다. 그 말에 몽환도 거들었다.

"성님, 무신 일입니꺼? 갠찮십니더. 할 이야구가 있으몬 술키 맴[11] 자시고 말씸해 보이소."

몽환은 큰 형님의 마음이 안정되도록 조용히 말했다. 큰형님이 조금 뜸을 들이다가 마지못해 말을 꺼냈다.

"사실은 인자 나라도 망했고, 시상은 자꾸 변해 가는디 너들도 알다시피 너 형수가 우리 집안 제사도 많고 해서 맨날 집안에 처박혀서 고생만 허는 거 같애서 허는 말이다. 어지께 너들도 안 밨나? 제사 한번 모실라모 모이는 식구가 한두 명이라야재."

이번에는 셋째 형이 답답한 마음을 참지 못하고 다그쳐 물었다.

"큰성님, 그래서 우짜겄다는 말씸입니꺼? 헐 말이 있이모 퍼뜩 말씸을 해 보이소."

그러자 큰형수가 도저히 못 참겠다는 듯이 언성을 높이며 말했다.

"제는 지긋지긋헌 시집살이 더는 몬허겄고, 제사도 어디 한두 개라야지예? 인자 우리 자슥들 장래를 위해서라도 우리 식구들은 돈 벌로 가야겄십니더."

"돈 벌로요? 어디 돈 벌 디나 있긴 있십니꺼?"

넷째 형이 묻자 큰형이 대답했다.

"내 처가집안 친구가 일본 가서 돈을 잘 번다는 말을 들었다. 그래서 그 친구 따라 일본으로 이사 갈라고 헌다."

모두들 깜짝 놀라 큰 소리로 말했다.

---

11) 수월하게 마음

"일본요?"

그곳에 모인 형제들 모두는 형수가 종가에 제사가 많고, 식구도 많아서 시집살이가 고달팠을 것은 짐작하고 있었다. 하지만 아무리 그렇다고 먼 일본까지 돈 벌러 간다는 말을 꺼낼 줄은 꿈에도 상상을 못 하고 있었다.

몽환은 걱정되어 다시 물었다.

"형님, 그러모 아부지와 조부모님들 제사는 우짤 낀디요?"

큰형님이 그 말에는 대답을 못 하고 머뭇거렸다. 둘째 형이 화가 나서 못 참겠다는 표정을 지으며 따지듯이 물었다.

"성님, 그렇다고 제사를 일본으로 모시 가자는 거는 아이지요?"

막내도 같이 나서서 말했다.

"일본이라니요? 제사 때 조상 구신이 일본을 우찌 알고 그꺼지 찾아갈 끼라고 그리 헌단 말입니꺼?"

둘째 형님이 단호한 어조로 말했다.

"성님이 우리나라를 버리고 세상 형편 따라 일본으로 가신다 쿠는디 우린들 우짜겄십니꺼? 그런디요, 제사 모시는 문제는 번갯불에 콩 구묵듯이 급허기 정할 일은 아인 거 겉십니더. 동숭들 니들 생각은 어떠냐? 말 좀 해 보거라."

셋째 형이 말을 이었다.

"맞십니더. 그렇게 급히 정헐 일은 아인 거 겉십니더."

모두들 셋째 형의 말에 동의하였다. 그리고 이 일은 다음에 다 같이 모여서 다시 의논하기로 하고 우선은 헤어졌다.

몽환은 씁쓸한 마음으로 큰집을 나와서 동생 가족과 같이 작은아버지 댁에 세배드리러 갔다.

"잔아부지 세배받으시지요?"

"오냐. 올해도 조캐들 복 마이 받고 식구들 다 건강해라이."

모두들 가족 간에 세배를 마치고 다과를 먹으며 담소를 나누다가 몽환이 어렵게 큰형님 가족에 대한 말을 꺼냈다.

"잔아부지, 한 가지 상의드릴 말씸이 있는디요."

"머 땜에 그러는디? 어디 말해 보거라."

"예, 저 큰형님 말입니더. 큰형님 가족들이 모다 일본 가서 살라꼬 이새를 간다 허는디요. 잔아부지는 그런 말 들어보싰십니꺼?"

"내도 그 이야구는 네 형헌티 들었다마는 어쩌겠나? 나라가 뺏긴 뒤로 세상이 어찌 변해 갈지 누가 알겠나? 아매도 자식들 공부 땜에 그런 거 겉은디…. 실은 내도 너 큰형이 허는 일을 잘 이해헐 수가 없구나. 와 하필이모 원수 같은 왜놈 나라에 살러 갈라꼬 허는지…."

그러자 동생 재환이가 걱정스러운 듯이 말했다.

"잔아부지, 전에 옥종서 양 장군이 의병을 일으킸일 때 아부지는 잔아부지허고 으논해서 양석도 보내 주지 않았십니꺼? 우리 의병들이 나라 지킬라고 싸우다가 그놈의 일본군헌티 얼매나 마이 총에 맞아 죽었는디요. 그런디도 그 무작헌 왜놈 나라에 가서 산다꼬요? 제 짜린 세견[12]으로는 도저이 이해가 안 갑니더."

---

12) 짧은 소견

"내 생각도 같다마는 너 형수가 더 설치는 눈치더라."

그러자 몽환은 이상하다는 표정을 지으며 말했다.

"큰형수님이 와 그리 설치는디요?"

몽환의 말에 사촌 형인 석환이 들은 이야기가 있는지 아는 대로 대답했다.

"종수님 사촌 언니가 율촌 만석꾼 집안으로 시집갔다 아인가 배. 그 집안 큰아들이 일본 동경제국대학인가 머신가? 카는디 들어갔다고 마 소문이 팍 퍼짔더라 카이."

동생 재환이 뭔가 불쾌하다는 듯 다시 물었다.

"성님, 그 집 아들이 일본 제국대학인가 머신가? 허는디로 갔다고 그기 큰형님허고 무신 상관인디요?"

"아, 글씨, 너 큰형수의 친정 사촌 언니가 조선 사람들이 서당 글 읽다가 나라 다 망칬다 캄시로 앞으로 살길은 일본에 붙는 수뿌이 읎다고 캤단다. 그 말을 들은 너 큰형수가 앞으로는 어차피 일본 시상이 될 낀디 그럴 바에 차라리 일본 가서 산다고 저 난리를 치는 거 아이겄나?"

작은아버지가 세상 변해가는 것이 못마땅하다는 표정을 지으며 말했다.

"큰 성님이 처가집안 친구라 쿠는 사람이 내나[13] 율촌 이가 집안 사람인가 배. 그래도 잔아부지가 우리 집안 어른 아입니꺼? 큰성님헌티 한번 잘 이야구해 보이소."

---

13) 바로

"내도 야기는 해 봤다마는 어림 반 푼어치도 없더라. 너 큰세이는 이모 마음을 다 굳힌 거 겉더라. 한숨만 나올밖에…."

그러자 몽환이 혀를 차며 말했다.

"그래싸도 구례 김 개묵 어른은 안 그런 거 겉던디요. 율촌 사돈 집안은 만석꾼으로 살았임시로 머가 부족해서 일본 놈들헌티 먼첨 달라붙을라고 그러는지 모리겠네요?"

방안에 한동안 침묵이 흘렀다.

"그래, 그런디 너 아부지 제사허고 웃대 조상제사 이야기는 안 허더나?"

"예, 형제들끼리 으논허다가 결론은 몬 내고 다음에 으논허기로 허고 나오는 길입니더."

"다음에 의논헌다고 뾰족헌 수가 있겄나?"

작은아버지는 자조 섞인 말을 한마디 던지고는 입을 다물었다. 잠시 침묵이 흐른 뒤에 몽환은 분위기라도 바꿔 볼 요량으로 화제를 돌렸다.

"저, 잔아부지, 구례 김 개묵 지주 어른을 잘 압니꺼?"

작은아버지는 뜻밖의 이야기를 들었다는 듯이 의아한 표정을 지으며 물었다.

"그래, 아는 사이이긴 헌디 와 그러느냐?"

"예, 지난번에 제가 구례 냉천에 소작료 계산허로 갔다가 그 어른이 앞으로 이물없이 지내자고 험시로 제 자를 누가 지었냐고 묻습디더."

"그래서 회정 선생 부친 이야구를 했더나?"

"예, 그람시로 제 잔아부지 지인이라고 캤더이 잔아부지가 뉘시냐고 해서 제가 소개를 올렸지요?"

"그랬더니?"

"예, 그런디 그분이 전번에 하동향교에 갔다가 자기 친구헌티 잔아부지 소개를 받고 인사를 했다고 허던디요."

"그리했지. 그 어른은 학문도 술차이 높우고 동학운동 때에 유학 정신으로 동학도들을 가리칬다는 훌륭헌 분이라고 알고 있다. 그런디 그 어른이 내 이야구를 허더나?"

"예, 잔아부지에 대해 상다이 마이 알고 게십니더. 그라고 만나면 꼭 안부 전허라고도 했십니더."

"그래, 고맙다. 그 어른이 부잿시로 구례에서 인심도 마이 얻고 있다고 허더라. 그분헌티 잘 허고 마이 도와 디리거라."

"예, 잔아부지, 명심허겄십니더."

오늘은 지소 김 개묵의 소작논을 배정하는 날이다. 몽환의 집 사랑방에는 동네에서 소작인들의 추천을 받은 농민들 사이에 신임을 얻고 있는 다섯 사람의 대표가 둘러앉아 소작논 배정에 관해 의논하고 있었다. 그중에는 새실에서 이사 온 범식도 앉아 있었다.

"성님, 올해도 따로 챙길 사람이 있십니꺼?"

"그래, 이 세 사람은 논을 좀 줄여서 다린 세 사람헌티 더 배정해 주도록 허게."

하며 몽환은 자기가 적은 명단을 내보였다. 몽환은 김 개묵의 신망을 잃지 않기 위해 소작논의 소출을 올리려고 무척 노력하였다.

이를 위해 평소에 김 개묵의 소작논을 두루 둘러보며 논 관리와 병

충해 관리를 어떻게 하고 있는지 살피기도 하고, 쌀 소출량을 기록하여 두었다가 소작논을 배정하는 데 참고하였다.

그래서 소작논 면적은 많이 차지하면서도 농사에 소홀했던 사람의 논은 줄이고 대신 소출을 올린 사람에게 더 많이 배정하도록 했다.

"나머지 논은 자네들이 잘 의논해서 소작인들끼리 불만이 없도록 배정허시게."

몽환은 그들끼리 의논하여 소작논을 배정하도록 하고 안방으로 올라갔다. 물론 최후 결정은 몽환이 직접 내렸다.

그는 이렇게 소작논 배정을 공정하게 하여 소작인들의 불만을 줄이려고 노력했다. 그리고 자신도 소작인들의 논을 자주 둘러보며 물고 관리를 대신해 주기도 하면서 자기 농사처럼 돌보았다. 그리하여 자기가 관리하는 논의 소출이 다른 마름들이 관리하는 논보다 계속 늘어나자 김 개묵의 신망은 더욱 높아져 갔다.

그리고 그는 자기 농사도 열심히 지어 소출을 늘려서 수익이 오르는 만큼 아껴서 저축했다. 그는 저축한 돈으로 논을 사들여서 이제 지소에서는 정 부자 다음 가는 많은 논을 소유하게 되었다. 예전에 비하면 꿈만 같은 일이었다.

그런데도 그에게는 한 가지 불만이 있었다. 그것은 큰아들에게 가졌던 기대가 점점 무너지고 있었기 때문이다. 그는 재산을 모으게 되면서 다른 어떤 일보다 큰아들을 할아버지처럼 훌륭한 선비로 키우고 싶었다. 그런데 큰아들은 학문을 닦는 데는 별로 관심이 없고 친구들과 어울리는 것을 좋아했다.

그리하여 그는 큰아들을 일찍 결혼시키면 뭔가 달라지지 않을까 하여 열여섯 살에 결혼을 시키기로 했다. 그의 아들이 결혼한다는 소문이 퍼지자 여기저기서 중매가 들어왔다.

몽환은 그중에서도 큰형수가 소개한 자기 사촌 언니 시댁 집안인 개고개에 사는 전주이씨 집안의 딸을 며느리로 맞이하기로 결정했다.

몽환은 며느리 될 처녀가 농사를 짓기에는 신체가 좀 왜소한 것이 마음에 걸리기는 했다. 하지만 그는 사돈이 될 집안이 지금은 별로 살림살이가 넉넉하지는 못해도 한때는 만석꾼을 했던 집안으로 뼈대 있는 집안인 점을 높이 샀다.

몽환은 살림도 늘어나고 며느리도 새로 보아서 가정에 복이 계속 들어오는 것 같아 기쁜 마음이 더해갔다.

들판에서는 벼 이삭이 패서 모가지를 한창 내밀기 시작할 무렵 몽환은 그동안 여름 내내 모아 두었던 거친 소두엄을 썰어서 보리 밑거름을 장만하려고 미리 준비를 서둘렀다.

몽환은 두엄을 썰기 위해 지난번에 용석과 어울러 산 작두를 쓰려고 했더니 옆집 용석이 자기가 먼저 두엄을 썰겠다고 하며 작두를 가져갔다.

몽환은 용석이 작두를 다 쓰면 돌려주겠거니 하고 며칠을 기다렸지만 감감무소식이었다. 그래서 몽환은 용석을 찾아가서 사흘 뒤에 작두를 사용할 계획이니 그때까지 두엄을 다 썰고 돌려달라고 미리 부탁해 두었다.

몽환은 사흘이 지나서 용석의 집으로 다시 작두를 가지러 갔다. 그런데 용석이네 집 사립문을 들어서면서 두엄 밭을 살펴보니 아직도 두엄을 썰지 않은 채 그대로 있었다. 그는 그것을 보고 이상하게 생각하면서 용석에게 물었다.

"용석이, 이 사람아, 내가 두엄 써릴라고 작두를 가질로 왔는디 아직꺼정 두엄을 안 써랐는가?"

"내가 바빠서 아적꺼정 몬 써랐십니더. 작두는 며칠 더 있다 가지러 오이소."

"야, 이 사람아, 내도 농새일이 밀리서 바뿌네. 그래 언제 오모 데겄는고?"

"한 사알[14] 있다 오이소."

몽환은 하는 수 없이 빈손으로 돌아와서 두엄 써는 일은 뒤로 미루고 피사리하러 논으로 갔다. 얼마 안 있어서 벼 베기가 시작되면 두엄 써는 일을 할 여유가 없는데 상대가 범사 홍 영감의 인척인 용석인지라 억지로 작두를 가져올 수도 없는 노릇이었다. 그는 마음이 바빴지만 하는 수 없이 또 사흘을 기다렸다.

몽환은 사흘 뒤에 작은아들 진석을 데리고 다시 용석이네 집으로 작두를 가지러 갔다. 그는 용석에게 작두를 찾으면 아들 진석에게 작두를 집으로 가져가게 하고, 자기는 고종인 문용에게 가서 두엄 써는 일을 도와 달라고 부탁하러 갈 요량이었다.

"동숭 있능가? 작두 다 썼이모 내가 좀 씰라고 가지러 왔네."

그러자 용석이 버럭 화를 내며 신경질적으로 말을 했다.

---

14) 사흘

"저거 거름자리가 그대로 있는 기 안 비요? 내가 바빠서 아직 거름을 다 몬 써맀싱께로 며칠 더 있다가 작두를 가지로 오소."

몽환은 엿새나 양보를 했고 자기가 보기에 용석은 별로 바쁜 일도 없는 것 같은데, 그가 왜 이러는지 이해할 수가 없었다. 그래도 몽환은 용석의 비위가 안 상하게 조심해서 또 부탁했다.

"이 사람아, 바뿌기야 피차일반 아인가? 그런디 이 앞에는 내가 양보했싱께로 이번에는 자네가 좀 양보허몬 안 데겄능가?

"허, 참, 그러모 내는 안 바뿐기요? 가라쿠모 가는 기지 와 그리 기찮게 해 쌌는기라."

하며 이제는 반말하며 짜증스럽게 말했다. 몽환의 생각에 아무래도 용석이 무슨 심산이 있어서 일부러 화를 내는 것 같아 보였다.

"자네, 시방 머라캤나? 이 사람이요, 보자보자 허닝께, 머-? 해쌌는기라-? 시방 내헌티 반말허는 기가?"

몽환은 더는 참지 못하고 용석이 한 말을 따져 물었다. 그러자 이번에는 용석도 지지 않고 더욱 핏대를 올리며 대들었다.

"그랑께로 와 자꾸 귀찬키 구는기라. 성이 나이를 뭈이모 얼매나 뭈다고 유세고? 가라쿠모 마, 퍼뜩 꺼지라. 날씨도 덥운디 신경 도꾸지 말고…."

옆에서 잠자코 두 사람의 대화를 듣고 있던 진석이 아버지한테 무례하게 구는 용석의 말을 듣고는 분해서 도저히 참을 수가 없었다.

"아재, 시방 아재가 우리 아부지헌티 허는 말이 너무 심헌 거 아인기요? 아재맨키로 말을 함부리 헌다 치모 내도 아재헌티 말 놔도 데겄내요?"

"머시? 이 자슥이요. 이망에 피도 안 마린 기 천지 분간을 몬 허고 까부는 기가? 임마, 니가 시방 니 애비 역성들고 나서는 기가? 이 새끼가 눈에 비는 기 없냐?"

몽환은 아무래도 이러다가는 무슨 사달이 날지도 모르겠다는 생각이 들어서 아들을 진정시키려고 했다.

"야아 야, 그만두거라. 우리가 참자."

하고는 몽환은 다음에 용석의 감정이 가라앉은 뒤에 작두를 찾으러 오기로 마음먹고 그 집에서 그냥 돌아 나오려고 했다. 그런데 용석이 작심했는지 몽환에게 더욱 거친 말을 내뱉었다.

"머. 참는다꼬? 그래 안 참으모 우짤 낀디…. 가난뱅이로 살던 주제에 제 분수도 모림시로 마림 됐다고 설치는 꼴이 내사 두 눈 뜨고는 못 보겄내."

아버지더러 가난뱅이라는 말에 진석은 더는 참지 못하고 되돌아서며 대들었다.

"아재, 시방 머라캤소? 머시라? 가난뱅이 어쩌고, 저째?"

"와 내가 틀린 말 했나? 니뜰이 지금꺼지 가난뱅이로 안 살았단 말이가? 꼴들 주제에 천지 분간도 몬 허고 떼로 나서서 까부는 기가? 남사시런[15] 줄이나 알고 까부리라. 이 자슥아."

그러자 진석은 극도로 흥분하여 다짜고짜로 달려들어 용석의 귀싸대기를 한 대 갈겨버렸다. 그러자 용석은 일부러 넘어지는 시늉을 하

15) 남부끄러운

며 큰소리를 지르며 엄살을 부리기 시작했다.

"아이고! 동네 사람들아, 날 살리라! 마림 새끼가 사람 잡는다. 아이고 억울해서 몬 살겄다."

용석은 곧 죽어가는 사람처럼 마당에 나 뒹굴기 시작했다. 그 모습을 본 몽환이 급히 달려들어 용석에게서 진석을 떼어 놓으며 아들을 나무랐다.

"야야! 이게 무신 짓이고…. 퍼뜩 아재헌티 잘몬했다고 빌어라. 퍼뜩…."

그러나 진석은 아버지의 말을 듣지 않고 분을 참지 못하여 씩씩거리며 집으로 가버렸다.

몽환은 이 일을 어찌 수습해야 할지 몰라 눈앞이 캄캄했다. 분명히 범사 홍 영감이 그동안에 그가 해왔던 행동거지로 보아 그냥 넘기지는 않을 것 같은 불안한 느낌이 들었다. 그는 얼른 용석을 붙들어 일으키며 사과했다.

"동숭, 내가 잘몬 했네. 내 자슥이 철이 읎어서 그런 긴 깨로 용서해 주게. 내가 대신 빌겄네. 부탁일세, 제발 좀 내 새끼를 용서해 주기 바라네."

그는 손발이 닳도록 빌었다. 그러나 용석은 매서운 눈초리로 몽환을 쏘아보며 협박하듯이 말했다.

"그래, 성님, 내가 이 꼬라지를 당허고 그냥 있을 꺼 겉소? 범새 외숙부님헌티 다 일러바치고 말 끼다. 니뜰이 내헌티 이런 짓을 해 놓고도 마림질을 제대로 헐 꺼 겉냐? 두고 보모 알 끼데이."

몽환은 용석의 협박에 할 말을 잃었다. 그는 하는 수 없이 집으로 돌아와서 진석을 크게 나무랐다.

"야야, 머헐라꼬 아부지 허는 일에 끼어 들었내? 범새 홍 영감이 절대로 가만있지 않을 낀다…. 휴우-."

몽환은 한숨을 쉬며 어떻게 이 일을 수습해야 할지 몰라 전전긍긍했다.

그 일이 있은 뒤로 몽환은 틈만 나면 용석의 동태를 살피며 어떻게든 해결의 실마리를 찾아보려고 애를 썼다.

그러는 중에 별일 없이 하루가 지나갔다. 그런데 뜻밖에도 다음 날 아침에 용석이 작두를 들고 몽환을 찾아와서는 차분한 목소리로 말했다.

"성님, 내사 마, 젊은 놈헌티 빠마데이[16) 맞고 살 수는 읎소. 인자 다 끝났으닝께…. 작두는 성님이 갖고 가서 혼차 맘대로 다 씨소. 작두 살 때 내가 낸 돈은 성님이 돌리 주든지 말든지 알아서 허고…. 속담에 죄진 놈은 두 다리 뻗고 잠 몬 잔다고 했싱께로 두고 보입시더."

그러자 몽환은 그에게로 다가가서 손을 잡으며 다시 용서를 빌었다.

"동숭, 제발 참으시게. 젊은 자식이 성질이 급해서 그런 거 아이겄나? 어떻든가 좀 참아 주시고 전에맹키로 오순도순 잘 지내기로 허세. 제발 몬난 내 자슥을 좀 용서해 주기 바라네."

그러나 용석은 들은 척도 하지 않고 대문 밖으로 나가버렸다.

몽환은 그 뒤로 무슨 일이 벌어지지나 않을까 하여 불안한 나날을 보내고 있었다.

---

16) 뺨

그러던 어느 날, 고종 동생인 문용이 급한 일이라도 있는 듯이 몽환의 집으로 찾아왔다.

"성님! 큰일 났소. 퍼뜩 이리 와 앉아 보이소."

"와 무신 일이고?'

"내가 배드리장에 갔다 온 사람들헌티 들었는디…. 아, 글씨, 용석이가 범새 홍 영감허고 일본 순사허고 배드리장터 주막에서 만나 무신 이야구를 했다 안 쿠요?"

"무신 이야구를 했다는디?"

"용석이가 술이 취해 허는 말이 인자 강몽환이 그놈은 마름 자리도 끝이고, 안 죽을 만치 감옥살이 허기 생깄다 쿰시로 외고 패고 댕기더랍니더."

"머시? 홍 영감이 용석이허고 왜놈 순사를 만내서 지지고 보꾸고 했다고?"

"아, 글씨, 그렇당께요."

몽환은 기어이 우려하던 일이 터지고 말았다는 불안한 예감이 들었다. 그는 지금 이 정도로 신분상승을 가능하게 했던 마름 자리를 빼앗길지도 모른다는 불안감이 그의 양어깨를 짓눌러 왔다. 그는 등에 식은땀이 흘렀다.

몽환은 문용에게 배드리장에서 있었던 이야기를 듣고 나서부터는 일이 손에 잡히지 않았다.

'범새 홍 영감을 찾아가서 빌모 이 일이 순조롭고로 풀릴 수 있일까?' 하는 생각도 해 봤다.

하지만 지소들판에 있는 구례 김 개묵의 소작논 오백 마지기 관리권을 자기에게 빼앗기고 나서 갑자기 달라져버린 그의 태도로 보아 너그러이 받아들일 리가 없다고 생각하니 걱정만 더해갔다.

작두 사건이 있고 나서 한 달이 다 되어가도록 웬일인지 용석은 이상하다 싶을 정도로 아무 일도 없다는 듯이 조용했다. 그렇지만 몽환은 불안한 마음을 견딜 수가 없어서 틈만 나면 일부러 들판에 나가서 머슴들과 같이 가을걷이하는 일에 전념하였다.

그러던 중에 예전에는 자주 볼 수 없었던 우체부라는 사람이 몽환의 집으로 찾아와서 편지 한 통을 전하고 돌아갔다. 그 편지에는 용석이 몽환 부자를 상대로 제소한 고소장과 양력 11월 3일까지 진교면 주재소로 같이 출두하여 수사받으라는 출두명령서가 들어있었다.

11월 3일, 몽환은 아들 진석을 데리고 진교면 주재소에 출두하기 위해 진교로 향했다. 그는 그동안 주재소가 뭔지도 몰랐으며 일본 순사들이 근무하는 곳으로만 알고 있었다.

몽환은 배드리장에서 보았던 일본 순경이 무슨 짓을 할지 몰라 마음이 불안하기 짝이 없었다. 그는 논짐이재를 넘고 명교를 지나 얼마 전에 건설한 신작로를 따라 진교면 주재소로 갔다.

몽환은 자기 자식이 사람을 때렸으니 그에 대한 벌을 받는 것은 당연한 일이라고 생각했다. 그렇지만 또 한편으로 걱정되는 것은 지난날에 만세운동을 벌였을 때 금전적인 지원을 했던 일이었다.

몽환이 아들과 같이 주재소로 들어서자 전에 보았던 김 순경이 험악한 인상을 지으며 그들을 맞이했다.

"당신들이 죄 없는 사람을 때린 지소 사는 폭행범이야? 둘 다 여거 와서 꿇어앉아!"

몽환이 아들과 같이 경찰관 앞의 콘크리트 바닥에 꿇어앉자 취조가 시작되었다. 몽환은 아들과 같이 경찰관의 질문에 사실대로 자초지종을 설명했다. 그런데 김 순경이 하지도 않은 일을 부풀려 위협하듯이 말했다.

"머시라? 빰만 쎄렸다고? 맞아서 코피가 다 터졌다고 하던디…. 와, 택도 아인 거짓말을 허는 거야."

하고 고함을 질렀다.

"아입니더. 코피는 무신 코피요? 제 아들놈이 고마 성질이 급해서 빠마대이만 한 대 쎄린 거뿌입니더. 어떠튼가 잘몬했잉께로 용서해 주이소."

몽환은 자기를 취조하는 경찰의 위협적인 자세가 너무 무서워서 벌벌 떨며 용서를 빌었다.

그런데 김 순경의 입에서 그가 가장 염려했던 질문이 튀어나왔다.

"그런대 범사 홍팔준 씨 말이 당신이 지난번에 배드리장터 만세운동 때 뒷돈을 댔다 쿠던디 그기 사실이요?"

몽환은 그 말을 듣고 너무도 긴장하여 등에 식은땀이 줄줄 흘렀다. 그래도 그는 속마음을 숨기고 짐짓 태연한 어조로 말했다.

"제가 지난번에 배드리장에서 박 순경님을 만났일 때 다 말씸디렸십니더. 박 순경님헌티 함 물어 보이소. 그때 지는 배드리장에도 안 갔고 보리밭에 똥오짐 퍼고 있었십니더. 범새 홍 영감님 말씸대로 제는 농새

짓는 거 말고 아무꺼또 모리는 사람입니더."

그러자 일본 순경이 은근히 회유책을 썼다.

"그러지 말고 바른대로 말 하시무네다. 그렇게 하면 우리 천황폐하께서 너그러이 용서하실 것이무네다."

그러자 몽환은 더욱 정색하며 침착하게 말했다.

"그때 만세 부리다가 감옥 간 사람들이 안 있십니꺼? 그 사람들헌티 한번 물어 보이소. 제 말이 거짓말인가? 만일 제가 거짓말을 하몬 손에 장을 지지겄십니더."

그 말을 듣고 일본 경찰이 무슨 말인지 몰라 김 순경에게 물었다.

"뭣이? 손에 장을 지진다? 김 순경, 그게 무슨 말이무니까?"

"아, 그거는 자기 말이 절대로 거짓말이 아이라 쿠는 우리 조선 속담을 말 헌 깁니더."

그렇게 한참을 취조를 해 보아도 그들이 원하는 대답이 나오지 않자 일본 경찰이 별것 아니라는 듯이 사무적인 말투로 마무리를 지었다.

"사람을 때린 것은 벌을 받아야 하무니다. 앞으로 조심하시무니다. 알겠소? 이상으로 취조가 다 끝났으니 돌아가도 좋쓰무니다."

몽환은 허리를 굽혀 몇 번이나 용서를 구하고 주재소를 나왔다. 밖에 나와서 정신을 차리고 보니 얼마나 긴장을 했던지 등이 땀으로 흠뻑 젖어 있었다.

"야아 야, 제발 앞으로는 매사에 조심허거라. 성질부리서 좋을 기 항개도 없니라."

"예, 아부지. 잘 알겄십니더. 앞으로 꼭 조심허겄십니더."

두 사람은 마침 그날이 진교장날이라 장거리를 사서 등에 짊어지고 신작로를 따라 걸어가며 혼잣말로 중얼거렸다.

"이 신작로 딲는 디 내가 돈을 얼매나 냈는디…. 설마 순사 놈들이 내를 직이기야 허겄나?"

그는 전에 신작로를 건설할 때 돈을 기부했던 일로 스스로를 위로하며 집으로 돌아왔다.

사실 용석이 작두 문제로 사달을 일으킨 데에는 몽환이 모르는 음모가 숨어있었다. 그것은 범사 홍팔준이 구례 김 개묵의 집에 가을 소작료를 계산하러 갔을 때 김 개묵이 그에게 한 말 때문이었다.

홍팔준이 소작료 계산을 다 마치고 환담을 나누던 중에 김 개묵이 은근히 몽환의 칭찬을 했던 것이다.

"홍 씨, 홍 씨 소작인 허다가 새로 마림이 덴 지소 강 센이라 혔당가? 그 사람은 농사만 잘 짓는가 혔는디, 소작인 채비도 참 잘 허는 거 겉소이. 매년 다린 마림보다 소출을 많이 내는 걸 보닝께 허는 말인 기여. 그러모 누 좋고 매부 좋고, 내도 좋고 소작인들도 존 거 아이당가?"

홍팔준은 그 말을 듣고 속으로 심기가 상했지만, 겉으로는 김 개묵의 비위를 맞추는 말을 할 수밖에 없었다.

"예, 맞십니더. 그렇고말고요. 앞으로 지가 관리허는 소작인들도 농사를 잘 질 낍니더. 걱정 마시지요."

홍팔준은 김 개묵의 그런 말을 듣고 집에 돌아와서도 심사가 편치 않았다.

'이러다가 몽환이 그자가 김 개묵의 신임을 크게 얻으몬 시방 내 자리를 그놈헌티 다 뺏길 거 아이가?'

그의 생각이 여기에 미치자 몽환을 그냥 두어서는 안 되겠다는 생각을 하게 되었다. 그리하여 그는 지소에 사는 자기 인척인 용석을 불러서 은밀히 계책을 일러두었던 것이다.

"자네가 어떤 수를 써서라도 몽환이 그놈을 감옥에 보낼 궁리를 해 보게. 뒷일은 내가 다 알아서 헐 낀께로…. 그리만 해 주몬 내가 지수 김 개묵의 소작논을 모도 찾아서 자네가 논 배정을 맘대로 허고로 해 줄 걸세."

용석은 이 말을 듣고 나서 별일도 아닌 것을 가지고 걸핏하면 몽환에게 시비를 걸어서 일부러 송사 사건을 크게 만들려고 수작을 부렸던 것이다.

몽환은 설 명절을 맞이하여 새실로 성묘 가기 위해 큰아들 내외를 비롯하여 음달에 사는 동생 가족과 같이 수까무재를 넘었다. 올해 명절은 기쁘기보다는 뭔가 어수선한 기분이 들었다.

얼마 전의 작두 사건은 다행히도 1심 재판 결과 과실치상혐의가 적용되어 진주 지방법원에 15원의 벌금형을 받았다. 몽환은 진교면 주재소에 가서 벌금을 내고 나서 이제 이 일은 무사히 끝난 줄 알고 있었다.

그런데 들리는 소문에 의하면 당사자도 아닌 범사 홍팔준이 판결 결과에 불만을 품고 더 큰 재판을 준비하고 있다고 하였다.

몽환은 사람들이 죄를 지었을 때 옛날 같이 원님이 죄인에게 벌을 내리면 끝인 줄로 알고 있었다. 그런데 뺨 한 대 때린 것이 무슨 대죄라고 또 재판을 붙겠다는 것인지 도무지 이해할 수가 없었다.

그리고 또 한 가지 마음에 걸리는 일은 큰형님 가족이 돈을 벌겠다고 일본으로 이사를 가게 되어 예전처럼 큰집에서 차례를 지내지 않게 된 것이 아쉽기도 하였다.

몽환은 큰집 가까이 오자 새실 일본에 가서 사는 형님 가족들이 걱정되었다.

'큰형님 가족들이 얼마 전에 일본 나고야로 이사를 갔는데, 나고야란 곳이 어떤 곳인지? 이역만리 타향에서 고생은 하지 않고 잘 사시는지? 오늘 같은 설날 이국 타향서 조상들께 차례는 잘 올리고 있는지?'

등등이 궁금하기만 하였다.

새실에 도착하여 둘째 형님과 박달에 사시는 다른 형님 집에도 가서 세배를 올린 뒤에 작은아버지 댁으로 향했다.

"잔아부지, 새해 복 많이 받으시지요."

"오냐, 어서들 오이라, 지수에 사는 너뜰 형제가 다 왔구나. 그동안 종수님도 잘 계시재?"

가족 간에 서로 세배를 마치고 둘러앉아 식혜를 마시며 담소를 나누었다.

"조캐 진덕이가 장개 가서 득남 허더이만 인자 선비 태가 나는디."

몽환의 말에 진덕이 송구스럽다는 듯 말했다.

"당숙도 참, 부끄럽고로 와 그래쌌십니꺼?"

그러자 작은아버지 밑에서 같이 공부했던 동생이 당질의 재주를 칭찬하며 사촌형에게 말했다.

"성님, 인자 진덕이가 사서삼경 다 뗐싱께로 전에 겉이 과거가 있었이모 과거에 장원 급제헐 낀디…. 참 아깝네요?"

"동숭, 말은 고맙네만 공치사가 너무 심헌 거 아인가?"

그 말을 듣고 계시던 작은아버지가 점잖게 말을 꺼냈다.

"나라도 망허고 읎는디 과거는 무신 과건고? 다 부질 읎는 일이재."

"그런디, 제 아들내미는 학문에는 관심도 읎고 친구들과 어울리기만 좋아허니 걱정입니더."

몽환이 진송을 걱정하자 작은아버지는 무슨 쓸데없는 걱정을 하느냐는 듯이 타일렀다.

"조캐야, 요새 겉은 어지럽운 세상에 학문은 해서 머 허겄나? 농사일이나 잘 허몬 데는 기지."

"참 내, 잔아부지도…. 자헌대부 할아부지 뿐을 바야지요. 그러모 씨것십니꺼? 아무리 글 좀 읽으라고 해도 서당에서 대학책을 공부허다 말고 책을 손에서 떼삔 거 겉십니더."

"그래, 네가 공부가 한이 맺히서 그러는 거는 잘 안다. 진송아, 아부지 말씸대로 틈나는 대로 학문공부도 게을리허지 말거라. 아부지가 인자 부자가 뎄는디 아부지 체면도 살릴 줄 알아야 안 허겄나? 무식꾼 소리를 들어서야 데겄나?"

진송이 종조부의 말씀을 듣고는 공손히 대답했다.

"예, 종조부님께서 허신 말씸을 잘 명심허겄십니더."

몽환은 작은아버지 댁에서 세배를 마치고 나와서 동생 가족과 함께 지소로 돌아왔다. 그리고 큰아들 진송은 월운의 외가에 들러서 세배를 올리고 난 후에 개고개의 처가에 다녀오도록 했다.

진송은 결혼 후 첫 명절을 맞이하여 아내와 같이 새실부락 동쪽에 있는 봉골재를 넘어 월운에 있는 외가에 세배하러 갔다.

진송은 어려서 명절이 되어 큰집에 왔을 때 가끔 외가에 가 보곤 하였다. 외가에는 언제나 외할아버지와 외할머니 두 분만 가난하게 살고 있었다. 슬하에 아들이 없고 딸만 둘이었는데 큰 딸인 어머니가 시집간 후에 이모도 시집을 가서 두 내외만 살고 있었다.

그러다가 아버지가 김 개묵의 마름이 되어 살림살이가 나아지게 된 뒤에 아버지의 도움으로 겨우 가난을 면하게 되었다.

"외할아부지, 외할무이, 새해 복 많이 받으시지요?"

진송이 내외가 같이 세배를 드렸다.

"아이구, 우리 강 서방 큰아가 왔내. 그래, 너뜰 내우도 복 많이 받고 자식새끼 줄줄이 마이 낳거래이. 자슥 복이 최고니라."

"외할아부지, 건강은 좀 갠찬십니꺼? 두 분이 그 새 많이 외로우싰지요?"

"아이고, 인자 진송이가 결혼허더이 인사허는 거 봉께로 어른이 다 뎄데이."

"아부지는 바쁜 일이 있어서 먼첨 집에 가심시로 안부 전허라고 허싰십니더."

"하모, 바뿌모 퍼뜩 집에 가야재. 우리가 인자 겨우 살만허이 덴 것도 모도 너 아부지 덕인 기라. 어떠턴가 네도 아부지맨키로 살림 잘 살거래이."

그들을 반갑게 맞이한 외할머니는 연방 진송이 아내의 손을 잡고 만지작거리며 정이 듬뿍 담긴 말을 했다.

"참말로 새애기가 예삐기 생깄데이. 진송아, 네 참말로 장개 잘 갔내."

외할머니는 칭찬을 늘어놓다가 자리에서 일어나며 말했다.

"내 정신 좀 보래이. 내가 머 허내. 우리 새실랑 술 한잔 줄 생각은 안 허고…. 진송아, 인자 장개 갔씽깨로 술 무도 데재?"

"예, 외할무이, 그래도 아부지가 알모 큰일 납니더. 쪼깸만 주이소."

"꼴에 장개 갔다고 술을 마다 쿠지는 안 허내. 허허허."

외할아버지도 껄껄 웃으며 농담을 하였다.

진송 부부는 외가에서 외할머니가 정성스레 차려주는 설음식을 먹고 나서 처가로 가기 위해 길을 나섰다. 이명산 아래 산자락을 따라 오솔길을 걷는데 차가운 겨울바람이 불어와 아내의 치마폭을 펄럭이고 지나갔다.

"찬바람이 영 독허기 부내. 어이, 안 춥나?"

진송이 뒤따라오는 아내에게 말을 건넸다. 그러나 아내는 아무 대답이 없었다. 아내는 엄한 유교전통을 지키는 가정에서 자랐기 때문에 늘 겸손하고 부끄럼이 많았다.

진송은 자기 아내가 키가 좀 작기는 해도 얼굴이 예쁘고 순종적이어서 어른들 모르게 알뜰히 돌봐주곤 했다. 오늘은 단둘이라서 모처럼 대화를 나누고 싶어서 말을 건넸지만, 아내는 역시 말이 없었다. 진송은 외가에서 마신 술기운에 기분이 좋아서 혼자 콧노래를 부르며 새실 뒷골을 지나 개고개의 처가에 도착했다.

진송의 처가는 지금은 가세가 기울어 살림은 가난하였지만 원래 뼈대 있는 집안이어서 그 일대에서는 제법 울리고 사는 편이었다. 진송은 아내와 같이 사랑방에 가서 장인, 장모님께 세배를 올렸다.

"강 서방, 새해 복 많이 받으시게. 사돈어른도 잘 계시고?"

"예, 장인, 장모님, 새해 복 마이 받으시지요. 그라고 아부지가 두 분 헌티 안부 전허라꼬 헙디더."

"오냐, 그래, 사돈 내외분도 강녕허시재?"

장인도 안부 인사를 했다. 진송이 고개를 들어 주위를 둘러보고는 처남의 안부를 물었다.

"그런디 처남들은 어디 갔십니꺼?"

진송의 처가는 장인 내외분이 2남 1녀의 자식을 둔 단출한 가정이었다. 자기 아내가 큰딸이고 그 아래에 남동생이 두 명 있었다.

"아, 가들이 율촌 큰집에 가더마 아적꺼지 안 오내. 일본서 돌아온 주사촌형이 일본 동경 가서 살던 이야구 바구리[17]에 푹 빠짔능가 보네."

"아, 예, 동경제국대학고에 들어갔다는 사촌 손위처남 말씸입니꺼?"

"그렇다네. 나중에 저녁에 내도 그곳 이야기 좀 듣고 잡아서 여기로 들르라고 했네. 나중에 오모 강 서방 자네도 한번 만내 보게."

---

17) 이야기 바구니

"아, 그리 뎄십니꺼? 그러모 나중에 만나 보몬 데겠내요."

진송은 저녁을 먹고 나서 처가식구들과 그동안에 있었던 여러 가지 집안일과 농사일 등에 관한 이야기를 나누고 있었다. 그때 자기의 두 처남과 큰집 사촌 처남이 같이 처가로 돌아왔다.

진송은 처남들과 같이 들어서는 큰집 사촌 처남의 옷차림을 보고는 두 눈이 휘둥그레졌다. 그는 두루마기 비슷하게 생긴 커다란 검은 외투에 짧은 뿔이 달린 네모난 검은 모자를 쓴 모습을 생전 처음 보았기 때문이다.

그 모습은 진송이 배드리장이나 하동장에서 본 일본 경찰이나 일본인들과는 또 다른 모습이었다. 그는 속으로 일본 대학생은 저런 옷을 입고 다니는구나 하고 짐작하면서 사촌 처남과 첫인사를 나누었다.

뒤이어 다과상이 차려져 나오고 상 주위로 장인어른을 비롯하여 온 식구들이 둘러앉았다.

사촌 처남이 말하는 생전 처음 듣는 일본에 관한 이야기에 모두들 혼이 나간 듯이 귀를 쫑그리고 들었다.

사촌 처남은 주위 사람들이 자기 이야기에 집중할수록 더욱 신이 나서 손짓까지 해가면서 이야기에 열을 올렸다.

진송은 처남이 하는 이야기 중에서 특히 이해가 잘 가지 않는 대목은 기와집 몇 채보다 큰 쇠로 만든 배가 바다 위를 떠다닌다는 것과 쇠로 만든 비행기라는 것이 하늘을 날아다닌다는 것이었다.

'쎄 배는 그렇다 치고, 세상에 쎄 덩그리가[18] 하늘을 날아댕긴다? 아

18) 쇠 덩어리가

무래도 모리겄내.'

사촌 처남이 한참 이야기를 나누다가 진송을 보고는 갑자기 생각이 났다는 듯이 말을 건넸다.

"그래, 강 서방, 자네 부친이 구례 만석꾼 집 마름이라 했던가?"

자기는 만석꾼 집안의 후손임을 은근히 과시하며 무시하는 듯한 말투로 물었다.

"예, 우리 아부지가 구례 김 개묵 어른의 소작논 관리허는 일을 도와 디리고 있십니더."

"좀 전에 내가 하는 말 잘 들었재? 강 서방, 자네가 아직 젊었으니까 허는 말인디…. 세상이 변허고 있네. 젊은 사람일수록 그걸 잘 알아야 헌다 이 말일세. 공자 왈 맹자 왈 하면서 허송세월 보내다가는 언제 어떤 나라 사람이 와서 내 코를 베어 갈지 모르는 세상이 되었단 말일세. 자네도 정신 채리고 신학문 공부를 해야 허네."

진송의 사촌 처남은 서울말과 경상도 사투리를 섞어가며 진송을 어린아이 대하듯이 하면서 충고가 아니라 거의 남의 운명을 자기가 결정지어 주려는 듯이 거만하게 말했다.

진송은 마음속으로 자존심이 상했다. 하지만 사촌 처남에게서 생전 처음 들어보는 일본이라는 새 세상의 신문물에 대한 이야기는 평소에 집안 어른들이 일본은 우리 조선을 망친 원수 나라라고 했던 말도 잊게 하여 호기심을 불러일으키기 충분했다. 그는 마음속으로

'만석꾼으로 잘살던 집안사람도 제 잘살길 찾겄다고 원수 나라 일본꺼정 공부허로 갔다 와서 저러코롬 큰소리 탕탕 치는디…. 이러다가 우

리 조선은 영영 망허는 거 아이가?'

하는 생각이 들자 마음 한구석이 무거우면서도 무언가에 가슴이 강하게 짓눌려 오는 느낌이 들었다.

*

염치수와 황대성은 지금까지 서로 원수처럼 지내다가 이제는 다정한 친구처럼 이웃사촌이 되어 있었다. 그렇게 사이가 좋아진 것은 갈사만 일대의 많은 김밭을 차지하여 김 양식을 해오던 일본 사람들이 김 양식업에서 점차 손을 떼고 사업전환을 한 뒤부터였다.

일본인들이 하동김의 품질이 우수함을 알고 이곳 갈사만으로 와서 그동안 조선인들이 운영하고 있던 김 양식장을 강제로 빼앗아 대단위로 김 양식업을 시작하였다. 그런데 그들의 예상과는 달리 김 양식을 하는 데에는 여러 가지 난관이 기다리고 있었다.

첫 번째 난관은 인건비였다. 김 양식을 하기 위해서는 봄에 멀리 섬진강 상류에서 산죽이나 솜대, 싸리 등을 매입하거나 주변에서 갈대를 구하여 5~6개씩 짚으로 묶어서 섶을 만들어 준비해 두어야 했다. 그리고 추석을 전후로 섶을 김 양식장에 운반한 뒤에 간조 때를 기다렸다가 갯벌에 적당한 간격으로 말뚝을 박아 구멍을 내고 그 자리에 섶을 묻어서 삽식했다. 그런 뒤에 섶에 김 포자가 붙어 자라는 추운 겨울이 되면 김을 채취해서 민물에 씻어 발로 떠서 일일이 햇볕에 말려야 했다.

그렇기 때문에 김 양식은 많은 인력을 필요로 하는 노동집약적인 산업이어서 인건비가 많은 비중을 차지했다.

그 당시 조선인들은 거의 대가족을 이루고 살면서 자기 가족들을 인력으로 동원하여 김 양식을 했기 때문에 인건비가 별도로 들지 않았다. 그런데 일본인들은 거의 모든 인력을 임금을 주고 동원해서 김 양식업을 했다. 그 당시에 김 양식으로 얻는 수익이 벼농사의 약 7·8배 정도의 고수익 사업이긴 하였으나 워낙 인건비 지출이 많아서 수지가 잘 맞지 않았다.

그리고 또 다른 난관은 김을 만들기 전에 김발을 민물로 헹궈서 말려야 했다. 그런데 갈사만 일대의 해안가에는 냇물이 없어서 민물이 턱없이 부족하였다. 그래서 생산한 김을 민물에 제대로 헹구어 말리지 못하고 생김으로 싼값에 내다 파는 경우가 많았다.

그런데 그들에게 결정적인 타격을 입힌 것은 김 섶에 달라붙는 파래의 과다한 번식과 갯병이었다. 그들이 김 양식을 시작한 지 몇 해 지나지 않아 예년에 보기 드물게 겨울이 따뜻하여 수온이 올라갔다. 김은 수온에 민감한 반응을 보이는 해조류이다.

그해 따라 갯병이 크게 번져서 김이 잘 자라지 못한 데다가 파래가 갑자기 많이 번식하여 김 품질이 떨어지게 되었다. 그로 인해 김을 제값에 팔지 못하여 대규모 손실이 발생했던 것이다.

그 뒤로 일본인들은 김 양식에 대한 관심이 떨어지기 시작했다. 노동집약적인 김 양식 사업에서 일본인들은 조선인들과의 경쟁력에서 밀릴 수밖에 없었기 때문이다.

그리하여 일본인들은 노동력이 별로 많이 들지 않고 고수익을 올릴 수 있는 백합양식으로 사업을 전환하기 시작했다.

백합양식은 큰디의 넓은 모래펄의 어느 곳에나 그물을 둘러치고 백합 종패를 뿌려서 키우면 잘 자라는 손쉬운 사업이었다. 또한, 백합양식장을 관리하는 데에도 일손이 별로 들지 않았다. 양식장의 백합 도난 사고만 잘 지키고 해파리의 피해만 막으면 되었다.

그리고 큰디에서 생산되는 백합은 조선뿐만 아니라 일본 어느 곳에서 생산되는 백합보다 맛이 좋아 고가에 판매할 수 있어서 고수익을 올릴 수 있었다.

일본인들이 김 양식에서 점차 손을 떼면서 김 양식장의 대부분이 예전대로 조선인들 차지가 되었다. 따라서 김 양식장 배분으로 인한 어민들 간의 마찰도 줄어들고 동네 인심도 예전처럼 좋아지게 되었다.

염 구장과 황대성뿐만 아니라 동네 주민들 사이에 오해가 풀린 것은 지난봄에 갈사만 일대 김 양식장의 배정작업을 조선인들이 직접 하게 되면서부터였다.

일본인들이 김 양식 사업을 하는 가구가 줄어들기는 하였으나 아직 십여 가구가 용덕마을에 살면서 김 양식을 계속하고 있었다. 그런데 그들 소수가 아직 갈사만 일대 김 양식장의 배정과 판매까지도 주도하고 있었다.

염 구장이 그들의 일을 계속 도와주면서 조선인들을 관리하는 일까지 맡아 하고 있어서 주민들과 본의 아니게 마찰이 생기기도 하였고,

민원이 잘 해결되지 않으면 그 원망을 염 구장이 고스란히 짊어질 때가 많았다.

일본인들이 갈사만 일대에 들어와서 김 양식을 한 이후부터 그곳에서 생산된 김 판매는 주로 광양해태전습소와 망덕에 설립한 해태조합 분소에서 전담하다시피 하였다.

그 이외의 김 판매는 해태조합에서 판매권 지정을 받은 일본인 중개상에 의해 이루어졌다. 따라서 조선인 김 양식업자들은 김 양식장 배정에서부터 판매에 이르기까지 불이익을 당할 수밖에 없었다.

그런데 일본인 김 양식업자들이 줄어들게 되자 그들이 대다수를 차지하게 된 조선인 김 양식업자들을 관리하는 일이 점점 부담스러워지기 시작하였다. 이러한 사실을 눈치챈 염치수가 용덕에 사는 일본인 대표자를 찾아가 김 양식장 관리에 대해 협상을 해보기로 마음먹었다.

그는 일본인들과의 협상에 대표로 나설 조선 사람이 필요하다고 생각했다. 그는 아무래도 용덕에는 염 씨와 황 씨 성을 가진 사람들이 주민의 대부분을 차지하고 있었으므로 자기와 황 씨 집안의 황대성을 대표로 정하는 것이 낫겠다고 여겼다. 그래서 그는 어느 날 저녁에 황대성을 자기 집으로 초대하였다.

염치수는 작은방에 술상을 차려놓고 황대성을 기다렸다.

"염 구장 있는가?"

"친구, 얼렁 들어오게. 우리 농주가 맛이 기똥찬 거 겉애서 한잔헐라고 불렀네."

"술이라카모 내사 마다헐 택이 읎재. 그런디 아닌 밤중에 홍두깨도 아이고 무신 볼 일이 있나?"

염치수는 술잔에 농주를 그득히 부어서 황대성에게 잔을 권하며 친절하게 말했다.

"그동안 내가 자네헌티 몬헐 짓을 마이 헌 거 겉었는디. 술도 한잔헐 겸 겸사겸사해서 오라 칸 거 아이가? 일단 한 잔 들게."

두 사람이 술을 두서너 잔 마시고 나서 염치수가 하고 싶은 말을 꺼냈다.

"사실은 말일세. 내가 구장질 험시로 자네뿐만 아이고 동네 사람들이 내를 마이 원망허고 있는 거 다 알고 있네. 그래서 말인디 저 밑에 사는 일본 사람들헌티 가서 김발 배정을 우리가 허겄다고 한번 협상을 해볼라 카네. 그리 데모 짐 양식장 배정 땜에 우리 동네 사람들끼리 생기는 오해도 안 생길 거 아이겄능가? 이 일을 내허고 자네가 같이 심을 합치서 한번 해 보모 어떻겄능가?"

황대성은 그 말을 듣고 의외라는 듯이 손을 가로저으며 선뜻 나서려고 하지 않았다.

"그놈들이 얼매나 숭칙허고 약삭빠린 놈들인디…. 우리 부탁을 들어주겄나?"

"야, 이 사람아, 궁허몬 통헌다고 안 카던가? 한번 부딪히 보는 기지머…."

"내사 모리겄네. 마, 그래 그 일로 내를 불렀나? 내허고 같이 가서 의논을 해 볼 끼라꼬?"

치수는 술잔을 한 잔 더 권하며 여유를 가지고 말했다.

"내 생각이 그렇다는 기재. 머, 그리 급헌 거는 아이닝께 찬차이 생각해보자꼬…"

며칠 뒤에 염치수가 황대성을 찾아가서 다시 일본 사람을 같이 만나러 가 보자고 권했다. 황대성은 염 구장이 그래도 자기를 사람대접해 주는 것이 고마워서 마음이 변했는지 은근히 염 구장의 청을 들어주었다.

"자네 생각이 꼭 그렇다모 밑져 봤자 본전인께로…. 그래, 같이 함 가보세"

그리하여 두 사람은 아래동네 선창가에 사는 일본인들을 찾아갔다. 염치수는 일본 사람들을 모아놓고 자기의 의견을 제시하였다.

「일본인들이 이곳에 김 양식을 한 뒤로 일본인들의 수는 점차 줄어들어 지금은 조선 사람들이 대부분의 김 양식을 하고 있는 실정이다. 그런데 김 양식장 배정을 일본인들이 하고 있어서 조선인들의 불만이 많다. 그래서 김 양식장 배정을 조선인 스스로 해결할 수 있도록 배정권을 조선인들에게 넘겨 달라. 그렇게 해 주면 우리 조선인들도 당신들의 김 양식을 위한 여러 가지 일에 잘 협조해 주겠다.」는 내용을 말했다.

그랬더니 일본인 대표가 의외로 두 사람의 요구에 동의해 주며 자기들도 부탁이 있다면서 오히려 협조를 구해왔다.

「자기들도 그 일에 대해 이미 생각하고 있는 중이었는데, 오히려 잘 되었다. 그런데 여기 갈사만 일대서 생산한 김을 망덕 해태전습소와 판매권 지정을 받은 일본중개상인을 통해 판매해 왔다. 그로 인해 우리가 생산한 김을 멀리 전라도까지 운반하는 등의 불편한 점이 많았다. 이것은 조선인뿐만 아니라 우리 일본양식업자들도 마찬가지였다.

그래서 조선인들이 협조해 주면 우리 일본인들이 하동군청에 서류신청을 하여 우리가 사는 용덕에 '해태조합'을 새로 설립하는 일을 추진해 보겠다. 그리하여 양식장 배정뿐만 아니라 판매에 이르기까지 모든 업무를 우리와 조선인 직영으로 운영할 계획인데 조선인들이 협조할 수 있겠느냐?」

고 역제안을 해왔던 것이다.

염 구장과 황대성은 크게 만족해하며 갈사만 일대 어민들과 상의하여 의견이 모이는 대로 다시 자리를 같이해서 이 문제를 해결하기로 했다.

그때까지 김 양식장 배정과 판매 등에 관한 모든 일은 망덕의 해태조합에서 전담해 왔고 염치수와 몇 안 되는 구장들이 갈사만 일대의 어민들에게 행정사항을 전달하는 일을 해왔다.

그런데 염치수가 담당한 지역이 너무 넓어서 갈사, 고포, 나팔, 궁항 등지의 각 부락마다 연락책임자를 정하여 자기 일을 분담해 왔다. 앞으로 갈사만 일대의 어민들이 모두 참여하는 해태조합을 결성하려면 동네별로 따로 대표자를 정해야 했다.

이를 위해 염치수는 즉각 행동에 나섰다. 각 동네를 돌아다니면서 사람들에게 해태조합 설립에 관한 상황을 설명하고, 각 부락 단위로 구장을 다시 정하도록 했다.

또 이들 구장을 중심으로 각 동네 사람들의 의견을 취합해서, 대표자회의를 통해 결정한 사항을 다시 각 동네로 통보했다. 그리하여 협상 내용이 문제가 없는지 재검토하게 하고, 다른 의견이 더 있는지 알아보기 위해서였다.

그 후 충분한 의견을 수렴했다고 여긴 염치수는 각 부락 구장들을 다시 모아 이견이 없음을 확인하였다.

그런 뒤에 염치수와 황대성은 일본인 대표와 협상을 하여 갈사만 주민들의 김 양식장 배정권 회수와 해태조합 설립을 위한 일을 추진하기로 했다.

이 일은 일사천리로 진행되어 일본인들 대표와 조선인 각 부락 구장들 사이에 해태조합 설립 및 운영 등에 관한 합의서를 작성하여 교환하였다. 이렇게 하여 해태조합 업무는 일본인들이 주도적으로 수행하고 조선인 사무원을 두기로 했다.

또 지금까지 일본인들이 소유하고 있던 김 양식장은 일본인들이 독점적으로 소유하여 관리하며, 나머지 김 양식장은 조선인들이 의논하여 자율적으로 배정하도록 하였다. 그리고 조선인 사무원은 일본인 사무원과 동등한 대우를 받도록 하였다.

그 후에 일 년여의 준비 기간을 거친 뒤에 '갈사해태조합'이 하동군청으로부터 정식으로 설립허가를 받아 용덕부락에 해태조합사무소를 설립하게 되었다.

염치수는 어민들로부터 그동안의 노력한 공로와 그의 능력을 인정받아 해태조합 사무원이 되었다. 그가 맡아 보았던 용덕부락 구장은 황대성이가 뒤를 이어 맡게 되었다.

*

설 대목이 다가오는 어느 겨울날 토요일에 짧은 해가 늘봉산 너머로 뉘엿뉘엿 넘어가고 있었다. 그때 진교면 주재소에 근무하는 김 순경이 범사 홍팔준의 집 대문으로 들어섰다. 그는 무슨 좋은 일이 있는지 연방 싱글벙글 웃으며 주인을 찾았다.

"홍 영감님! 계십니꺼? 진교 김 순경이 왔십니더."

그 소리를 듣고 홍팔준이 부리나케 사랑방문을 열고 허겁지겁 마당으로 뛰어 내려와서 김 순경의 손을 맞잡고 반색을 했다.

"김 순경! 어서 오시게. 그라내도[19] 김 순경을 코가 빠지도록 기다리고 있었내. 자 사랑방으로 드시게."

김 순경이 사랑방으로 들어서자 방 안에는 이미 술상이 진수성찬으로 차려져 있었다.

"자- 자, 이리 따신 디로 앉으시게. 진교서 먼 질 걸어 오니라고 다리가 아플 낀디…. 우시내 걸걸허이 막걸리나 한 잔 허시게."

홍팔준은 연방 김 순경의 비위를 맞춰가며 술잔을 권했다. 두 사람 사이에 몇 순배의 술잔이 오가고 나서 홍팔준은 김 순경을 초대한 본심을 말했다.

"김 순경, 그런디 전번에 그 지수 강 센 재판서 벌금이 와 그리뿌이 안 나왔는고? 시상에 무작헌 그놈헌티 벌금이 쌀 네댓 섬 치뿌이[20] 안 덴단 말인가?"

---

19) 그렇잖아도

20) 정도밖에

"그라내도 벌금이 그리 작을 줄 누가 알았겄십니꺼?"

홍팔준은 더욱 심각한 표정을 지으며 말했다.

"김 순경, 재판을 한번 더 새로 열리고로 해 났재?"

"예, 그걸 항소라고 허는 긴디요. 대구 고등법원에 항소를 해 났십니더 그런디 항소에 이기려면 변호사라 쿠는 사람을 사야 헙니더."

"머, 변호사? 그기 먼디?"

"예, 지소 용석이를 재판헐 적에 용석이가 재판에 이기고로 변호허는 사람을 말허는 깁니더. 영감님이 변호사를 사몬 그 사람이 용석이 대신에 재판을 이기고로 다 해 줍니더. 그런디 그런 사람을 살라 쿠모 돈이 숱차이 들낍니더."

"야, 이 사람아! 돈이 문제가? 이번에는 틀림읎이 끝장을 바야 헐 낀디…. 무신 좋은 방법이 없겄능가? 사실은 이 일로 김 순경 자네와 의논헐 일이 있어서 이렇고로 만나자고 헌 거 아이겄나?"

그는 일부러 김 순경이 보는 앞에서 미리 두둑하게 돈을 넣어 두었던 봉투를 꺼내 보이고는 그의 주머니에 집어 넣어주며 말했다.

"자, 이거는 내 성의인깨로 고마 받아 두시게."

"멀 이리꺼지 안허시도 데는디…. 하이튼 고맙십니더."

김 순경은 홍팔준이 내민 돈 봉투를 보고는 기분이 좋아서 입이 귀에 걸리도록 미소를 띠며 못 이기는 척하고 돈 봉투를 슬그머니 받아 호주머니에 넣었다.

"그래, 무신 좋은 방책이 없겄능가?"

김 순경은 아무 일도 없었다는 듯이 옷매무새를 다시 바로하고 나서,

기분이 좋아 연방 헛웃음을 웃어대며 미리 생각해 놓은 것을 말했다.

"그럼요, 좋은 방법이 있고말고요."

"그래, 그기 머신디?"

"지난번에는 과실치상혐의로 재판을 걸어서 벌금이 그리뿌이 안 나온 깁니더. 이번에는 확실허고로 살인 미수죄로 걸어뿌모 아매도 몇십 년은 감옥에서 썩어야 헐낍니더."

그 말에 홍팔준은 기분이 좋아서 환한 얼굴로 싱글벙글하다가 갑자기 무슨 중요한 생각이 머리에 떠올랐는지 심각한 표정을 지으며 말했다.

"그런디 사람을 감옥에 처넣을라 카모 강 센 아들이 아이라 강 센 그놈을 감옥에 처넣야 헌데이. 알겄능가? 그래야 지수 김 개묵의 소작논이 도로 다 내헌티로 돌아온단 말일세."

"그럴라모 강 센이 살인 미수를 저지른 것을 입증할 증인을 구해야 허는디요. 증인은 구헐 수 있겄십니꺼?"

"그기야 식은 죽 먹기지. 지수 사람들이야 다 내 손안에 있다 아인가배? 그런 일은 내가 다 알아서 헐 낀께로 김 순경은 법적인 일이나 잘 알아서 처리해 주시게. 이번 일만 잘 데모 또 내가 그냥 있지는 않을 걸세."

두 사람은 야릇한 미소를 지으며 의미심장한 눈길을 주고받았다. 그들은 밤이 새도록 술잔을 들이키며 송사에 대한 대화를 나누었다. 그들은 재판에 이길 자세한 계책을 세워서 실행에 옮기기로 굳게 밀약했다.

정월 대보름이 가까워져 올 무렵 몽환은 책력을 펴놓고 일 년 농사계획을 세우고 있었다. 음력 날짜는 절기와 차이가 있으므로 농사계획은 절기를 기준으로 세워야 계절의 변화에 맞춰 농사일정을 제대로 잡을 수 있었기 때문이다.

그는 월별로 중요한 농사일정을 붓글씨로 적어서 정리한 뒤에 큰아들을 불렀다.

"야아 야, 큰아는 책은 안 읽고 또 어디 갔나? 사랑방에 좀 나오라 캐라."

진송이 사랑방에 들어와 앉자마자 몽환은 꾸지람부터 늘어놓았다.

"야아 야, 제발 너 증조부님 본보고 책 좀 읽어라 캐싸도 내 말을 안 듣고 어디로 쏘댕기냐? 자. 이거 내가 정리헌 농사일정 한번 읽어 보거라."

진송은 죽 훑어보고 대충 알았다는 듯이 말했다.

"아부지, 잘 밨십니더. 잘 덴 거 겉네요."

"네도 앞으로 농사를 지을라모 책력을 잘 챙기 바야 헐 끼다. 농사일 허기 전에 이걸 잘 챙기 보고 차질이 없도록 허거라."

"예, 잘 알겄십니더. 아부지, 그런디 올해 우리 집에 들어올 머심은 다 구했십니꺼?"

"큰머심허고 작은머심 둘은 구했다. 그런디 아적 나머지 두 사람은 구허는 중이다."

그때 밖에서 인기척이 들렸다.

"월운 강 센, 아침 자있소?"

몽환이 방문을 열며 말했다.

"할미 김 센인가? 어서 오게."

"진송이 자네도 있었내. 그기 책력 아입니꺼? 볼씨로 농사 질 얼개를 잡고 있었십니꺼?"

몽환은 책력과 지필묵을 치우며 말했다.

"그렇네, 자네는 올개[21]도 머심 안 들일 낀가?"

"성님이 소작논만 마이 좀 떼 주이소. 그러모 머심을 몇이라도 데리지요?"

"허기사, 그거는 그렇네. 자네헌티는 말 잘몬 허다가 본전도 몬 찾겄는디…."

"성님, 그런디 요새 동내 소문 몬 들어 밨십니꺼?

그는 좀 뜸을 들이다가 몽환에게 듣기에도 섬뜩한 소문을 전해 주었다.

"요 옆집에 사는 용석이 안 있소?"

"그래, 와?"

"동내 사람들이 용석이헌티도 듣고 배드리장에서 범새 홍팔주이헌티도 들었다고 함시로 말들이 많던디요."

"그래, 무신 소문이던가?"

"아, 글씨, 월운 강 센허고 작은아들이 감옥에 가서 몇십 년은 썩을 기라고 허는 소문이 짝 퍼졌던디요?"

몽환은 충격적인 소문을 듣고는 불안하여 걱정스러운 표정을 감추지 못하면서도 겉으로는 태연한 척하며 말했다.

"우리 진석이가 용석이 빠마대이 한 대 쎄린 거 갖고 그래 쌌는기재? 그런디 그기 다 소문 아이것능가? 설마 그리야 허겄능가?"

---

21) 올해

할미 김 센은 걱정이 된다는 듯이 심각한 표정을 지으며 말했다.

"아이참! 성님도 고걸 벌로 들을 일이 아인디 걱정도 안 데요? 그러다가 진짜 감옥에라도 가기 데모 우짤라고 그러는 기요?"

"걱정은 고맙네만 그럴 리야 있겄능가?"

"성님, 그러지 말고 범새 홍 영감헌티 한번 찾아가 보는 기 어떻겄소?"

"하이튼 걱정을 해 조서 고맙네. 내가 알아서 헐 낑께 그리 알게나."

할미 김 센은 이 이야기 저 이야기 나누다가 돌아갔다. 몽환은 범사 홍팔준이 배드리장에서 일본 경찰인 김 순경과 자주 어울린다는 것을 알려준 삼현 선생의 말이 생각나서 마음에 걸렸다. 그러나 한편으로는

'아무리 홍 영감이 인정머리가 없다 캐도 설마 빠마대이 한 대 쎄린 걸 갖고 그리 큰 해코지를 해 쌓겄나?'

하는 생각을 하며 스스로를 위로했다. 그러나 몽환은 오늘따라 문틈으로 강하게 들이치는 황소바람에 왠지 몸이 더 떨렸다.

정월 대보름이 지난 지 얼마 되지 않아 몽환이 가마솥에 끓인 소죽을 퍼서 외양간으로 들고 가는데 새까만 양복에 중절모를 쓴 낯선 신사 두 사람이 사립문을 들어섰다.

"이 댁이 강몽환 씨 댁입니까?"

몽환이 얼른 소죽을 퍼다 주고 그들 앞으로 와서 말했다.

"예, 제가 강몽환인디요. 와 그러십니꺼?"

"예, 강몽환 씨께 좀 의논할 일이 있어서 찾아왔습니다."

몽환은 방문객의 말투로 그가 이 지방 사람이 아닌 것을 금방 알아

채고는 뭔가 불안한 느낌이 들었다.

"아! 예. 그러모 방으로 드시지요."

그리고는 안채를 향해 큰 소리로 말했다.

"야들아, 손님 오싰다이. 술상 좀 채리 오이라. 그러고 큰아도 사랑방으로 오라 캐라."

몽환은 손님들을 사랑방으로 모시고 가서 앉았다.

"와 그러십니꺼? 우리 집에 무신 일이라도 있는 깁니꺼?"

그러자 한 사람이 가죽가방에서 한 뭉치의 서류를 꺼내서 뒤적이며 천천히 말했다.

"저-, 강몽환 씨, 김용석이라는 사람과 전에 송사가 있었지요?"

"예, 그렇십니더. 그런디 그 일이라모 쪼깸만 기다려 주이소."

그러고는 안채 쪽 방문을 열고는 아들을 재촉했다.

"큰아야, 퍼뜩 안 나오고 머하냐? 진석이도 같이 좀 사랑방으로 내리 오이라."

잠시 후 두 아들이 들어와서 자리에 앉자 손님 중의 한 사람이 자기 일행을 소개했다.

"여기 계신 이분은 대일본제국의 다카모리 변호사이고, 저는 사무장이며 통역인 정한모라고 합니다."

몽환도 자기 아들을 소개하였다.

"예, 야가 내 큰아들이고 옆에 있는 야가 옆집 용석이허고 송사를 벌인 우리 둘쨉니더."

"아, 예, 피고인 강진석 씨군요. 다들 잘 들어 보십시오. 지난번 판결이 난 뒤에 원고 김용석 씨가 이번에 다시 살인 미수혐의로 대구 고등 법원에 항소를 했습니다."

모두들 어려운 용어를 쓰는 말을 듣고는 어리둥절해 하고 있었다. 진송이 용기를 내어 사무장에게 물었다.

"살인 미수요? 그기 무신 말입니꺼?"

"예, 이 소장에 의하면 강몽환 씨와 강진석 씨가 공범이 되어 일부러 김용석 씨를 찾아가서 작두로 발목을 잘라 살해하려고 한 혐의입니다."

그 말을 듣고 몽환과 두 아들은 기절초풍할 정도로 놀랐다. 진석의 입에서 갑자기 큰 소리가 튀어나왔다.

"머시! 살인요?"

그러자 사무장이 침착한 어조로 말했다.

"예, 틀림없이 살인 미수죄입니다."

그러자 몽환은 한탄하듯이 외마디소리를 내며 말했다.

"아이고, 동내 사람들아, 우리 자슥이 빠마대이 한 대 쎄린 걸 갖고 머시라? 우리 부자가 사람을 직일라 캤다고? 하늘이 알고 땅이 다 안다. 시상에 이런 날벼락이 어디 있냐? 날벼락도 유분수재!"

그런 중에도 큰아들인 진송은 정신을 차려 침착하게 물었다.

"그러고 또 아까 공범이라 캤는디 그거는 무신 말입니꺼?"

"예-, 두 사람이 같이 모의하고 힘을 합쳐서 사람을 죽이려고 했던 범인을 가리키는 말이지요. 그래서 죄가 더 무거워지는 것입니다."

그 말을 들은 진석은 기겁하듯이 놀라서 말했다.

"머시라꼬요? 우리 아부지는 그 사람헌티 손도 까딱 안 했는디 같이 사람을 직일라 캤다고요? 시상에 그런 무작헌 거짓말쟁이가 어디 있어? 이 자슥을 진짜 그냥 놔둬서는 안 데겄내."

하면서 진석이 자리를 박차고 밖으로 나가려고 하자 진송이 동생의 손을 잡고 말렸다.

"니가 시방 머 허는 짓이고? 사람을 쎄리 갖고 이 난리를 치고도 아직 정신을 몬 채맀나?"

진송이 동생을 제지하고 나자 사무장이 차분한 목소리로 말했다.

"그래서 변호사가 꼭 필요한 것입니다. 그런 억울한 일을 당했으니 누명을 벗어야 하지 않겠습니까?"

진송은 아버지를 좀 안정시키고 난 뒤 차분히 물었다.

"그러모 재판을 변호사 읎이 그냥 허모 어찌 데는 깁니꺼?"

사무장이 다시 천천히 설명하였다.

"어찌 되었든 간에 피고가 죄를 지은 것에 대한 정당한 재판을 받기 위해서는 변호사를 선임해야 유리합니다. 아무리 억울해도 변호사를 선임하지 않으면 십중팔구는 재판에 져서 큰 손해를 보는 경우가 많습니다."

"그러모 변호사가 우리를 공짜로 도와주지는 않을 끼고 변호사헌티 잘 해 달라고 부탁할라모 큰돈이 들 거 아입니꺼?"

"당연하지요. 그래서 우리가 여기까지 찾아와서 당신들 의견을 구하러 온 것이 아니겠습니까?"

몽환은 변호사를 구하는 것이 무엇인지는 잘 이해가 가지 않았지만, 돈이 든다는 말에 분통을 참지 못하고 한마디 했다.

"머시요? 변호사가 먼디요? 빠마대이 한 대 쎄린 기 머 그리 큰 죄라고 돈을 주고 변호산가 머신가를 구해야 헌단 말입니꺼?"

그러한 아버지의 모습을 보고 있던 진석은 자기의 실수로 이렇게 큰 사단이 일어난 것이 모두 자기 잘못이라는 것을 느끼고 몸 둘 바를 몰랐다. 진석은 마음이 약해져서 그들이 마치 판사라도 되는 듯이 갑자기 그들 앞에 무릎을 꿇고 빌었다.

"이기 다 지가 잘몬해서 그런 깁니더. 지가 다 벌을 받을 낀께로 제헌티 벌을 주이소. 그러모 변호사 구헌다꼬 돈이 안 들 꺼 아입니꺼?"

그 모습을 보고는 일본인 변호사가 놀라서 일어나 진석을 일으켜 세우며 머라고 일본말을 했다. 그러자 사무장이 대신하여 설명했다.

"아, 이분은 판사가 아니고 다카모리 변호삽니다. 이분을 변호사로 선임하시면 이분이 잘 변호해서 재판에 이기도록 도와주려고 여기까지 온 분입니다."

그 말을 듣고 진송은 다시 궁금한 것을 물었다.

"그러모 변호사를 선임인가 머를 해야 헌다모 돈이 대략 얼매나 듭니꺼?"

"예, 보통 변호사에게 변론을 선임하게 되면 변론수임료가 상당히 많이 들지요."

진송은 사무장이 자꾸만 알아듣기 어려운 말을 계속하는 것이 듣기에 불편했다. 그렇지만 궁금한 것을 참을 수가 없어서 아버지를 대신하여 다시 물었다.

"그러모 이분헌티는 얼매나 돈을 디리모 변론인가 머를 헐 수 있는 깁니꺼? 좀 쉽고로 말씸해 주모 안 데겄십니꺼?"

"아-, 예."

하고는 사무장이 변호사와 둘이서 일본말로 무엇인가 귓속말을 나누고 나서 말했다.

"예에-, 보통은 피고인이 고등법원이 있는 대구에 가서 변호사를 선임해야 하는데 이분은 진주에 계시는 분입니다. 그래서 이분을 변호사로 선임하면 댁께서 대구까지 변호사 구하러 안 가도 됩니다. 그리고 이 사건은 살인 미수죄이면서도 공범인 사건이라 변론수임료가 좀 비쌀 것 같은데요. 대구까지 가는 교통비를 제하고도 약 한 백 원 정도는 들어갈 것 같습니다."

그 말을 들은 몽환은 너무도 놀라 자리에서 벌떡 일어서며 큰 소리로 말했다.

"머시, 백 원요? 그러모 빠마대이 한 대 쎄린 걸 갖고 나락 한 섬에 4원씩 처도 수물댓 섬 값이나 데는 돈을 주고 변호산가 머신가를 사라꼬요? 나락 한 섬 맨딜라모 얼매나 쎄 빠지게 고생해야 허는지나 알고 있십니꺼? 세상이 디집어지도 내는 그리 몬헙니더."

하고는 몽환은 자리에서 벌떡 일어났다가 다시 털썩 주저앉았다. 사무장이 다시 말소리를 가다듬어 차분하게 말했다.

"예, 놀랄만도 하지요. 저도 어르신 심정이 어떤지 잘 이해가 갑니다. 요즘 농촌에서 쌀 한 섬 값이 어딥니까? 그래서 말씀드리는 것인데요. 여기 계시는 이분은 일본 변호사들 중에서도 유명한 분이신데 특별히 인심이 후한 분이라서 일부러 진주에 와서 조선 사람들을 위해 저렴한 수임료를 받고 변론을 하고 계시는 분입니다."

사무장은 마치 여기 온 변호사가 조선 사람들을 위해 일하는 자선가라도 되는 것처럼 다시 소개했다. 그는 몽환이네 가족의 환심을 사려는 듯이 재판 과정에 대해 친절히 설명해 주었다. 그 말을 듣고 진송은 차분히 생각해 보았다.

'지금 세상은 우리나라가 망하고 일본인들이 다스리고 있는 것은 현실이 아닌가? 허지만 농촌에서 이웃 간에 있었던 사소한 다툼을 갖고 이러코롬 큰 사건으로 비화되는 것은 이해할 수 없는 일이다. 설령 그것이 큰 사건이라 치더라도 아부지가 그동안 재산을 모으니라 얼매나 고생했는디 그리 큰돈을 선뜻 내놓을 처지는 아이재.'

진송은 마음속으로 결정을 내린 뒤에 사무장에게 자기 집안의 형편을 설명하고 정중하게 사양의 뜻을 표하였다.

"제 생각에는 촌에서는 별 것도 아인 걸 갖고 이러코롬 일이 커지고로 덴 것도 이해가 잘 안 가고요. 그라고 우리 형편도 그러코롬 큰돈을 내놓을 처지도 몬뎁니더. 그러닝깨로 멀리서 오신다꼬 수고는 허싰지만 그냥 돌아 가시모 고맙겄십니더."

진송의 말을 들은 사무장은 동행해 온 변호사와 다시 일본말로 의논하더니 얼굴에 미소를 지으며 사근사근하게 말했다.

"댁이 무슨 말씀을 하시는지 잘 알겠습니다. 농촌 형편이 얼마나 어려운지도 잘 알고 있습니다. 그래서 이분 말씀이 어르신의 형편을 충분히 고려해서 특별히 60원에 변론을 수임해서 재판에 이기도록 최선을 다해 보겠다고 하십니다. 한 번 더 잘 생각해 보시지요."

그러나 그것도 너무나 큰돈이어서 몽환도 곰곰이 생각해 보았다.

'그래, 아무리 내 아들이 잘 몬했다 치더라도 60원을 들여서 죄를 면헌다 치모 그거이 논 열댓 마지기 정도서 나는 쌀값인디 시상에 빠마대이 한 대 값이 60원이라? 아무리 왜놈 천지라 쳐도 그런 법은 읎는 기라.'

몽환은 한참 뜸을 들이다가 결심한 듯 힘들게 자기 생각을 말했다.

"시방 60원이라 캤십니꺼? 아무리 생각해 바도 그리는 몬허겄네요. 우리 자슥이 죽을 죄를 진 것도 아인디…. 설마 그 일로 나라 법이 우리 부자를 직이기야 허겄십니꺼? 우리는 재판에 져서 죄값을 치르는 한이 있더래도 그러코롬 큰돈 딜이서 재판에 이길 생각은 읎십니더. 그러닝깨로 그만들 돌아가시는 기 좋을 거 겉십니더."

그러고는 몽환은 결심을 굳혔다는 듯이 어금니를 꽉 깨물었다.

"예, 어르신 심정은 잘 알겠습니다. 어르신 뜻이 꼭 그러시다면 오늘은 저희들이 이만 돌아가겠습니다. 그런데요, 꼭 이 말씀은 드려야 할 것 같습니다. 이번 재판은 어르신이 생각하시는 것처럼 그렇게 단순한 재판은 아닐 것입니다. 제가 추측하기로는 원고 측에서 분명히 어떤 음모를 꾸미고 있을 것입니다. 변호사를 선임하지 않으면 아마도 상상을 할 수 없는 일이 벌어질 것이 틀림없습니다. 깊이 생각들 해 보시고 혹시 생각이 바뀌시면 연락을 주십시오. 이분은 '다카모리' 변호사이시고 이분의 사무실은 진주 지방법원 바로 앞에 있습니다."

사무장은 변호사 사무실의 주소를 적어놓고 변호사와 같이 그냥 돌아갔다. 그들이 돌아가고 나서 몽환은 마음이 너무도 괴로웠다.

그는 아무리 그렇다고 이웃 간에 시비하다가 뺨 한 대 때린 사소한 일에 대해 살인죄 누명을 씌워 큰 벌을 받게 하는 짓은 아무나 할 수 있는 일이 아니라고 생각했다. 이는 분명히 범사 홍팔준이 수작을 부린 것이 틀림없다고 확신했다. 그것이 그의 마음을 더욱 더 옥죄어 왔다.

몽환은 가을걷이를 마치고 나서 구례 냉천에 소작료 계산하러 가는 일을 일부러 늦추고 있었다. 행여나 범사 홍팔준과 냉천에 갔다가 마주치게 되면 무슨 봉변을 당할지 몰라 걱정되었기 때문이다. 그는 사람을 놓아서 홍팔준이 구례에 다녀왔다는 소식을 기다리고 있는데 삼화실에 사는 누나가 오래간만에 자기 집에 다니러 왔다.

몽환에게는 삼화실 누나 위에도 두 명의 누나가 있었지만 자기 생모에게서 태어난 누나는 삼화실 누나밖에 없었다.

그의 누나도 계모 딸이라는 이유로 인해 젊은 시절에 혼삿길이 열리지 않아 애로를 겪었다. 그러다가 적량면 산골짜기 마을인 삼화실에 사는 가난한 집안으로 시집을 가서 지금까지 어렵게 살고 있었다.

"누- 왔소? 먼 질 오니라 다리 아풀 낀디 어서 오이소. 자형도 잘 게시지요?"

누나는 보자기에서 산골 마을에서 나는 알밤과 홍시를 내어놓으며 동생에게 알밤을 칼로 깎아서 먹으라고 권했다.

"너 자형이야 머 장 그렇재. 이 밤은 내가 동숭 줄라꼬 산중에서 구해 온기다. 기허고 기헌 알밤인깨로 많이 들거래이."

"참 내, 누- 도…. 멀라꼬 그 고생을 해서 들고 온단 말이요. 누-나 드시지 않고…."

"내헌티는 니뿌이 읎다 아이가? 우리 동숭이 이러코롬 부자가 델 줄 누가 알았겠나? 동숭이 하도 기특해서 부래로 주[22] 모아 온 거 아이가?"

몽환은 평소에 형제자매 간에 우애가 돈독하였지만, 특히 삼화실 누나와는 정이 깊었다. 오랜만에 만난 두 오누이는 저녁을 먹고 난 뒤에 단둘이 앉아서 이야기꽃을 피우느라 밤새는 줄 몰랐다.

몽환은 범사 홍 영감이 냉천에서 돌아왔다는 소문을 듣고 즉시 큰 아들과 같이 새벽에 집을 나서서 냉천으로 향했다. 삼화실 누나도 시가로 돌아가려면 같이 도둑골재를 넘어서 가야 하므로 셋이서 같이 출발하였다.

아름드리 소나무들이 숲을 이루고 있는 고숙재를 지나 도둑골재를 향해 비스듬한 비탈길을 올라가다가 고개 중턱에 이르렀을 때 저 멀리 소-산 위 하늘이 훤히 밝아오고 있었다.

"동숭, 네가 장개 가서 지수로 제금나와[23] 고생허고 살고 있일 적에 내가 너 집에 온다고 이 도둑골재를 넘음시로 얼매나 울었는지 모른데이."

"참 내, 누-도…. 울기는 멀라꼬 울었능기요?"

"그래, 내가 머 땜시로 울었겠나? 네가 제금날 적에 이삿짐 석 짐 지고 나왔다는 말을 듣고 내 신세가 한탄시럽아서 울었재."

일행이 고갯마루에 이르러 누나가 가쁜 숨을 내쉬며 이고 오던 보따리를 내려놓았다. 몽환이 누나에게 줄 선물을 바리바리 싸 준 보따리

---

22) 일부러 주워

23) 분가해서

가 꽤 무거운 모양이었다.

"아이고, 다리야, 좀 쉾다 가재이."

"그리 헙시더. 그런디 누-요, 그 쌀 보따리가 무겁은 거 겉은디 그걸 내헌티 주라고 캐도 고집이내."

몽환은 누나가 내려놓은 쌀 보자기 밑의 바위 위에 다리를 걸쳐 얹으며 이마에 흐른 땀을 씻었다.

"야아 야, 네가 잘 사닝깨 내가 쌀 되배이라도 얻어 가는 거 아이겄나? 집에서 배를 쫄쫄 굶고 있는 식구들 생각허몬 한 개도 안 무겁다. 걱정 마라."

누나가 한숨 돌린 뒤에 손가락으로 소-산을 가리키며 말했다.

"진송아, 저거 큰 산이 소-산이라고 캤재? 삼화실 골짝에는 사방이 저런 산들뿌이데이. 내 팔자가 무신 팔잔지 그런 꼴짝에 시집가서 고생험시로 흘린 눈물을 합치모 한 도랑사구[24]는 델 끼다."

그녀의 두 눈에는 눈물이 고이기 시작했다.

"참 내, 누-요, 또 무신 씰디읎는 소리 허는기요? 자형 생각해서라도 참고 잘 사이소. 내가 있다 아이요?"

세 사람은 각자 짐 보따리를 챙겨서 비탈길을 따라 신월로 내려갔다. 두 오누이는 서로 간에 고생한 이야기를 나누며 걷다가 어느덧 서로 헤어져야 할 돌다리마을에 이르렀다.

"누-, 인자 여거서 갈라서야 허겄네요."

---

24) 도가니

"그래야 허겄네. 동숭, 먼 길 갈라모 퍼뜩 가거래이. 내 걱정일랑 말고…."

"고모님, 안녕히 살피 가이소."

"오냐, 니 아부지 잘 모시고 갔다 오이라이. 몸조심허고…."

몽환은 누나와 헤어진 뒤 하동읍을 지나서 곧장 냉천으로 향했다.

냉천에 있는 김 개묵의 집에 도착하니 사랑방에는 이미 소작료 장부정리를 하거나 차례를 기다리는 마름들과 손님들이 많이 와 있었다. 몽환은 예의를 갖추어 김 개묵에게 인사를 올렸다.

"감역 어르신, 그간 안녕허싰십니꺼?"

"사형, 오랜만이네잉. 그간 잘 지냈당가? 같이 온 아들 얼굴이 훤한 걸 봉께로 징허기 보기 좋구마이."

진송도 인사를 올렸다.

"감역 어르신, 얼굴을 뵈오니 반갑십니더. 그동안 안녕하싰는지요?"

"아! 젊은 양반도 오니라 수고 많았지라? 그런디 사형, 어디 불편헌 디라도 있당가? 낯빛이 와 그리 어둡당가?"

"아, 아입니더."

"아, 그러모 행랑채에서 좀 쉈다가 나중에 보고로 허시여이."

몽환은 저녁을 먹은 뒤에 아들과 같이 정 집사와 소작료 계산을 마치고 나서 정 집사에게 부탁했다.

"집사님, 오늘 저녁에 감역 어른께 꼭 드릴 말씀이 있십니더. 나중에 자리를 좀 마련해 주이소."

"예, 잘 알아들었지라. 감역 어르신이 사형을 얼매나 애끼는디…. 그리 허겄소이."

몽환이 행랑채에서 기다리고 있으니까 김 개묵이 보자고 했다.

"와, 무신 일인디 나를 보자꼬 혔당가? 아까 첨에 볼 때부텀 안색이 안 좋던디?"

"예, 실은 범새 홍 영감 땜에 그럽니더."

몽환은 그동안에 있었던 송사 일에 대해 김 개묵에게 소상하게 설명했다.

"제가 보기에는 암캐도 이 모든 일이 지를 감역 어른의 마림 자리에서 떼 낼라고 홍 영감이 꾸민 일인 거 겉십니더."

"허, 참! 이 사람이요. 그러모 쓰겄당가? 내가 지난봄에 홍팔준이 허고 다른 마림들헌티 사형맨키로 소작인들 관리 잘 허모 내도 좋고 소작인들도 배불러서 좋지 않컀냐고 칭찬을 좀 혔더이만…. 그 말 땜에 그자가 그런 송사를 저질러 부렀구마이."

"지난봄에 변호산가 머인가 허는 사람이 찾아와서는 변론해 준다고 변론비를 세상에 60원이나 달라고 헙디더. 그리 헐라모 그기 다 감역 어른께 디릴 쌀 팔아 그 큰돈을 대야 헐 거 겉애서 지는 도저히 그리 헐 수가 읎었십니더."

"그래, 잘 알아 들었지라. 걱정 말고 집으로 돌아 가시랑께. 마림끼리 싸우모 그 동내 인심만 사납아지는 거인디…. 내가 송사를 멈추고로 잘 타일러 볼 낑께로…."

몽환은 떠날 준비를 마치고 김 개묵에게 작별인사를 하러 갔다. 그는 시간이 있으면 자기 큰아들이 고아들을 돌보기 위해 새로 짓고 있는 홍제원에 들릴 것을 권했다.

“사형, 돌아가는 길에 동내 앞 길가에 있는 홍제원을 한번 둘러보고 가시게이.”

“예, 알겄십니더. 그런디 홍제원이 머신디요?”

“내가 전부텀 우리 집에서 돌보던 애들을 위해 따로 집을 한 채 짓기로 혔는디…. 고거이 널리 민생을 구헌다는 뜻으로 이름 붙인 고아원인 겨. 전에 우리 집에서 살던 고아들을 데리다가 보살피고 공부도 개리칠라꼬 짓고 있는 집이랑께. 우리 큰아가 시방 집 짓는다꼬 한창일 것이여. 사형도 홍제원을 둘러 봄시로 내가 고아들을 돌보는 심정으로 소작인들을 잘 챙기는 맴을 갖도록 허시요이.”

“예, 명심 허겄십니더.”

홍제원은 김 개묵의 집에서 얼마 떨어지지 않은 곳의 냉천마을 동구에서 구례로 가는 길이 갈라지는 냉천삼거리에 있었다. 몽환은 김 개묵의 아들인 김택균이 짓고 있는 홍제원에 가 보았다.

김택균은 몽환을 반갑게 맞이했다. 그는 홍제원의 이곳저곳을 둘러보면서 몽환에게 홍제원 시설의 규모와 용도에 대해 자세히 설명해주었다.

홍제원은 초가집치고는 꽤 큰집이었다. 수십 명의 아이들이 숙식하며 살 수 있을 정도의 규모였다. 앞으로 이곳에서 아이들이 기거하도록 하여 공부를 가르칠 것이라고 했다.

몽환은 홍제원을 둘러보고 크게 감동을 받았다.

‘쌀 한 톨이 얼매나 아깝운 긴디 김 개묵 어른은 그 아깝은 돈으로

다른 집 아이들을 돌볼 생각을 다 허시다니…. 참말로 도량이 너리고 따신 심성을 징기신 어른인기라.'

몽환은 홍제원에서 나와 섬진강변을 따라 토지면 쪽으로 뻗어 있는 신작로를 걸으면서 아들에게 말했다.

"진송아, 아까 홍제원을 둘러보낭께 김 개묵 어른이 얼매나 훌륭헌 분이신지 알겠재? 우리는 어떻턴가 그분의 은혜를 잊으모 안 데고, 그 분을 잘 본받아야 헐 끼다."

"예, 아부지 말씸이 무신 말인지 잘 알겠십니더."

몽환은 집으로 돌아오면서 김 개묵의 민심을 돌보는 인품에 큰 감동을 받았다. 그리고 고맙게도 자기의 송사를 잘 해결해 줄 것이니 걱정 말라는 말을 머릿속에 떠올리고는 비로소 안도의 한숨을 내쉬며 더욱 감사한 마음을 가지게 되었다.

봄비가 부슬부슬 내리는 이른 봄날 몽환은 큰아들이 모방에서 한문 책을 읽는 소리를 확인하고 나서 동네로 나가 밭에 심을 감자 씨를 구하여 집으로 돌아왔다. 그런데 집에 와 보니 또 큰아들의 글 읽는 소리가 들리지 않았다. 그는 안방에 있는 아내에게 짜증스런 소리로 말했다.

"아요, 큰아 또 어디 갔내? 또 주막집에 술 무로 간 거 아이가?"

"아까꺼정 있었는디 내도 모리겄내요."

"하이튼 세겐머리가 저리 읎어서야…. 쯔쯔."

몽환은 또 기분이 상하여 사랑방에서 담배를 피우며 상한 속을 삭이고 있었다. 그런데 그때 사립문에서 큰아들의 다급한 목소리가 들려왔다.

"아부지! 크 큰일 났십니더. 인자 우리 집은 다 망했십니더. 아부지! 이 일을 우짜모 좋겄십니꺼? 아이고, 원통해라. 으-흐흐."

몽환은 아들의 숨넘어가는 비명을 듣고는 문을 열고 마루로 뛰쳐나가며 놀란 얼굴로 아들에게 물었다.

"야아 야! 그기 무신 말이고? 퍼뜩 말을 해 보거라. 머가 망했다는 말이고?"

진송은 입고 있던 우장을 축담 위에 아무렇게나 벗어 던지고는 흰 종이봉투 하나를 들고 급히 방으로 들어갔다. 그는 떨리는 손으로 편지를 아버지에게 건네고 나서 고개를 푹 숙이고 흐느끼기 시작했다.

"울지만 말고 네가 편지를 읽어 보고 내용을 말해 보거라."

몽환은 편지 내용이 심상치 않다는 것을 직감하고 아들에게 다시 편지를 건네주며 말했다.

"예, 아부지, 흑흑."

진송은 부들부들 떨리는 손으로 편지봉투에 들어있는 판결문을 꺼내어 아버지 앞에 펴 놓고 읽어가면서 설명했다.

진송은 판결문에 적혀 있는 일본 글자는 몰랐지만 '징역형(懲役刑)'이니 '벌금(罰金)'과 같은 한자만 읽고 내용을 종합해 보아도 핵심내용은 충분히 파악할 수 있었다. 진송은 판결문의 한자만 손가락으로 짚어가면서 읽고 아버지에게 그 내용을 설명했다.

몽환은 진송의 설명을 듣고, 갑자기 하늘이 노랗게 변하고 숨이 막혀 할 말을 잃고 말았다. 진송도 감정을 억제하지 못해 고통스럽게 흐

느끼고 있었고, 몽환은 정신 나간 사람처럼 천장을 멍하니 쳐다보며 앉아 있었다.

안채에 있던 식구들도 갑자기 사랑방에서 들려오는 울음소리를 듣고 모두들 놀라 사랑방으로 내려왔다.

"아부지, 와 그럽니꺼?"

"진석아, 인자 우리는 우찌 살꼬? 네허고 내가 15년 동안이나 감옥살이를 허던가, 아이모 벌금으로 7백 원을 내야 헌다는구나. 으흐흐, 인자 우리는 다 망했다, 망했어."

진송이가 아버지의 말을 이어 통탄하며 울부짖듯이 말했다.

"벌금이 칠백 원이모 나락 값이 올라 한 섬에 5원씩 쳐도 나락이 140섬 값이 넘는디. 우리가 몇 년 치 물[25] 쌀을 다 폴아도 택도 읎는 돈 아이가? 아이고 인자 우리 식구는 우짜모 좋겄내?"

진석은 아버지 앞에 무릎을 꿇고 두 손을 비비며 용서를 구했다.

"아부지, 이기 다 제가 잘몬해서 그리 덴깁니더. 제가 죽을 제를 짔십니더. 제발 제를 용서해 주이소. 으흐흐, 이왕 이럴 줄 알았씨모 용석이 그놈을 진짜 다리 몽뎅이를 뿔라삐릴 걸 그랬내요?"

그 말을 들은 어머니가 손사래를 치며 작은아들을 나무랐다.

"야아 야, 그기 또 무신 큰일 날 소리고? 이 난리 통에 그런 소리가 나오나? 말이 씨 된데이. 아서라 아서."

그런 와중에도 몽환은 문득 정신을 차렸는지 셋째 아들 진영을 보

---

25) 먹을

고 심부름을 시켰다.

"이기 진석이 네를 용서헌다고 델 일이가? 진영아, 퍼뜩 음달에 너 잔아부지헌티 가서 우리 집에 좀 건너오시라고 해라."

진영이 음달로 달려간 뒤 얼마 되지 않아 동생 재환과 그의 가족들이 모두 몽환의 집으로 달려왔다.

"아이구, 성님, 이기 다 무신 날베락입니꺼?"

그는 형을 위로 한 뒤에 진송을 향해 법원에서 온 서류를 가져오라고 했다.

"큰아야, 법원서 온 판결문을 좀 보자."

"예, 잔아부지, 여 있십니더."

재환은 판결문을 차근차근 자세히 읽고 나서 분통을 터뜨리며 말했다.

"이거 보래이. 이것들이 미쳤나? 아 글씨, 성님, 고랑물 한재 정 센허고, 중땀에 네섬 박 센허고, 지수깨 포밭꼴 하 센이 증인을 섰네요."

"증인? 증인이 머시고?"

몽환이 다급하게 물었다.

"아, 글씨 이놈들이 성님허고 진석이 작두로 용석이 고놈 발목떼기를 짤라 지길라고 허는 걸 두 눈으로 봤다고 증언을 허고, 서류에 도장을 찍었네요."

그 말을 들은 몽환은 그들이 너무도 괘씸하여 참을 수가 없었다.

"허어, 그놈들이 그런 숭악헌 거짓말을 했단 말이가? 시상에 하늘이 시퍼렇고로 내리다 보고 있는디. 하늘도 안 무십은가 보재? 이놈들이 내허고 무신 원수가 졌다고 그런 거짓말을 했단 말이고? 아이고, 동내 사람들아, 억울해서 내는 몬 살겄다."

분노에 찬 형의 말을 듣고 재환이 직접 해결하겠다는 듯이 나섰다.

"옛말에 흥정은 붙이고 싸움을 말리라고 캤는디…. 이놈들이 싸우는 걸 보도 안 허고 그런 거짓말 증언을 해? 성님, 내 이놈들을 찾아가서 삐따구를 추리삐야 허겄십니더."

그러자 진송은 작은아버지를 말리며 자신이 나서겠다고 일어섰다.

"아입니더. 잔아부지는 가마이 게시소. 제가 가서 이판사판 결판을 내고 오겄십니더. 생각헐수록 더눈 분을 몬참겄십니더."

그 말을 듣고 몽환은 동생과 아들을 말리며 타일렀다.

"아서라, 생각해 봉께로 그 사람들이 그런 일을 헐 사람들이 아인 갑다. 아매도 홍팔준이 그놈이 재판에 이기고 나서 내가 감옥에 갇히고 나모 소작논 많이 준다고 부추겼을 끼고, 그 사람들헌티는 식구들 밥줄이 달린 문젠깨로 어쩔 수 읎이 시키는 대로 했일 끼 틀림읎다. 우신에 좀 참거래이."

그 말에 재환은 울분을 참지 못하면서도 형의 말을 듣고 마음을 가라앉혔다.

재판 결과를 통보받고 나서 몽환은 그날부터 식음을 전폐하고 자리에 드러눕고 말았다. 온 가족들도 걱정되어 안절부절못하고 초상이 난 집처럼 집안에 음울하고 스산한 찬바람이 불었다.

매일 동생이 올라와서 몽환을 위로 하고 고종 동생인 문용도 찾아와서 위로했다.

"성님, 고마 툭툭 털고 일어나이소. 쥐구녕에도 볕들 날이 있다고 안 허디요? 분명히 무신 수가 있일 낀께로 일단 일어나서 기동을 사살 해 보이소."

문용은 집안을 돌아다니며 머슴들이 할 일을 알아서 시키고, 농사일도 자기 일처럼 돌봐 주었다. 그리고 중땀에 사는 정 부자도 몽환을 위로하러 올라왔다.

"조캐, 그래 얼매나 속이 상했는가? 이 일은 필시 홍팔준이 그자가 꾸민 수작이 틀림읎일 걸세. 용석이 그놈이 무신 재주로 이리 큰일을 벌맀겠능가?"

"아재, 내는 인자 망했십니더. 홍팔주이 그놈이 아무리 무작허다고…. 그래, 왜놈헌티 달라붙어서 죄 읎는 사람을 살인자로 맨던단 말입니꺼? 이기 제 팔자가 사납운 깁니꺼? 아이모 나라 읎는 설움이란 말입니꺼?"

"전에 우리가 만세운동 했일 때부텀 홍팔주이 그놈이 우리헌티 자꾸 시비를 걸었다 아인가 배? 아매도 그놈이 김 순경허고 짜고 만세운동 했던 일꺼정 고소를 해서 싸잡아 덮어 씨운 기 틀림읎을 기네. 죽일 놈 같으니라고…."

"홍팔주이 그놈이 틀림읎이 내를 감옥에 처넣고 나서 마림 자리를 빼떨아 갈라꼬 동네 소작인들을 꼬신 기 맞을낍니더."

몽환은 화를 참지 못하고 치를 떨며 정 부자에게 하소연이라도 하고 싶은 심정으로 말을 이었다.

"아재, 옛날 겉으모 이런 일은 원님헌티 이실직고허고 곤장을 맞던지 아이모 옥살이를 허모 끝나는 거 아입니꺼? 아무리 왜놈 법이 모잘시럽다 쳐도, 읎는 죄를 디집어 씨아 갖고 날강도겉이 벌금으로 떼돈을 강탈해 갈 수 있단 말입니꺼?"

"그놈들은 날강도보다 더헌 놈들이재."

"왜놈들은 전번에 우리가 일바씬 독립만세운동 겉은 일을 벌인 사람헌티 징역을 젤 마이 살리는 거 아입니꺼? 그런디 그때 영모 가들이 왜놈 순경을 패고 새끼줄로 묶어서 배드리 장바닥을 질질 끌고 댕깄는 디도 징역살이를 3년도 몬 했다 아입니꺼?"

"맞는 말이네."

"아무리 그렇다고 이웃 간에 사소헌 시비로 빠마대기 한 대 쎄린 걸 갖고 징역 15년이 어디 말이나 데는 깁니꺼? 이거는 홍팔주이 그놈이 왜놈들허고 손잡고 제헌티 마림 자리 뺏아뿔라고 작정을 헌 거 아이겄십니꺼?"

"틀림읎는 말이네. 그런디 동숭! 내가 자네 마음을 와 모리겄능가? 암, 알고말고…. 이러다가는 자네 건강만 해칠 걸세. 어떻든지 툭툭 털고 일어나게."

"아재, 여꺼정 올라 오시서 따시고로 말 한마디라도 해 주신께로 고맙십니더. 바뿔 낀디 고마 내리가이소. 제 일은 제가 알아서 허겄십니더."

정 부자가 다녀간 뒤에도 동네에서 용석과 친하게 지내는 사람들을 제외하고는 동네 사람들이 거의 다 올라와서 몽환을 위로하고 돌아갔다. 그러나 몽환의 마음은 조금도 풀리지 않았다. 당사자인 진석도 작은방에 틀어박혀서 분을 참지 못하고 끙끙 앓으면서 꿈쩍도 하지 않았다.

몽환은 아무리 생각해도 분이 풀리지 않았다. 홍팔준을 생각하면 괘씸해서 치가 떨렸다. 내가 평소에 그놈한테 온갖 비위를 맞추느라 얼마나 신경을 썼는가? 그리고 내가 바쁜 일 다 제쳐 두고 자기 일이라면 내 일처럼 도와주지 않았던가?

배드리장에 갈 때마다 자기가 일본 순사한테 인심 쓰는 자리에서 내가 대신 술값 치른 돈이 얼마인가? 그런데 이렇게 생사람을 잡아서 감옥살이를 시키려고 하다니…. 몽환은 그놈은 천벌을 받을 놈이라고 욕하고 또 저주하였다.

그런데 생각해보니 자기가 감옥살이를 하게 되면 김 개묵의 마름 자리를 지키지 못할 것이 뻔했다. 이 점이 그에게는 너무도 가슴 아프고 억울했다. 천신만고 끝에 얻은 마름 자리는 나에게는 하나밖에 없는 큰 희망이요 전 재산과도 바꿀 수 없는 귀중한 자리가 아니었던가?

몽환은 거금의 벌금을 내자니 그렇게 큰돈을 마련할 길이 막막하기만 하였다. 그는 아무리 머리를 짜내어 생각하고 또 생각해 보아도 뾰족한 방법이 떠오르지 않았다.

진송은 아버지가 고민을 이기지 못하고 자리에 드러누워 버리자 곁에 앉아서 그를 위로해 드리고 있었다. 하지만 아버지는 만사가 귀찮다는 듯이 아무 말이 없었다. 그래도 진송은 아버지 곁을 지키고 앉아서 일부러 논어를 꺼내 읽고 있었다. 집안에 청천벽력 같은 큰일을 당하고 괴로워하시는 아버지 곁을 떠날 수 없었기 때문이다.

그는 서당에서 학문에 뜻이 없어 대학 공부만하고 그만 두었기 때문에 논어를 해독하며 읽기는 애로점이 있었다. 그래도 진송은 아버지의 관심을 딴 데로 돌리기 위해 아버지의 동태를 살피면서 논어를 읽고 앉아 있었던 것이다.

진송은 가족들과 점심을 먹고 나서 도저히 울분을 참을 수가 없어서 집을 나왔다. 그리고 분대이 끝에 있는 주막집으로 갔다. 주막에는 중땀에 사는 정원철과 박도수와 다른 친구들이 마작을 하며 앉아 있다가 다들 벌떡 일어서며 그를 반겼다.

"진송이, 어서 오게. 너 부친은 어찌허고 계신가? 친구 자네는 괜찮은가?"

정원철이 위로의 말을 건넸다.

"말도 말게. 우시내 술부터 한 잔 주게. 쏙에 불이 타네."

"그래, 먼첨 한 잔 들게. 한 잔 허고 나모 분이 좀 풀릴 길세. 그리 큰 목돈을 벌금으로 내기 뎄잉께로 얼매나 쏙이 상허겄능가? 범새 홍팔주이 그놈이 쎄리 지길 놈이재."

진송이 술 한 잔을 죽 들이켜고 나서 친구 도수를 보고 대뜸 물었다.

"어이, 도수 자네, 항소가 머인고 아나?"

"야, 이 사람아, 그거또 모리는 사람이 어디 있대? 항소야 논 가는 소지. 이 사람아."

그 말에 진송은 기가 찬다는 듯 큰 소리로 대꾸했다.

"논 가는 소는 황소고⋯, 항소 말일세. 항소?"

그제야 도수가 눈치를 채고

"재판 말허는 기가? 항소? 그런 걸 내가 알 택이 있나? 이 사람아."

"친구들 한번 생각을 해 보게. 나락 140섬이 누 아 이름이가? 우리겉은 사람들이 평생에 한번이라도 만지 본 돈이냐? 이 말일세. 으흐흐."

진송이 친구들과 술을 마시며 울분을 달래고 있는데 방깨 사는 종세가 방안으로 들어왔다.

"성님, 볼씨로 와서 한잔허는가 배? 또 술맛이 땡기던가? 성님아, 내도 한 잔 주라."

진송이 말없이 술잔을 따르자 원철이 심각한 표정으로 한마디 던졌다.

"동숭, 이 사람아. 아직꺼정 재판 소문을 못 들었는가 배?"

종세가 술잔을 들다 말고 눈치를 보며 물었다.

"성님, 무신 소문인디요?"

도수가 침통한 말투로 진송이 집의 재판에 관한 이야기를 들려주었다.

"웃몰 용석이 그 새끼가 그래 빠마대기 한 대 맞은 거 갖고 그래요? 범새 그 영감태기허고 같이 뻭따구를 학 추리삐야겠내. 성님아, 그래 갠찮나? 한잔 묵고 맴을 풀어라. 성 푸는 디는 술이 체고 아이가?"

종세는 서당공부를 마치고 성장하여 결혼하고 나서도 살림살이나 농사일은 거의 돌보지 않았다. 그는 늘 술집으로 돌아다니며 남의 술이나 얻어먹고 무위도식하며 놈팡이로 살았다. 그로 인해 그의 아버지인 삼현 선생의 속을 무던히도 썩이고 있었다.

진송은 예전에 같이 서당에서 공부했던 정을 생각해서 그가 술자리에 끼는 것을 냉대하지는 않았다. 진송은 종세가 주는 술잔을 들어 마시며 말했다.

"종세야, 지금꺼정 우리 다 헛공부헌 기다. 너 아부지헌티는 좀 미안

허다마는 하늘 천, 따 지가 밥 미 주는 거는 아인 갑다."

"성님아, 그기 무신 소리고? 우리 아부지는 또 와 들미는디."

"우리 집 식구들이 세상 변하는 것도 모리고 살다가 이런 꼴을 당헌 거 아이겠나? 아이구, 무식이 죄다, 죄라."

"성님, 머시라? 무식이 죄라꼬?"

"그래, 동숭아, 우리가 왜놈 법이 머인고 누가 알기나 했나? 제놈들 맘대로 법을 맨딜아 갖고 주가 마음 내키는 대로 사람을 잡아 가두고 벌금도 물리고 헌다 아이가? 인자 우리 집은 다 망했다. 망했어."

진송은 지금까지는 술을 마셔도 엄중한 아버지를 생각해서 폭음은 삼가왔다. 그러나 오늘은 아무리 술을 들이켜도 취하지가 않았다.

'우리 아부지가 감옥 가몬 그 많은 농사는 누가 다 질끼고? 그라고 마림 자리는 우찌 데는기고? 감옥 안 가고 벌금을 낼라 카모 그 큰 빚을 평생에 다 갚기는 허겠나?'

진송은 해 질 무렵까지 술을 마시다가 녹초가 되고나서야 친구들의 부축을 받으며 겨우 집으로 돌아올 수 있었다.

다음 날, 진송은 술기운이 가시지 않았는데도 억지로 일어나 아버지를 위로해 드렸다.

"아부지, 힘드시지만 일어나 진지 좀 잡수시지요. 머이든지 곡기를 드시야 기운을 채리지 않겠십니꺼?'

뒤이어 어머니도 밥상을 차려서 온 식구들과 같이 사랑방으로 들어와 진송을 거들며 몽환에게 기운을 차리라고 식사를 권했다.

"보이소, 걱정을 허더라도 우시내 멀 좀 잡수시야 기운을 채릴 거 아입니꺼? 제발 일어나 죽 한 숟가락이라도 좀 드이소."

몽환은 자리에 누운 채 아내의 간곡한 부탁에도 옴짝달싹하지 않았다. 진석도 아버지 앞에 무릎을 꿇고 앉아 빌면서 식사를 권했다.

"아부지, 걱정 마이소. 제가 아부지 몫꺼정 다 감옥 살고 오겠십니더. 그러모 벌금 안 내도 될 거 아입니꺼? 그러닝깨로 일어나시서 요구나 좀 허시지요."

"됐다, 다 씰디없는 짓이다. 시끄러우닝깨 다들 밖으로 나가거라."

잠시 뜸을 들인 뒤에 진송이 용기를 내어 다시 말을 꺼냈다.

"아부지, 저어, 제 처갓집에 일본 동경제국대를 댕긴다는 사촌 처남이 율촌에 삽니더. 이번에 조선에 나왔다가 삼월경에 일본 들어간다고 했싱께로 아매도 아적 율촌에 있겠네요. 제가 거로 찾아가서 무신 방책이 있는지 한번 알아보고 오겠십니더."

진송은 아버지의 걱정을 덜어드리기 위해 율촌에 사는 사촌 처남을 찾아가서 통사정해서라도 해결책을 찾아보아야겠다고 결심했다.

몽환이 식음을 전폐하다시피 하고 드러누운 지 사흘째 되는 날, 그가 무슨 생각을 했는지 갑자기 자리에서 일어나더니만 뜻밖에도 길 떠날 채비를 하였다. 그는 무슨 큰 결심이라도 한 듯이 비장한 목소리로 안채를 향해 아내를 불렀다.

"임자, 내 두루마이허고 의관 좀 내 오게."

아내는 사흘 동안이나 꼼짝달싹하지 않고 드러누워 있는 남편 걱정에 일손이 잡히지 않아 어쩔 줄 모르고 있었다. 그런데 다행스럽게도 남편이 일어나서 의관을 챙기라는 말을 듣고 반가워서 얼른 대답했다.

"예, 퍼뜩 챙기 가겠십니더. 그런디 며칠썩이나 밥 한 숟가락도 안 자시서 시장허실 낀디…. 우시내 죽부텀 좀 잡수이소."

다음 날, 몽환은 아침 일찍 일어나 주먹밥을 챙겨 들고는 집을 나서서 구례 냉천으로 바쁘게 발걸음을 재촉했다.

몽환은 해 질 무렵이 되어 냉천 김 개묵의 집 대문을 들어섰다. 그러자 전에 보지 못했던 청지기가 나타나서 그를 알아보지 못하고 대문 앞을 가로막아 섰다.

"이 보랑께요. 어디로 함부로 들어갈라꼬 헌당가?"

"당신은 내를 몰라보능 거 본깨로 이 집에 온 지 얼매 안덴 거 아이요? 시방 급헌 일이 있어서 그렁께로 마, 퍼뜩 비키 서이소."

"허, 참, 시방 주인 어른헌티 손님이 와 있싱께 좀 기다리야 헌당께로 와 이래쌌능 기여?"

"시방 내는 급허단 말이요. 자세헌 이야구는 난중에 헐 낀께로 얼른 저리 비키시오."

몽환은 청지기를 무시하듯이 힘으로 밀쳐내고는 다짜고짜로 김 개묵의 사랑방 문 앞으로 다가갔다. 그는 김 개묵이 안에 있는 것을 확인도 하지 않고 절을 올리며 울음 섞인 목소리로 크게 말했다.

"감역 어른! 제발 절 좀 살리 주이소. 이런 억울헌 일이 시상에 또 어디 있겄십니꺼?"

그러자 김 개묵이 몽환의 목소리를 알아듣고 급히 사랑방문을 열고 나와서 그를 맞이하였다.

"아! 이 사람, 사형이 아인기여? 무신 소리 헐라꼬 이 난리당가? 얼른 안으로 드시랑께."

몽환은 이미 와 있던 손님들에게 양해도 구하지 않고 너무도 억울해서 김 개묵 앞에 무릎을 꿇고 앉았다. 그러고는 그간에 있었던 일의 자초지종을 눈물을 흘리며 설명했다.

"감역 어르신, 지는 어르신을 위해 힘껏 농사지은 죄뿌이 없십니더. 그런디 시상에 이웃 간에 사소헌 일로 빠마대이 한 대 쎄맀다고 살인죄를 뒤집어 씨서 15년이나 감옥살이를 허던지 아이모 벌금으로 나락 140섬 값을 내라고 안캅니꺼? 어르신 인자 지는 우짜모 데겠십니꺼?"

김 개묵은 일의 심각성을 알아차리고는 몽환을 대신해서 손님들에게 양해를 구했다. 그런 뒤에 손님들과 하던 이야기를 그치고 몽환의 이야기에 응해 주었다.

"홍팔준이 이 자가 기언치[26] 일을 저질렀고마이. 내가 지난번에 그자헌티 민심을 잘 챙기라꼬 험시로 지소 강몽환이와 생긴 송사를 잘 풀라고 신신당부를 혔는디도 워쩌크롬 내 말을 무시혔당가? 기언치 내 말을 안 듣고 일을 저질고 말아부렀고마이. 사형, 여거 귀헌 손님들 땜시 그렇께로 우시내 행랑채에 가서 시장끼나 풀고 쉬고 게시게잉. 내가 나중에 조용히 이야구헐 낀께로…."

몽환은 저녁을 먹고 나서 김 개묵이 찾아 주기를 기다리고 있었다. 밤이 깊어서야 김 개묵은 몽환을 정 집사와 같이 사랑방으로 불렀다.

---

26) 기어이

그는 정 집사가 보는 앞에서 몽환에게 재판에 관한 이야기를 다시 자세히 들었다. 그런 뒤에 그는 정 집사에게 지시를 내렸다.

"정 집사, 자네가 직접 고전면에 가서 이 일을 자세허이 조사혀 보고 오랑께. 배드리장에도 가서 여러 사람들헌티 소문을 들어보고…, 지소 정 부자도 만내보고, 지소 동내 사람들도 만내서 동네 인심도 살펴보고 오란 말이시."

"예, 어르신 내일 당장 출발허겠씨요."

김 개묵은 말없이 잠시 천장을 쳐다보다가 한심하다는 표정을 지으며 몽환에게 홍팔준에 대한 불만을 털어놓았다.

"홍팔주이 그자는 내가 평소에 애끼던 사람이고, 내가 정해 준 마림인 사형헌티 시기를 혀서 죄를 디집어 씨아부렀내이. 그라고 왜놈들헌티 내 쌀을 다 갖다 바칠끼라꼬? 이 자가 내가 동학운동헌 사람이라는 걸 모리지도 안을 낀디…. 내가 헌 말을 무시허고 워째서 왜놈들헌티 꼬리를 침시로 제 욕심을 챙겼당가? 이 자를 그냥 나 두모 쓰겄어? 쯔쯔."

오늘따라 김 개묵의 목소리는 낮고 차분했지만, 어딘가 결의에 찬 의지가 담겨 있어 무게감이 더해 보였다. 그러자 정 집사가 김 개묵의 심기를 재빨리 눈치채고 자기 생각을 말했다.

"어르신, 걱정허시지 마시랑께요잉. 제가 싸게 고전멘으로 가서 홍팔주이 그자들이 눈치 몬채고로 단디 조사혀 갖고, 무신 잔꾀를 부렸는지 소상히 알아 오겄소."

잠시 후 김 개묵은 소리를 낮추어 말했다.

"그라고 홍팔준이 그자의 허물도 낱낱이 조사혀 보랑께."

"예, 어르신, 잘 알아 들었구만이라."

그리고는 몽환을 보고는 위로의 말을 아끼지 않았다.

"사형, 올매나 억울혔당가? 내가 짐작허고도 남을 일인 것이여. 걱정일랑 접고 집에 돌아가 맴 편히 잡수고 게시랑께. 내가 알아서 잘 처리헐 낑께로…."

그런데 김 개묵은 몽환이 꿈에도 상상하지 못했던 이야기를 꺼냈다.

"사형, 그런디 사형헌티 700원이나 데는 큰돈이 있을 리 만무헐 끼여. 그래서 내가 그 돈을 빌려줄 낑께로 우시내 기일 안에 벌금부터 내부리고 형벌을 면허고로 허시랑께. 우신에 급헌 불을 끄고 내 돈은 형편 닿는 대로 시나브로 갚도록 혀야제라. 정 집사, 사형헌티 차용증을 받아 놓고 어음을 한 장 써 주고로 허라고라."

몽환은 너무도 놀라 자리에서 벌떡 일어나 큰절을 올리며 감사의 말을 올렸다.

"감역 어르신! 제는 평생에 못 잊을 크나큰 은혜를 입었십니더. 정말 감사헙니더."

"이 어음을 갖고 진주에 사는 정 부자를 찾아가시게. 그 사람은 정상진이란 사람인디 진주와 함안, 산청 일대서는 제일 가는 부자랑께. 그 사람이 내 사돈이여. 내 큰딸이 그 집 종부로 시집갔당께. 사형이 내가 써 주는 편지를 갖고 정 부자헌티 가서 이 어음을 현금으로 바까달라고 부택이 허모 델 기여. 그 돈으로 진주지방법원에 벌금을 납부혀부리모 데겄제잉."

"어르신, 이 큰 은혜를 우찌 갚으모 데겄십니꺼? 이 은혜는 평생 잊아뿌리지 않을 낍니더. 아이구. 어르신께서 제 목심을 구해 준 깁니더. 참말로 고맙십니더."

몽환은 눈물을 흘리며 떨리는 손으로 김 개묵의 손을 붙잡고 몇 번이고 고맙다는 인사를 올리고 또 올렸다.

'부처님도 김 개묵 어르신보다 속이 너리지는 몬 헐 끼다. 우찌 이런 분이 시상에 또 있단 말이고? 이거는 우리 선영이 돌본 기라. 내 팔자가 이렇게 풀릴 줄이야 꿈엔들 알았겠나?'

몽환은 김 개묵의 배려에 너무도 기쁘고 고마워서 밤새 잠을 이루지 못했다. 그리고 김 개묵의 얼굴을 머릿속에 자꾸만 떠올리다가 늦잠이 들어서 새벽에 닭이 홰치는 소리도 듣지 못했다.

몽환은 집에 돌아와서 식구들을 모아놓고 김 개묵이 자기 송사 문제를 해결해 준 사실을 알렸다. 그는 식구들에게 앞으로 김 개묵 어른의 하늘같이 큰 은혜를 잊어서는 안 된다고 설명하고 또 설명하였다.

몽환이 냉천에 갔다가 돌아왔다는 소문이 온 동네에 퍼지자 동네 사람들이 궁금하여 몽환의 집으로 찾아왔다. 그러나 몽환은 자세한 설명은 하지 않고 어쩌면 일이 잘 풀릴 것 같다고만 하면서 태연자약하게 자기 일을 하였다.

동네 사람들은 몽환의 말과 행동을 보고는 일이 잘 풀렸고, 그가 하는 말이 무엇을 의미하는지는 어렴풋이 눈치를 챘다. 동네 사람들은 서로 모여서 숙덕대기 시작했다.

"암캐도 월운 강 센이 허는 모습을 본깨로 이번에 일이 잘 풀린 거 겉이 비는디…. 그러모 이러코롬 큰일을 저지른 범새 홍팔주이허고 용석이는 우찌 데는 기고? 무신 일이 일어날 거 겉재? 안 그렇나?"

몽환은 냉천에 다녀와서 벌금 문제는 김 개묵이 준 어음으로 급한 대로 해결을 보았다. 하지만 앞으로 그 큰돈을 갚을 일을 생각하면 걱정이 안 될 수가 없었다. 김 개묵이 걱정을 말라고는 했지만, 그것이 무슨 뜻을 의미하는지 잘 알 수가 없었기 때문이다.

—

창랑가滄浪歌

진송은 아버지가 구례 김 개묵을 만나기 위해 집을 떠난 뒤에 그냥 손 놓고 가만히 앉아 있을 수가 없었다. 그는 물에 빠진 사람이 지푸라기라도 잡는 심정으로 일본 동경제국대학에 다닌다는 사촌 처남인 이만성을 만나기 위해 양보면 율촌으로 갔다.

이만성의 아버지는 조상으로부터 많은 유산을 물려받은 만석꾼 집안의 종손이었다. 그는 사회활동을 활발하게 하여 일찍이 서울에 사는 친척 집에 출입하며 견문을 넓혀서 세상 돌아가는 정세에 밝았다. 그는 시대의 흐름을 잘 이용하여 아들 만성을 훌륭하게 키워서 집안을 더 크게 일으키겠다는 포부를 가지고 있었다.

그는 이러한 자기의 포부를 실현하기 위해 패망해 가는 조국을 버리고 신흥세력인 일제의 정책에 적극적으로 호응하여 아들을 일제 치하에서 고관대작으로 키우려고 했다. 그래서 그는 자기 아들을 어렸을 때부터 서울로 보내서 신식공부를 시켰다. 그리고 일본에 있는 동경제국대학에까지 보냈던 것이다.

진송이 율촌의 큰 처가에 가보니 마침 사촌 처남이 집에 있었다. 진송은 큰처가의 웃어른들에게 인사를 올린 뒤에 사촌 처남에게 따로 이야기를 나누기를 청했다. 두 사람은 작은방으로 가서 자리를 잡은 뒤에 진송은 그를 찾아온 연유를 말했다.

"성님, 그동안 안녕허싰십니꺼? 오늘 제가 갑자기 성님을 찾아온 거는 우리 집안에 큰일이 생기서 도움을 좀 청헐라꼬 염치 불구허고 찾아 왔십니더."

"그래, 자네가 뜻밖이긴 하네. 이렇게 급허게 온 걸 보니 무신 일이 있긴 었었구만…."

진송은 하도 급한 나머지 자초지종을 설명할 겨를도 없이 먼저 살려 달라고 통사정을 하였다.

"성님, 제발 우리 집안을 좀 살리 주이소. 안 그러모 우리 아부지부텀 세상을 베리고로 뎄십니더."

"야, 이 사람아! 내가 뭘 알아야 살려 주든지 죽이든지 헐 거 아닌가?"

그는 진송이 느닷없이 '살려 달라'고 하는 말을 듣고 약간 놀라는 표정을 지었지만 침착한 목소리로 차분하게 말을 받았다. 진송은 억지로 마음을 가다듬고 자초지종을 설명했다.

"그랬구만…. 큰일은 큰일일세. 칠백 원이라. 그리 큰돈은 우리도 감당허기 쉬운 돈은 아닐세."

그는 진송의 말을 듣고 자기도 짐짓 걱정된다는 표정을 지으며 말했다.

"성님, 제발 부탁입니더. 무신 방법을 좀 찾아 주이소."

"자네 이야기를 듣고 보니 대구고등법원에서 항소심 판결이 났군. 그렇다면 현재로썬 뒤집을 방법은 없네. 내가 봐도 참 딱한 일일세그려. 작은아버지 사돈집에서 이런 일이 다 생기다니…. 작은아버지도 걱정이 많으시겠네."

"성님은 그래도 일본 대학꺼정 가서 공부허고 게시지 않십니꺼? 제발 무신 방법이던지 해결책이 있이모 좀 말씸해 주이소."

"아무리 생각해도 방법은 없네. 그런데 왜 그런 일이 벌어졌을 때 진작 변호사를 구하지 않았나?"

"성님, 변호사라 쿠는 사람이 우리 집에 찾아오기는 왔십니더. 그런디 60원이나 데는 엄청 큰돈을 내야 변호산가 먼가를 구헐 수 있다고 헙디더. 우리 아부지는 우리가 무신 큰 죄를 진 거또 읎는디 재판에 이길 끼라고 그리 헐 수는 읎다고 해서 돌리보냈지요?"

"그랬구먼…, 그러니까 호미로 막을 일을 가래로도 못 막을 정도로 일을 키워버리고 말았네그려. 참 딱한 일일세."

이만성은 자기는 마치 세상 돌아가는 형편을 다 알고 있다는 듯이 태연스럽게 말했다.

"성님, 그런디 변호사가 멉니꺼? 변호사가 그런 일을 다 해결헐 수 있는 겁니꺼?"

이만성은 재판제도에 대해 진송에게 자세히 설명해 주었다. 그는 법제도를 설명하는 데 막힘이 없었다. 그는 도저히 알 수 없는 법률용어를 진송이가 이해하든 말든 약간은 흥분한 표정으로 길게 설명했다. 그는 한참 만에 다시 진송의 질문에 관한 대답을 했다.

"일본 사람들이 새로 들여온 법 제도가 그런 걸세. 그때 자네 부친이 변호사를 선임했다면 그 일을 해결하고 또 다른 방식으로 상대방을 되씌워 그들이 벌금을 내도록 헐 수도 있었을 텐데 아까운 기회를 놓치고 말았네."

"지들이야 어찌 그런 제도가 있었는지 알기나 했겄십니꺼? 그러모 인자는 벌금을 안낼 방법이 도저이 읎는 깁니꺼?"

이만성은 조금 뜸을 들인 뒤에 핀잔을 주듯이 말했다.

"그게 다 세상 바뀌는 줄도 모르고 우물 안에 개구리처럼 사니까 그런 일을 당허는 것일세. 일본 법정에서 왜 그렇게 많은 벌금형을 내렸다고 생각허는가?"

"그걸 제 겉이 무식헌 사람이 우찌 알겄십니꺼?"

"그들의 본심은 조선인을 감옥살이 시키는 것보다 경제적인 수탈에 더 큰 관심이 있다는 것을 반증허는 것일세. 이제는 후회해도 다 물 건너간 일이고 무식이 죄인 걸 누구 탓을 허겠는가?"

진송은 무식이 죄라는 말이 뼈에 와 사무쳤다. 또 한편으로는 만성에게 일말의 기대를 가지고 먼 길도 마다치 않았는데 방책을 얻기는커녕 질책을 당하는 것만 같아 기분이 상했다. 그는 특히 '무식'이라는 단어가 자신의 자존심을 할퀴어 마음이 쓰라렸다.

진송은 평소에 살아오면서 어디에서도 무식하다는 말을 들어본 적이 없었다. 진송은 후끈 달아오른 얼굴을 들키지 않으려고 고개를 푹 숙이고 있었다. 이만성은 무슨 생각이 떠올랐는지 조용히 다시 말을 꺼냈다.

“자네, 서당공부를 했다고 했지?”

“예, 조금 했십니더마는….”

진송은 신문물에 대한 식견이 부족하고, 한문 공부도 제대로 못 한 것이 쑥스러워서 말끝을 흐렸다.

“그럼 중국의 고사 중에 창랑가 이야기를 알고 있는가?”

“예, 잔아부지헌티 들은 거 같기도 헌디…. 잘은 모리겄십니더.”

“제매, 자네 술 한잔하지? 전에 보니까 술을 좋아허는 것 같던데?”

“예, 한잔씩 헙니더.”

“그러면 잘됐네. 오늘은 나도 심심했던 참이니 우리 술이나 한잔씩 나누며 세상 돌아가는 이야기나 좀 해 보세. 내가 특히 작은아버지 입장을 생각해서 해 주는 말이니까 아마 제매 자네한테는 도움이 될지도 모르는 일일세.”

진송은 그렇게도 기다리던 ‘도움’이라는 말을 듣고 무슨 해결책이 있을 것 같다는 기대감에 다시 이만성의 얼굴을 쳐다봤다. 그리고 뜨거워진 얼굴을 애써 식혔다. 이만성은 방문을 열고 안방을 향해 아내를 불렀다.

“여보, 여기 술상 좀 차려오시게. 강 서방이 왔는데 술대접도 안 해 주고 보낼 수야 있겠나?”

“예, 곧 채리 나가겄십니더.”

잠시 후에 이만성의 아내인 처남댁이 술상을 차려오자 이만성은 진송에게 술잔을 권하며 중국고사 이야기를 꺼냈다.

그는 신학문뿐만 아니라 유학에도 상당한 조예가 있는지 중국고사도 많이 알고 있는 것 같았다.

"옛날에 말일세. 중국 초나라 충신인 굴원이라는 사람이 있었다네. 그런데 그 사람이 자기 나라를 구하려다가 정적들의 모함을 받고 조정에서 쫓겨났다고 허네. 이 고사는 그가 너무 억울하여 투신하려고 강가를 거닐다가 한 어부를 만나서 나눈 이야기일세."

진송은 자신도 중국고사는 어느 정도 알고 있어서 관심이 갔다. 특히 이 고사가 아버지 일과 어째서 관련이 있다는 것인지가 궁금하기도 하여 짧게 대답했다.

"예."

"그런데 그 어부가 초라한 모습의 굴원을 알아보고는 '어쩌다 자살까지 하려는 어려운 처지가 되었습니까?'하고 묻자 굴원이 답하기를 '온 세상이 모두 혼탁한데 나만 홀로 깨끗하고 바른 정신으로 깨어나 있다고 해서 쫓겨났소.'라고 대답했다네."

"예-."

"그러자 어부가 '총명한 사람은 자기 생각만 고집할 것이 아니라 시대의 흐름에 순응할 줄 알아야 합니다. 세상이 다 혼탁하다면 그것에 기준을 맞추고, 모든 사람이 취했으면 당신도 그들과 함께 취하면 되지 어째서 고집을 부리다가 쫓겨났소?' 했다는구먼."

진송은 이만성의 눈치를 보아가며 조심스럽게 자기 생각을 말했다.

"제 생각에는 아무리 그렇다고 혼탁헌 세상허고 술 치헌 사람들헌티 맞차 사는 거는 아인 거 겉은디요."

"그래? 그런데 자네 말대로 우리나라 선비들이 그런 고리타분헌 생각을 가지고 정치를 허다가 나라까지 망치지 않았는가?"

이만성이 진송의 말이 답답하다는 듯 언성을 높이자 진송은 지금 송사로 곤란해진 자기 가족의 처지를 생각하며 풀이 죽어 작은 소리로 대답했다.

"아, 예, 그렇십니꺼?"

"그래서 허는 말인데 이 고지식한 굴원은 말일세. 자신의 뜻을 결연히 말하기를 '옛 성인이 말하기를 방금 머리를 감은 사람도 갓에 묻은 먼지를 털어내고 나서 쓰고, 방금 목욕을 한 사람도 옷에 묻은 먼지를 털어내고 나서 입어야 한다고 했소, 깨끗한 몸으로 세상의 더러움과 가까이하느니 나는 차라리 강물에 뛰어들어 깨끗한 마음을 속세의 먼지로 더럽히지는 않을 것이요.'라고 하며 투신했다는 고사일세. 그런 일로 목숨꺼지 버리다니 참 한심스런 일이 아닌가?"

"예, 그래도 굴원이라는 사람은 명분을 중히 여기고 지조가 곧은 선비였던가 배요?"

"자네는 굴원이를 그리 생각허는가? 그런데 후세의 유학자들이 이를 두고 해석허기를 '맑은 물에 갓끈을 씻는다'는 것은 '세상이 올바를 때면 출사하여 벼슬을 한다'는 뜻이요, '발을 씻는다'는 것은 '먼지로 찌든 속세를 떠나 은둔하며 고상하게 산다'는 의미라고 했다네."

"성님은 참 아는 것도 많십니더. 저는 그게 무신 뜻인지 잘 모리겄십니더."

"공자 왈 맹자 왈 하는 선비들은 세상이 아무리 변해도 자기들 기개는 지키겠다는 뜻이겠지. 그들은 세상이 마음에 들면 벼슬을 할 수도 있고, 아니면 초야에 묻혀 살 수도 있다고 했는데, 그것은 그들한테 나라가 있으니까 허는 말일 걸세. 그런데 지금 우리나라 형편은 어떤가? 우리는 지금 나라가 있는가?"

진송은 우리 가족들이 왜놈들에게 당하고 있는 현실을 생각하며 목에 힘을 주며 말했다.

"읎지요. 그래서 우리 식구가 이러코롬 왜놈들헌티 당하고 있지 안컸십니꺼?"

진송은 울분을 참지 못하고 주먹을 불끈 쥐며 말했다.

"그러니까 그 어부의 말처럼 세상 변해 가는 대로 살면 되는 거란 말일세. 지금은 나라도 없는 세상 아닌가? 자네 집안이 무슨 대단한 선비 집안이라도 되나? 설마 굴원이 같은 선비의 기개를 지킨다고 옛것을 고집부리는 집안은 아니겠지? 창랑의 혼탁한 물이 범람하여 밀려오면 우선 큰물은 피하고 보는 것이 상책이지. 홍수에 맞서다가 살아남을 수 있겠는가?"

진송은 그 말에 동의하기는커녕 도리어 화가 났다. 만성이 자기 집안을 무시한다는 생각이 들었기 때문이다. 하지만 어려운 일을 부탁하러 온 처지에 느낀 감정을 내색할 수 없어서

'우리 잔아부지가 어떤 분이신데….'

라는 말을 마음속으로만 중얼거렸다.

"그러니까 나라도 망하고 없는데 굴원이처럼 고집을 부리며 공자 왈

맹자 왈허고 살다가 큰코다친다. 이 말이네."

진송은 그래도 세상이 바뀌면 무슨 수가 있지 않을까? 하는 기대를 걸고 다시 물었다.

"그러모 우리는 인자 그 숭악헌 왜놈들 다 몰아내고 나라를 다시 찾을 수는 읎는 깁니꺼?"

"뭐? 나라를 되찾아? 그래서 자네 같은 사람을 우물 안에 개구리라고 허는 걸세."

"인자 우리는 영영 나라를 되찾기는 틀렀다 이 말입니꺼?"

진송은 '나라'라는 말에 더 힘을 주어 물었다.

"자네는 세상이 어떻게 변허고 있는지 알기나 해? 일본 함대는 대포를 싣고 오대양을 누비고 다닐 정도니 일본군은 아시아에서는 감당헐 적이 없게 되었다, 이 말일세. 지금은 일본이 옛날에 우리가 대국이라고 섬기던 중국도 넘보고 있다네. 그런데 우리가 무슨 힘이 있는가? 우리에게 대포가 있는가? 군함이 있는가? 아니면 특별난 재주라도 있단 말인가? 안타깝지만 이제 독립은 꿈도 꿀 수 없는 세상이 되어 벼렸다네."

"그러닝깨 시방 온 천지가 일본 세상이 다 됐잉께로 숭악헌 그놈들 비우 맞추고 살아야 헌다, 그 말입니꺼?"

"비위 정도가 아니라 그들의 신학문을 배워야 자네 집안처럼 억울헌 일을 안 당허고 살 수 있다 이 말일세. 그리고 자네 그 왜놈이란 말 조심허게. 그러다가 입 버릇되면 실수허기 십상일세."

"그렁께로 인자 일본 사람들 밑에서 안 배우모 몬산다 이 말 아입니꺼?"

"아니면 지금처럼 일본 사람들에게 실컷 당허고 살던지…"

진송은 이만성이 계속 자기의 아픈 상처를 들쑤시자 화가 났지만 참을 수밖에 없었다. 그는 그런 얼떨떨한 기분 속에서 한참을 생각한 뒤에 걱정스럽게 말했다.

"우리 아부지는 일본 사람 밑에 공부허로 간다 카모 빼따구도 몬 추릴 긴디요. 지헌티만 살째이 이야기 좀 해 주이소. 사촌처남맨키로 일본 가서 공부허는 길이 있기는 있는 깁니꺼?"

진송은 어느덧 아버지 문제는 잊어버리고 그의 말에 점차 빠져들고 있었다.

"자네 집안에 혹시 일본 가서 사는 사람이라도 있나?"

"예, 우리 큰아부지가 일본 가서 살고 있십니더."

"일본 어디에 사는데?"

"예, 나고얀가 머인가 허는디 살고 있십니더."

"그렇다면 잘됐네. 궁하면 통한다고 허지 않던가? 길이 있기는 있네. 자네 큰아버지와 의논하면 무슨 방법이 있을 것 같으이."

"예, 한번 생각은 해 보겄십니다마는 이 일은 꼭 비밀을 좀 지키 주이소. 우리 아부지가 아셨다가는 큰일 날 낍니더."

진송은 사촌처남과 헤어져 집으로 돌아오면서 그가 한 말에 대해 곰곰이 생각해 보았다.

'아부지가 왜놈들헌티 이렇게 당허고 나서는 왜놈 말만 꺼내도 진저리를 칠 게 뻔헐 거 아이가? 아무리 세상이 벤헌다 쳐도 우리나라의 원수인 일본에 가서 신학문을 배운다? 그럴 수야 읎재. 그런디, 그리라도 안 허모 일본법에 대해 아무것도 모리는 우리 식구들이 그놈들헌티 또 당헐 기 뻔헌 일 아이가? 하늘이 두 쪼가리가 나도 그럴 수는 읎는 일이재. 만일 일본에 공부시로 사람을 보낼라 카모 누를 보낸다? 한번은 깊이 생각해 볼 일이내.'

지소들판에 보리가 싱그럽게 초록빛으로 물들어 무럭무럭 자라고 있었다. 몽환은 머슴들과 같이 건너들 봇목에 있는 논에 모판을 만들고 씻나락을 뿌리고 있었다. 그는 집에서 미리 싹을 틔워서 가지고 온 젖은 씻나락을 한 움큼 손에 쥐고 모판 위에 골고루 흩어지도록 휘이 휘 뿌렸다.

그러다가 냇물 건너편을 우연히 바라보았는데 그때 분데이 끝에 흰 두루마기를 입고 갓을 쓴 두 사람이 지소동네로 걸어오고 있었다. 자세히 보니 구례 김 개묵 어른이 틀림없었다.

몽환은 너무도 반가운 나머지 하던 일을 그만두고 옷에 뻘이 묻은 채로 논두렁길을 달려가면서 외쳤다.

"거기 오시는 분이 김 개묵 어르신 아입니꺼? 쪼끔만 기다리이소. 제가 퍼뜩 거기로 건너갈 낀께요!"

냇물 건너에서 길을 가던 두 사람이 그 소리를 듣고 걸음을 멈추었다. 소리 나는 쪽으로 고개를 돌려 보다가 몽환을 알아보고는 김 개묵이 소리쳤다.

"사형, 씻나락 뿌리고 있능 기여? 바뿔 거 머 있당가? 허던 일 마저 끝내부리고 찬차이 정 부잣집으로 오시랑께."

몽환이 손발을 대충 씻고 정 부잣집에 도착하니 김 개묵은 정 집사와 정 부자와 같이 공노에 앉아서 다과를 들고 있었다.

"사형, 징허기 반갑고마이. 싸게 공노로 올라 오시랑께."

몽환은 공노에 올라가서 큰절을 올렸다.

"그래, 오랜만이네잉. 이러코롬 만나 봉께로 얼매나 좋은겨? 자, 자리에 앉으시랑께."

그러자 정 집사가 장부를 꺼내 놓고 환하게 웃는 얼굴로 몽환이 꿈에도 생각지 못했던 기쁜 소식을 전했다.

"사형, 어지 밤에 용꿈 꾼 거이 없었당가요?"

"정 집사님, 그기 무신 말입니꺼? 꿈이라고요?"

그러자 옆에 앉아 있던 정 부자가 웃으며 말했다.

"자네, 인자 팔짜가 쭉 펴짔네. 김 개묵 어른 덕에 지소 동내에 내보담 더 큰 부자가 생기기 데삐릿단 말일세."

"아재, 그 기 무신 말씸입니꺼? 농담이 좀 심헌 거 아입니꺼?"

잠자코 앉아 있던 김 개묵이 점잖게 말을 꺼냈다.

"내가 전에도 사형헌티 말했일 낀디…. 민심이 천심이라꼬 말이시. 근디 범사 홍팔준이 그자가 내가 내 손으로 발굴혀서 애끼던 사형헌티 그러코롬 몹쓸 짓을 허고 소작인들헌티 인심도 잊아뿌릿다는 거를 내가 다 알기 된 기여."

"예, 그렇십니꺼?"

"그래서 내가 결심허기로 홍팔준이가 관리허던 고전면 일대의 소작논 전부를 인자부텀 사형이 다 관리허고로 결정 혀부렀당께. 이만허모 사형이 내헌티 빚진 거 갚는디 보탬이 데겄지라? 그러고 앞으로는 소작인들 민심도 잘 챙기고로 해야 쓰겄지라. 나는 사형의 맴을 믿고 있씽깨로 날 실망시키지 안코로 허시야 데겄고마이."

그 말을 들은 몽환은 가슴이 두근거려 어찌할 바를 몰랐다. 그리고 김 개묵이 빌려준 어음도 이제 다 갚을 수 있게 된 것이 너무도 기뻤다. 그는 얼른 일어나 큰절을 하며 눈물로 감사의 인사를 올렸다.

"어르신! 지가 무신 재주가 있다고 제헌티 이러코롬 큰 은혜를 베푸십니꺼? 전번에는 벌금도 다 챙기서 빌리주시더마 인자 소작논꺼정 다 지헌티 맽기 주싰네요. 지가 잘 헐지는 몰라도 뼈가 뿔라지도록 열심히 해보겄십니더. 고맙고 또 고맙십니더."

"사형, 지금 내가 허는 말을 잘 새기들어야 헐 끼여이."

"예, 말씸허시지요."

"나는 말이시. 범새 홍 씨헌티 몇 본이고 말을 혔다 아인개 벼. 우리 아부지 고향은 광양이라고. 광양이란 지명이 빛 광光 자허고 볕 양陽 자가 햅치진 거 아인개 벼? 빛과 햇볕이 드는 고을이라. 얼매나 좋은 이름이당가? 그래도 내는 광양보담은 구례를 더 좋아허는 사람이여. 구례求禮가 예를 구허는 고을이란 뜻이 아인가 벼?"

"예, 그런 줄로 알고 있십니더."

"구례 어른들 말씸이 옛날에 구례에 한 농부가 살고 있었다는구마. 그 농부가 아들허고 항캐 산에 나무허로 가서 아들은 솔낭구에 올라가 도치로 솔깽이를 째리고[27] 애비는 그걸 줏어 모으고 있었는가 배.

---

27) 도끼로 솔가지를 자르고

아 글씨, 그런디 아들이 도치를 들고 솔깽이를 내리치다가 도치 자리가 빠짐시 도치 쎄띠이가[28] 날아가 고마 애비의 정수리를 쎄리는 바람에 그 사람이 즉사해부리고 말았다는 기여."

"아이고, 세상에, 우찌 그런 일이 다 일어났단 말입니꺼?"

정 부자가 안타까운 표정을 지으며 말했다.

"그래서 구례 고을 원님이 이 소문을 듣고 나라님헌티 그 사실을 고허고 처분을 기다링깨로 나라님이 답변허기를 '이것은 천륜을 어긴 패륜을 저지른 대죄이나 인력으로 막을 수 없는 우발적인 사건잉께로 죄를 내리는 대신 이 고을 이름을 예를 구허라는 뜻으로 구례(求禮)로 바꾸라.'고 했다는 기여. 그래서 그 뒤로 구례사람들은 더욱 효와 예를 지킬라고 힘을 쓰기 뎄다고 허는구마이."

몽환은 허리를 굽혀 예를 보이며 말씀을 올렸다.

"아, 예, 그러싰십니꺼?"

"그래서 말인디. 사형, 내가 이 말을 범새 홍씨헌티 몇 본이고 말험시로 내 땅이 하동에 쌔삐랐는디[29] 내를 위해서도 소작농들헌티 예로 인심을 단디 챙기라꼬 혔던기여. 그럼시로 민심을 잊아뿌리모 안 덴다고 내가 그러코롬 입에 쎄가 빠지도록 야기혔는디도 이 일을 워쩐당가? 범새 그 양반은 내가 정해준 마림헌티 왜놈들 손을 빌리서 모함을 혀갖고 해쿠지를 혀. 도저히 용서헐 수 읎는 일인 기여. 동초 선생 그러모

28) 쇠덩이가

29) 많은데

쓰겄당가?"

"지당허신 말씀입니더. 조캐. 감역님 말씀을 명심허시게."

"예, 명심허고, 말고요."

"사형, 한번 더 부탁인디 절대로 민심 안 잊아뿌리고로 채비 잘 허시요이."

"예, 어르신 말씀을 명심, 또 명심허겄십니더."

정 부자도 몽환의 경사를 같이 축하해 주며 덕담을 해주었다.

"조캐, 자네가 지소동내 갑부 데겄네. 그래도 감역님의 말씀을 잘 새기듣고 자중험시로 감역님의 땅에서 나락 소출이 마이 나고로 노심초사해야 헐 걸세."

"사형, 여기 계신 동초 선생허고 뜻을 잘 맞추고 의논혀서 민심을 잘 채비 허시랑께."

"예, 감역 어르신, 말씀 명심해서 잘 받들겄십니더."

정 부자가 홍팔준이 걱정되어 말했다.

"이게 다 감역 어른의 후헌 인심 덕분 아이겄십니꺼? 그런디 범사 그 양반 심술이 보통은 아인디 갠찬을까요?"

"동초 선생, 내가 정 집사헌티 그자가 소작농들헌티 저지른 횡포를 조목조목 조사허고로 혀서 그 내용을 홍 씨헌티 설명허지 않았겄당가? 긍께 헐 말이 읎는지 자포자기허는 갑더마."

"아! 예, 잘 허싰십니더. 그래도 조캐는 그자를 조심허게. 일본 경찰과 짜고 또 무신 해쿠지를 헐지 모리닝깨로…"

"예, 아재. 잘 알겄십니더."

이리하여 몽환은 고전면에 소재하고 있는 김 개묵의 전 소작농토를 관리하는 큰 마름이 되었다.

몽환은 유쾌한 기분으로 다시 논으로 돌아와서 씻나락을 뿌렸다. 웬일인지 손에서 흩어지는 씻나락이 마치 날개라도 달려서 춤을 추듯이 휘익휘익 날아가서 모판 펄 바닥에 떨어졌다. 모판 위에 허옇게 떨어진 씻나락이 자기를 보고 미소를 보내는 것 같았다.

몽환은 저녁에 식사하면서 모든 식구들을 앉혀 놓고 김 개묵이 자기에게 한 일을 말해 주었다.

"너뜰 내말 잘 듣거라이. 저 하늘 겉이 훌륭허신 구례 김 개묵 어르신이 우리헌티 큰 은혜를 베푸셨다. 고전면에 있는 그분의 논을 전부다 우리가 관리허고로 뎄다 이 말이다. 그래서 왜놈들헌티 물어 줄 벌금도 인자 다 갚고로 뎄고, 앞으로 살림도 불어나게 덴 기라. 이 모든 기 다 김 개묵 어르신의 은덕인 걸 꿈에서도 잊아서는 안 델 끼다."

몽환의 말을 들은 온 가족들이 모두 너무도 기뻐서 어쩔 줄을 몰랐다.

"아부지, 그거이 참말입니꺼? 고전면에 있는 논이 전부다 합치모 이천 마지기도 넘을 낀디요? 그걸 다 우리가 관리헌다고요? 말만 들어도 배가 부리네요. 허허허."

큰아들 진송이 기뻐서 식구들을 둘러보고 웃으며 큰 소리로 말했다. 그러자 그동안 송사 일로 기가 죽어지내던 진석이 허리를 펴며 말했다.

"아부지, 그동안 지 땜새 얼매나 마음 고생이 많았십니꺼? 제가 죽을 죄를 짔기 땜에 그런 일이 생긴 거 아입니꺼? 정말 죄송했십니더. 인자

부터 아부지 말씸 잘 듣고 시는 대로 잘 허겄십니더."

"그래, 네 맘 잘 알겄다. 앞으로는 매사에 조심허고 또 조심허거라."

몽환은 진석에게 조용히 타일렀다.

"예, 아부지. 앞으로 아부지 말씀을 명심허겄십니다."

모두들 앞으로 부자가 될 것이라는 기대감에 부풀어 즐거워하고 있을 때 진송은 갑자기 생각난 것이 있는지 화제를 돌렸다.

"아부지, 그런디 전번에 용석이 그놈헌티 붙어서 거짓 증언을 해서 우리를 골탕 미긴 그놈들은 우짤 낍니꺼?"

몽환은 잠시 생각하다가 차분히 말을 꺼냈다.

"예전에 맨날 너뜰 증조부이신 자헌대부 할아부지께서 하신 말씸이 있다. '적선여경'이라꼬…. 그거이 먼고 허니, 원수를 덕으로 갚으모 집안에 언젠가는 경사가 생긴다는 말이다. 그래서 내는 그 사람들을 다 용서헐 끼다. 너뜰은 다 그리 알고 앞으로 이 말은 절대로 꺼내지 말도록 허거라."

"예, 잘 알겄십니더."

"그러고, 남의 재산을 무작시럽고로 뺏딜아 가는 왜놈들을 가까이해서는 안 데고 항상 조심해야 헐 끼다."

"예."

가족들이 모두 고개를 숙이며 엄숙한 마음으로 대답했다.

몽환은 고전면 일대 김 개묵의 논을 관리하자면 우선 소작인들이 소작료로 내는 곡식을 쌓아 둘 창고가 필요하다고 생각했다. 그래서 그는 그동안 살던 집 주위의 땅을 사들여 대지를 넓히고 다섯 간 규모의 안채와 아래채, 그리고 커다란 창고를 다시 지었다. 그리고 배드리 장터에도 별도의 창고를 하나 더 지었다. 그는 갑자기 부자가 되었다고 허세를 부리지는 않았다.

'옛말에 복불쌍행이라고 안 허던가? 복은 절때로 겹쳐서 같이 오지 않는 기라. 이번에 잘못 했이모 홍팔주이 그놈 땜에 쫄딱 망헐 뻔 안 했나? 인자부텀은 조심허고 또 조심해야 헌다. 남이 보는 눈도 있는디 내 혼차 부자 뎄다고 까불다가는 언제 또 마가 낄지 누가 알겠나? 아서라, 깨구리가 올챙이 시절을 이자뿌모 안 데는 기지.'

그래서 그는 일부러 기와집이 아닌 초가집을 짓고 울타리도 나뭇가지를 엮어서 수수하게 만들어 세웠다.

몽환은 집을 다 지은 뒤에 동네 사람들을 초청하여 푸짐하게 음식을 차려서 술과 함께 대접하였다.

몽환은 그 자리에서 동네 사람들에게 자기가 김 개묵의 고전면 마름이 되고 나서 심중에 지니고 있던 소작논 관리와 동네 인심을 무마할 내용에 대해 말했다.

그는 이웃집 용석과의 사이에 있었던 송사로 동네 사람들이 서로 연루되어 증인을 서거나 오해를 사기도 하였는데 앞으로는 서로 화해하자고 제안했다. 그리고 자기는 앞으로 이번 소송에 대한 보복을 절대로 하지 않을 것을 언약했다.

그는 소작논 배정도 예전에 지소동네의 경우처럼 고전면 각 부락별 유지들이 모여서 결정하도록 하고, 자기에게 소송을 제기한 용석이와

불리한 증언을 했던 사람들에게도 예전과 같이 소작논을 배정할 것을 약속했다.

이후부터 그는 김 개묵이 당부한 대로 자기가 관리하는 고전면 소작인들의 의견을 존중하고 인심을 챙기는 데 소홀히 하지 않았다.

진송은 다행히 자기 집안이 구례 김 개묵의 도움으로 상상도 못 할 큰 위기를 모면하고, 꿈에도 그리던 부자가 된 것을 기뻐했다. 그러나 한편으로 생각하면 무소불위로 조선인들을 탄압하는 일본인들의 세상에 살아남기 위해서 무언가 대책을 마련해야겠다고 결심하고, 율촌의 사촌 처남이 말했던 내용에 대해 심사숙고했다.

'우리 가족 중에서 누군가가 일본인들 밑에서 그들의 신학문을 배울라 카모 아부지가 절대로 용납할 리가 없을 끼다. 그렇다고 범사 홍팔준이가 다시 앙심을 품고 일본인들과 짜고 아버지를 몰래 모함하여 궁지에 빠뜨린다 쿠모 또 속수무책으로 당하고 말아야 헌단 말이가?'

진송의 생각이 여기에 미치자 그의 결심은 더욱 굳어졌다.

'홍팔준이나 왜놈들헌티 두 번 다시 당하지 않을라카모 신학문을 배와야 헌다.'

진송은 결심을 굳히자 또 다른 고민이 생겼다. 만약 아버지 몰래 신식 교육을 시킨다고 하면 조건이 되는 사람은 양보보통학교를 졸업한 둘째 동생 진석밖에 없었다.

그런데 진석은 보통학교 학력이 전부여서 율촌의 사촌처남처럼 동경에 있는 대학을 보낼 처지는 못 되었다. 설령 조건이 된다 하더라도 동경에는 도움을 받을 일가친척이나 지인이 없으니 다른 방법을 찾아야만 했다. 그래서 이미 일본 나고야에 가서 살고 있는 큰아버지의 도움을 받으면 진석을 공부시키는 일이 가능할 것 같다는 생각이 들었다.

진송은 며칠을 두고 생각하다가 아버지한테는 처가에 볼일이 생겼다고 거짓으로 고하고는 율촌에 있는 큰아버지의 처가를 찾아갔다. 그는 큰아버지의 처남을 만나서 나고야로 가는 배편과 큰아버지 식구들의 근황을 비롯한 일본에서 생활할 때 필요한 준비물을 알아보았다.

그러고 나서 진송은 아버지 몰래 동생 진석을 일본으로 보내 신식공부를 시키기로 마음먹고 먼저 진석의 의사를 물어보았다. 진석은 진송의 뜻을 이해하고 아버지한테는 미안하지만, 자신이 고되더라도 신학문을 열심히 배워보겠다고 쾌히 찬성했다. 그리고 다시는 아버지가 억울한 일을 당하지 않도록 열심히 공부하겠다는 결연한 의지도 밝혔다.

"성님! 걱정 마이소. 제가 심 닿는디꺼정 열심히 배와 와서 아부지께 큰 심이 데고로 해 보겄십니더."

진송은 동생의 동의를 얻고 나서 진석을 일본으로 보내기 위해 비밀리에 그에 필요한 준비 작업을 추진했다.

먼저 동생의 학비를 미리 마련하기 위해 여러 방면으로 알아보고 부탁도 하였다. 특히 아버지 친구인 배드리장의 쌀장수인 김경필 씨에게 특별히 부탁하여 도움을 청해 두었다.

사실 김경필 씨와 아버지는 서로 친구이면서 곡식이나 돈거래를 많이 하고 지내는 사이였다. 때로는 진송이 김 씨와의 돈거래를 대신하는 경우도 있어서 김 씨에게 부탁하면 비밀리에 학비를 마련하기에 좋은 점이 있었다.

진송은 율촌에 사는 큰아버지 처남으로부터 큰아버지가 설날에 고향에 다니러 온다는 소식을 전해 들었다. 진송은 아버지 몰래 어머니에게 부탁하여 동생이 객지 생활을 하게 되면 필요로 할 옷가지와 그 밖의 물건을 미리 챙겨 짐을 싸 두게 했다. 그리고 기회를 봐서 아버지 몰래 그 짐을 인편으로 미리 율촌에 있는 큰아버지 처가에 보내 두었다.

몽환이 김 개묵의 고전면 일대의 전 소작논 마름이 되고 나서 처음으로 맞이하는 설 명절이 다가왔다. 몽환은 큰집 식구들이 나고야로 이사 간 뒤로 명절 차례를 집홀에 있는 작은아버지 집에 가서 지냈다. 나고야에서 잠시 귀국한 큰아버지도 참석했다.

진송은 아버지와 같이 성묘를 마친 뒤에 처가에 세배하러 간다고 인사를 올렸다.

"아부지, 먼저 집으로 돌아가시지요. 제는 처가에 들리서 장인어른께 세배디리고 집에 가겄십니더."

"그래, 알겄다. 너 장인 장모헌티 안부 전허거라."

"예. 그러모 댕기오겄십니더."

그런데 진송은 인사를 드리고 헤어지려고 하다가 갑자기 생각 난 것이 있다는 듯이 뒤돌아보며 진석을 불러 세웠다.

"참, 진석아, 니 율촌에 와 있는 내 사촌 처남헌티 머 물어볼 끼 있다고 안캤나? 내가 깜빡 잊아삘 뻔 했내. 아부지 진석이도 제허고 같이 처가에 갔다 오모 안 데겄십니꺼?"

"그래, 알았다. 그리 허고로 해라. 그러고 사돈댁에 폐 끼치지 말고 퍼뜩 댕기오이라이."

"예, 아부지. 댕기오겠십니더."

진송은 진석을 데리고 먼저 개고개에 있는 처가에 들러 장인, 장모께 세배를 드렸다. 그리고 율촌에 있는 사촌 처남댁이 아니라 큰아버지의 처가로 가서 큰아버지를 뵈었다. 진송은 큰아버지와 사돈댁 식구들에게 세배를 드린 뒤에 큰아버지께 특별히 부탁을 드렸다.

"큰아부지, 큰아부지도 아시겠지만 지난번에 아부지께서 일본 사람들헌티 재판을 받고 억울헌 판결이 나서 우리 집안이 쫄딱 망헐 뻔했다 아입니꺼? 지는 그기 다 우리가 무식해서 당헌 일이라고 생각헙니더. 그래서 진석을 일본에 보내서 신식공부를 꼭 시키야 허겠십니더."

"인자 조캐도 세상이 벤허고 있는 걸 알고 생각을 바깠는가 보내."

"그렇십니더. 그래서 큰아부지께 동생을 부탁 좀 디릴라고 데리고 왔십니더."

"그러모 진석을 공부시러 일본으로 보낼라꼬?"

"예, 그렇십니더. 그런디 일본에는 아는 사람도 읎고 해서 아무래도 큰아부지께서 사시는 나고야로 보내서 공부를 시고 싶십니더. 그래서 부탁디리는디 큰아부지께서 사정이 에룹더라도 좀 도와 주시모 안 데겠십니꺼?"

"조캐 생각이 꼭 그렇다모 도와야재. 그런디 내가 조캐 마음을 모리는 거는 아이지만 내도 일본에 간지가 얼매 안 데서 살기가 넉넉허지는 몬 허네. 그래도 네 뜻이 그런디 도울 만침은 도아야 안 데겠나?"

"큰아부지, 고맙십니더. 제 동생이 나고야서 공부허는 동안 다 미 살리 달라 쿠는 거는 아입니더. 제는 일본 가는 방법을 모리닝깨로 진석을 일본꺼정 잘 뎃고 가서 학교에 입학만 좀 시키 달라는 깁니더. 그담은 돈 문제허고 제가 다 알아서 허겄십니더."

"그래, 우리 조캐가 부탁허는 일인디 그 정도는 해 조야 안 허겄나?"

"그런디 진석을 일본으로 공부하로 보내는 거는 큰아부지도 아시다시피 우리 아부지는 모리는 일입니더. 우리 아부지가 알모 큰일 난깨로 이 일은 꼭 비밀을 지키 주기시 바랍니더."

"오냐, 네가 무신 말을 허는 긴지 잘 알겄다."

진송은 큰아버지께 진석이 학업을 위한 일을 잘 도와 달라고 신신당부했다. 그리고 큰아버지의 여비에 보태 쓰시라고 용돈도 챙겨드렸다. 그리고 미리 어머니가 챙겨서 큰아버지의 처가에 맡겨두었던 진석의 짐과 자기가 준비해 두었던 학비를 진석에게 같이 건네주며 말했다.

"진석아, 네가 머 땜에 일본꺼정 공부허로 가는지 잘 알재?"

"성님, 잘 알고 있십니더. 걱정 마이소. 제가 공부 열심히 해서 꼭 성공해 갖고 돌아 오겄십니더."

"그래, 그리 해야재. 인자 다시는 우리 아부지가 지난번에 일본 놈들헌티 당헌 그런 숭칙헌 일은 읎고로 해야 헐끼다. 그럴라 카모 네가 일본 학생들헌티 기죽지 말고 쎄가 빠지고로 공부해야 헐 끼다."

"성님! 성님 기대에 보답허고로 최선을 다하겄십니더. 성님도 몸 건강허시고 부모님 잘 모시기 바랍니더."

"알겄다. 내 동숭 진석아! 살빽만 나가모 고생길이라 쿠는디…. 이역만리 타국생활 험시로 부디 몸조심허고, 성공해서 아부지 한을 꼭 풀어디리고로 허거라."

"예, 성님, 그러모 안녕이 게십시오. 제는 잘 댕기오겄십니더."

이리하여 진석은 큰아버지를 따라 이역만리 일본으로 공부하러 가게 되었다.

一 이별고 離別苦

고전면 지소와 잔너리. 배드리, 명교 일대의 들판에 있는 김 개묵의 논에 벼가 누렇게 익어가며 산들산들 부는 가을바람에 황금 물결로 출렁이고 있었다.

"훠어이-, 훠어이, 이놈의 새떼가 우리 나락 다 까 묵는다. 저-리 꺼지래이. 썩 날아 가뿌라."

마을마다 아이들이나 농부들이 참새 쫓는 소리가 들판에 울려 퍼졌다. 들판에는 따사로운 가을 햇볕에 벼 알갱이가 영글어 가는 소리 외에는

"훠어이, 훠어이."

하고 새 쫓는 소리만이 그늘아래서 지게에 기대어 낮잠을 즐기는 농부에게 자장가가 되어 주었다.

당산 옆에 있는 퇴꼬랑 논에서 몽환은 고종 동생 문용과 같이 피사

리를 하고 있었다.

"성님, 올개는 대 풍년이 들 꺼 겉소이."

"풍년이 들모 좋재. 다린 동내도 나락이 잘 뎄이까?"

"내가 엊그지 배드리장에 갔다 옴시로 봉께로 올개는 멸구도 벨로 안 설치고 곳곳이 다 나락 모가지가 실허고로 익어 갑디더."

"풍년이 들모 얼매나 좋겄내? 올개는 꼭 풍년이 들어야 헐낀디…."

"성님, 걱정 마소. 성님이 올개 첨으로 고전면 김 개묵이 논을 전부다 관리 허기 뎄는디 당여이 풍년이 들어야재. 그렁께로 성님 기분이 좋겄소이."

그 말에 몽환은 피를 뽑다가 허리를 펴고 일으켜서 문용을 웃는 얼굴로 바라보며 말했다.

"동숭, 시방 머라 캤내? 김 개묵 어른 논에 풍년이 들 끼라꼬? 그리데모 내가 춤을 치지. 그런디 짐치국부텀 마시몬 안 데는 기라. 기대가 크모 실망도 크다 안 쿠더나?"

"성님, 너무 그리 엉살 부리싸치 마소. 성님이 그동안 김 개묵이 농새 돌보니라고 얼매나 공을 디렀는디…. 어디 공든 탑이 무너진다디요?"

"동숭, 공치사는 고마 허게. 귀가 간지럽네."

"얼매 안 있이모 김 개묵이 고전으로 논 둘러보로 올 꺼 아이요? 그때 성님이 논 간리를 잘해서 풍년이 든 들판을 보고 나모 지주 양반 입이 쩍 벌어질 거 아이요? 그러고 성님이 논 간리를 잘해서 풍년이 들었다 쿰시로 또 성님을 신농이라꼬 칭찬헐 끼 뻔헌디…. 그걸 생각헌깨로 내가 더 기분이 좋내."

"말은 고맙네. 그리 데모 얼매나 좋겄능가?

"인자 성님은 복이 터졌소이."

사실 올 한 해 몽환은 처음으로 고전면 일대에 있는 김 개묵의 전 농토를 관리하면서 정말로 바쁜 나날을 보냈다. 그는 봄이 되어 볍씨 뿌릴 때부터 자기 논뿐만 아니라 김 개묵이 소작인들이 관리하는 논에 모내기와 논매기, 물 관리, 멸구퇴치 등의 농사일도 살피느라 눈코 뜰 새가 없었다.

몽환은 김 개묵의 첫 농사를 짓게 되면서부터 어떻게 해서라도 소출을 많이 올려 김 개묵의 인정을 받고 싶은 마음이 간절했다. 그래서 그는 거의 매일 아침 일찍 일어나서 자기 농사일을 큰아들에게 세세한 부분까지 지시해서 맡기고, 자기는 김 개묵의 논 관리에 전념했다.

그는 아침을 먹고 나면 지소에 있는 김 개묵의 소작논을 둘러본 뒤에 방깨를 거쳐 잔너리, 배드리, 명교 등지를 돌며 그의 소작논을 둘러보는 일이 하루 일과처럼 되어 있었다.

올해 들어 하늘이 도왔던지 비도 알맞게 내리고 큰 홍수도 없었으며 벼멸구의 피해도 작아서 고전면 일대에는 대풍년이 들었다. 몽환의 기쁨은 이만저만이 아니었다.

오늘은 몽환의 씨기 들판에 있는 열두 마지기 논에 가리로 쌓아 두었던 벼 타작을 하는 날이다. 몽환의 가족들과 머슴들이 새벽부터 일어나 타작할 도구를 챙겨서 지게에 지고 사립문을 나섰다. 때는 음력 시월 하순이라 여인의 흰 눈썹 모양을 한 가느다란 달이 동쪽 하늘에 떠서 온 들판을 비추고 있었다.

들판에는 이미 서리가 내려서 날씨가 꽤 쌀쌀했다. 몽환의 가족들은 밭들의 논두렁길을 기다랗게 한 줄로 서서 걸어갔다. 그들은 숨을 내쉴 때마다 입김을 마치 담배 연기처럼 하얗게 내뿜으며 씨기들로 내려갔다.

아직은 새벽인데도 소-산 위에 떠 있는 달이 어슴푸레하게 씨기 들판을 비추고 있었다. 논두렁에 군데군데 쌓아 둔 나락 가리의 볏단에 붙은 수많은 벼 낱알 위에 내려앉은 서리가 희미한 달빛을 받아 은색 가루를 뿌린 듯이 은은하게 반짝거렸다.

몽환이네 가족과 머슴들은 달빛을 등불 삼아 서둘러서 타작준비를 했다. 그들도 몽환의 기분을 아는지 그의 지시에 따라 손놀림을 바삐 움직였다.

먼저 일꾼들이 씨기들의 한가운데 있는 커다란 논배미에 넓게 멍석을 깔고 그 위에 수동식 탈곡기 두 대를 차려놓고 탈곡을 하기 시작했다. 탈곡기 한 대에 장정이 세 명씩 달라붙어 발판을 밟으며 돌아가는 탈곡기에 볏단을 굴려서 알곡을 털어냈다.

탈곡기 옆에서는 몽환의 손주들이 서리가 허옇게 내려앉은 볏단을 '호호' 입김을 불어 시린 손을 녹여가며 끌어안아다가 탈곡기 옆에 쌓았다. 그들은 일꾼들이 탈곡하는 속도에 맞추어 볏단을 타작하기 좋을 높이로 쌓아놓고 있었다.

몽환과 진송은 긴 빗자루를 들고 각기 탈곡기 앞에 서서 벼 알갱이와 섞여서 떨어지는 지푸라기나 쭉정이를 바깥쪽으로 쓸어 내고 있었다.

한참 타작을 하고 있는데 동쪽 하늘이 불그스름하게 물들며 날이 밝아오고 있었다. 그때 몽환의 아내가 아침 새참을 이고 왔다. 새참은 김이 모락모락 나는 시래기 국밥이었는데 모두들 시장해서인지 단숨에 한 사발씩 맛있게 먹었다.

꼭두새벽부터 시작한 타작이 오후에 뒷산 그늘이 밭들에서 씨기로 느리워져 내려올 때쯤 되어서 다 마쳤다. 일꾼들은 풍구를 돌려서 알곡에 섞인 쭉정이나 지푸라기를 날려 보내고 아가리로 내려오는 알곡을 말로 되어서 가마니에 담았다.

몽환의 마음은 풍년이 들 기대감에 잔뜩 들떠 있었다. 보통 벼 소출이 논 한 마지기에 한 섬 정도 나면 보통의 수확량이었다. 그 이상이 나면 대개 풍년이라고 했다.

머슴이 숫자를 세어 가며 알곡을 말로 되어서 가마니에 담았다.

“하나- 이요, 둘 둘 둘 둘 둘이요, 세 세 세 셋이요, 네 네 네….”

어느덧 큰머슴이 열두 마지기의 알곡을 다 되어 가고 있었다. 말을 되는 그의 목소리가 점점 커졌다.

“월운 강 센! 인자 열두 섬이 넘었소이. 아직꺼지 나락이 마이 남았는디 올개는 대풍이요-. 퍼뜩 집에 가서 달구 새끼[30]두 마리 잡으소.”

몽환이 멍석 위에 남아 있는 벼 알곡의 양을 어림잡아 보니 두 섬은 족히 넘어 보였다. 몽환은 너무 기분이 좋아 웃으며 농담을 받아넘겼다.

---

30) 닭 새끼

"대송개 김 센이 말 수를 쎅인[31] 거 아이가? 나락이 그리 마이 날 택이 읎는디…. 그래도 나락이 마이 났다 쿤깨로 듣기는 좋네. 내 시방 올라가서 고까지 꺼 달구 새끼 두 마리 잡지 머…. 암, 잡고말고."

몽환은 씨기 논에 풍년이 든 것도 기분이 좋고, 일꾼들의 기분도 풀어줄 겸해서 기꺼이 닭을 잡아 한턱낸다고 했다.

몽환의 식구들과 머슴들이 타작을 다 마치고 집에 와서 옷이며 얼굴에 부옇게 둘러쓴 먼지를 털고, 물에 대충 씻고 나서 저녁상을 마주했다.

몽환의 아내가 이미 솥에 닭고기를 넣고 무를 얄팍하게 썰어 갖은 양념을 섞어서 끓인 기름이 둥둥 떠 있는 닭국을 내놓았다. 모두들 닭국에 밥을 말아서 맛있게 먹었다. 몽환도 닭국에 밥을 말아 숟가락 가득히 떠먹으면서 동짓달에 구례 김 개묵에게 소작료 계산하러 갈 일을 생각하며 마음속으로 미소를 지었다.

'올 겉은 풍년이 든 거는 그기 다 선영이 돌본 기라.'

동지를 며칠 앞두고 몽환은 진송과 같이 구례 김 개묵의 집으로 소작료를 계산하러 갔다. 오늘따라 소작료를 계산하러 가는 몽환의 발걸음은 예년과 달리 가벼웠고 기분도 좋았다.

몽환은 올해는 풍년이 들어 소작료도 다 거둘 수 있었고, 자기도 소출이 늘어서 김 개묵의 소작료 계산을 잘 마칠 수 있게 되어 마음도 푸짐했다. 그런데 무엇보다도 그의 가슴을 뿌듯하게 한 것은 작년에

---

31) 속인

김 개묵이 벌금을 갚으라고 빌려준 어음 중에서 오백 원을 갚을 수 있게 된 점이다.

몽환은 그 돈을 마련하기 위해 김 개묵이 마름 몫으로 제해 준 돈 외에도 자기가 수확한 곡식을 가용과 농비로 남겨 둔 것 외에는 모두 팔았다.

몽환은 아들과 같이 냉천에 있는 김 개묵이 집에 도착하여 김 개묵 어른에게 인사하려고 사랑방 마루로 올라갔다. 그런데 예년과 달리 김 개묵의 아들인 김 주사가 나와서 그들을 맞이했다.

"김 주사님, 안녕허십니까? 그런디 감역 어르신은 어디 가싰십니까?"

"사형, 싸게 올라오시랑께."

김 주사는 대답 대신 몽환의 손을 잡으며 마루로 올라오기를 권했다. 몽환이 아들과 같이 마루로 올라서려는데 예년과 달리 방 안에서 탕약 냄새가 풍겨 나왔다.

몽환은 이상한 생각을 하며 방문을 열고 방 안으로 들어가려다가 깜짝 놀랐다. 자기가 방 안으로 들어가는데도 김 개묵은 자리에서 일어나지 않고 그대로 누워 있었던 것이다. 몽환은 그제야 김 개묵을 자세히 살펴보니 예전보다 얼굴이 야위었고, 얼굴빛이 창백하여 병기가 완연했다.

김 개묵은 누운 채로 오른손을 내밀며 뭐라고 말을 하는데 무슨 말인지 분명치가 않았다. 몽환은 그분이 중풍으로 쓰러졌다는 것을 직감으로 알아차렸다.

"어르신! 그러코롬 건강허시던 분이 이기 우찌 덴 깁니꺼? 지난 가실에 고전에 오싰일 때만해도 정정허싰는디 이기 무신 날벼락입니꺼? 감역 어르신! 우째다 이런 일이 다 생긴단 말입니꺼?‘

몽환은 하늘과 같은 은혜를 입은 김 개묵이 누워 있는 모습을 보고, 가슴이 시리도록 파고드는 애통한 감정을 삭일 수가 없었다.

“어르신이 제헌티 베푼 은혜가 얼맨디요. 제가 그 은혜를 눈꾸 반만치도 안주 몬 갚았십니더. 그런디 이리 쓰러지모 제는 우째란 말입니꺼? 이럴 수는 읎는 깁니더. 으흐흐.”

몽환은 기어이 슬픔을 참지 못하고 큰 소리로 울기 시작했다. 옆에 앉아 있던 진송도 어깨를 들썩이며 눈물을 흘리고 있다가 아버지가 너무도 상심하여 말을 잇지 못하는 것을 보고, 아버지를 대신하여 김 주사에게 물었다.

“김 주사님, 어르신이 운재부텀 이리 편찮고로 데싰십니꺼?”

“한 열흘은 지났지라.”

그 말에 몽환은 아쉽다는 표정을 지으며 말했다.

“제북 오래 뎄내요? 김 주사님! 그러모 와 제헌티 연락을 한번도 안 했십니꺼? 제가 알았이모 존 탕약이라도 좀 지어 왔일 낀디요.”

“경황이 없어서 그리 뎄지라. 먼 길 오시니라 시장헐 꺼인디 우시내 요기라도 좀 허시랑께.”

김 주사는 정 집사에게 저녁상을 내오게 하고는 아버지를 일으켜 앉혀서 탕약을 입에 떠 넣었다.

사람들이 김 개묵의 아들인 김택균을 김 주사라고 부르게 된 데는 그럴만한 이유가 있었다. 김 개묵은 조선이 일본에 패망하고 나서 구례군청에서 추진하는 각종 공사에 거의 반강제로 기부금을 내야 했다. 마산면에 저수지를 만들 때나 신작로를 닦고 다리를 건설할 때에 막대한 기부금을 냈던 것이다.

구례군청에서는 그가 기부금을 희사한 데 대한 감사의 표시로 한 가지 제안해 왔다. 그것은 군청에 다니는 김 개묵의 친구를 통해 그의 아들 택균이 군청의 직원이 되어 통신 업무를 맡아 근무해 달라는 것이었다.

김택균은 아버지 친구의 청을 받아들여 잠시 군청에서 전통문 수발이나 전보 치는 일 등을 맡아 근무한 적이 있었다. 그 뒤부터 사람들이 그를 김 주사로 부르게 되었던 것이다.

몽환은 저녁을 먹고 나서 김 주사에게 돈뭉치를 내놓으며 말했다.

"김 주사님, 우신에 이 돈을 받으시지요."

"그거이 무신 돈이라고라?"

"예, 작년에 감역 어르신께서 고맙고로 제 벌금 갚으라고 칠백 원을 빌리 주싰십니더. 올해에 제가 감역 어르신이 빌리주신 그 돈을 갚을라꼬 힘 닿는 디꺼정 돈을 모아서 오백 원을 가지왔십니더. 그동안 정말 고맙게 잘 썼십니더. 나머치는 내년에 꼭 다 갚고로 허겄십니더."

"그리 덴기여? 그 일은 내도 정 집사헌티 들어서 알고는 있었지라. 그런디 볼씨로 그리 큰돈을 장만혔당가? 사형 신용은 알아줄만 허당께. 하여튼 징허게 고맙네이. 그러모 정 집사허고 옆방에 가서 소작료 계산도 마치고로 허시랑께."

"예, 그리 허겄십니더. 야아 야, 정 집사님 모시고 옆방으로 가자."

올해 몽환은 고전면의 전체소작료를 계산하느라 계산할 것도 많았고, 따라서 계산도 복잡했다. 몽환은 아들 진송이 주판알을 튀겨가면서 정 집사와 능숙하게 계산하는 것을 보고 속으로 마음이 흡족했다.

전에 삼현 선생이 말해 준대로 자기 아들이 수학머리는 타고났다고 칭찬을 들었던 일이 생각났다. 그동안 자기 아들이 글공부에 소홀해서 늘 불만이었지만 계산 하나는 뛰어난 재주를 가진 것 같아 보였다.

몽환은 집으로 돌아온 뒤에 잔내 문 약국을 찾아가서 중풍에 좋다는 약 중에서 최고로 좋은 탕약을 지어 다시 구례 김 개묵을 찾아가서 병문안하고 약도 직접 다려 드렸다. 그는 집으로 돌아오면서 김 개묵 어른이 쾌차하기를 빌고 또 빌었다.

지소들판에 모내기가 끝난 지 한 달쯤 지나서 논에는 벼잎이 푸르게 짙어가고, 논매는 농부들의 노동요가 계월봉 골짜기로 울려 퍼지고 있었다. 몽환은 물괭이를 메고 잔너리 들판으로 가서 벼 작황을 살펴보고 물꼬 손질도 해 가며 배드리 쪽으로 걸어가고 있었다. 그때 등 뒤에서 아들 진송의 다급한 목소리가 들려왔다.

"아부지! 그 게시소. 큰일 났십니더."

몽환이 소리 나는 쪽을 돌아보니 진송이 한 손에 종이 한 장을 들고 자기에게로 급히 달려오고 있었다.

"와, 무신 일이고?"

"아부지, 큰일 났십니더. 구례서 부고가 왔십니더. 김 개묵 어르신이 돌아가싰다 쿱니더. 5일장으로 장례를 치르는디 모래가 출상이랍니더. 넬 출발허고로 서둘러 준비를 해야 허겄십니더."

"아이고! 이기 무신 변고고? 참 하늘도 무심허시지. 기어이 그분을 뎄고 가고 말았고나! 오냐, 알겄다. 내 곧 집으로 가마."

몽환은 다음 날 아침 일찍 채비하여 구례로 문상하러 갔다. 고숙재를 지나가다가 소-산을 보니 김 개묵 어른에 대한 온갖 추억이 떠올라 자기도 모르게 양 볼을 타고 눈물이 흘러내렸다.

몽환은 결혼하여 지소로 분가해 나올 때부터 소-산을 바라보며 부자가 되겠다고 다짐한 꿈을 이루기 위해 열심히 노력해왔다. 그러한 자기의 꿈을 실현하는 데 절대적인 도움을 주었던 분이 바로 구례 김 개묵인 김배홍 어른이었다. 그런데 그분이 자기 꿈을 이루는 데 큰 도움을 준 뒤 얼마 되지도 않아 세상을 떠나고 만 것이다.

몽환은 그의 은혜를 생각하면 가슴 속에 복받치는 설움을 달랠 수가 없었다. 그는 도둑골재를 넘어서 신월 마을에 이르러 지나가는 사람들을 만날 때까지 그분의 은혜에 감사하며 눈물이 마를 새가 없었다.

몽환은 저녁 무렵이 되어서야 냉천의 김 개묵의 집에 도착했다. 대문을 들어서니 마당에는 조문하러 온 문상객들로 시끌벅적하였다. 안채에서는 저녁때가 되어서인지 아낙네들이 저녁상을 준비하느라 부산하였다.

몽환은 먼저 빈소에 들어가서 망인의 신위 앞에 극진한 마음으로 향을 피우고 잔을 올렸다.

"감역 어르신! 고전에 사는 몽환이 잔을 올립니다. 그동안 제가 입은 은혜가 얼맨디요. 그 은혜에 조끔도 보답해 디리지도 몬 했는디 이리 허망하고로 세상을 등진단 말입니꺼? 부디 극락 왕생허시이소. 평생에 적선허신 감역 어른께서는 꼭 하늘나라 존 세상에 가시게 델 낍니더. 으흐흐-."

몽환은 한동안 곡을 하며 빈소에 참배하고 나서 상주들에게 예를 표했다.

"김 주사님, 얼매나 상심이 크십니꺼? 제헌티는 하늘 겉은 은혜를 베푸신 고맙운 분이신디…. 그래, 갑재기 건강이 안 좋아지신 깁니꺼?"

빈소 앞에 한 줄로 서 있던 상주를 대표하여 김 주사가 몽환에게 답례를 했다.

"사형! 바뿌실 거인디 먼 길 오니라 수고혔지라. 한 닷새 전부터 갑자기 안 좋아지싰당께. 그래도 별로 고생 안 허시고 편히 세상을 하직허싰지라. 자, 시장허실낀디 어서 요기라도 좀 허시랑께."

"예, 제 걱정은 마시이소. 그러모 제는 이만 밖에 나가 보겠십니더."

"정 집사-, 여기 고전 사형헌티 저녁 요기 좀 대접허시게잉."

몽환은 정 집사의 안내를 받아 커다란 차일 밑에 깔아놓은 멍석 위에 앉았다. 그는 잠시 후에 머슴들이 차려온 음식상 주위에 다른 문상객들과 같이 둘러앉아 저녁을 먹었다.

때는 한여름이라 마당 곳곳에 모깃불을 피워 놓았다. 너른 마당에는 만석꾼 집안답게 많은 문상객이 모여서 세 개나 쳐 놓은 차일 밑에 손님들로 가득 차 있었다.

차일 밑에 앉아 있는 문상객 대부분이 전라도 사람들이어서 전라도 사투리로 고인에 대한 덕담을 나누거나 술잔을 돌리며 이야기를 나누느라 시끌벅적하였다. 그들은 모두 몽환에게는 생소한 사람들이었다.

몽환은 멍석 주위를 돌아다니며 경상도 사투리를 쓰는 사람을 찾아다녔다. 혹시나 지인이 있으면 말동무나 하고자 해서였다. 몽환이 안쪽 차일 밑에 가 보니 네댓 사람이 술상 앞에 앉아 독특한 경상도 사투리로 말하고 있었다. 몽환은 그 사람들 옆에 다가가 앉으며 말을 걸었다.

"제는 하동 고전서 온 사람인디요. 같이 좀 앉아도 데겄십니꺼?"

"고전서 왔소? 그러모 우리 동향사람이내. 퍼뜩 앉으이소."

"예, 고맙십니더. 그러모 오늘 저녁에 말동무나 험시로 같이 보내고로 헙시더."

몽환은 그들과 수인사를 나눈 뒤에 같이 앉아서 고인에 대한 덕담을 나누었다.

저녁을 먹은 지 꽤 시간이 흘렀다. 몽환의 일행이 한참 이야기를 나누고 있는데 안마당에서 시끄러운 소리가 들려왔다. 내일 출상할 때에 상여를 메고 갈 상여꾼들이 안채 마당에서 상여 어르기를 시작했던 것이다.

먼저 상여꾼들이 빈 상여를 메고 안마당에서 앞뒤로 왔다 갔다 하며 발을 맞추었다. 요령잡이가 상엿소리를 메기자 상여꾼들이 소리를 받았다.

어~ 허노~ 어~ 허노~ 오~ 어~ 허노~ 어~ 허노~ 오~

어~ 허노~ 어~ 허노~ 오~ 어~ 허노~ 어~ 허노~ 오~

어~ 허노~ 어~ 허노~ 오~ 어~ 허노~ 어~ 허노~ 오~

어~ 허노~ 어~ 허노~ 오~ 어나리 넘~ 차 어~ 허~ 노오~

원통~ 허고~ 절통~ 허요~ 절통~ 허고~ 원통~ 허요~

어~ 허노~ 어~ 허노~ 오~ 어~ 허노~ 어~ 허노~ 오~

앞뒤~ 산도~ 첩첩~ 이요~ 밤도~ 깊어~ 야심~ 헌디~

어~ 허노~ 어~ 허노~ 오~ 어~ 허노~ 어~ 허노~ 오~

이세~ 상을~ 하직~ 허고~ 어딜~ 그리~ 싸게~ 가요 ~

어~ 허노~ 어~ 허노~ 오~ 어~ 허노~ 어~ 허노~ 오~

황천~ 길이~ 멀다~ 혀도~ 쉬엄~ 쉬엄~ 쉬어~ 가소~

어~ 허노~ 어~ 허노~ 오~ 어~ 허노~ 어~ 허노~ 오~

향도~ 꾼아~ 쌩이~ 꾼아~ 발맞~ 추세~ 발맞~ 추세~

어~ 허노~ 어~ 허노~ 오~ 어~ 허노~ 어~ 허노~ 오~

소리~ 허고~ 발맞~ 추세~ 발맞~ 추고~ 소리~ 허세~

어~ 허노~ 어~ 허노~ 오~ 어~ 허노~ 어~ 허노~ 오~

쌩이~ 꾼아~ 발맞~ 추세~ 향도~ 꾼아~ 소리~ 내세~

어~ 허노~ 어~ 허노~ 오~ 어~ 허노~ 어~ 허노~ 오~

소리~ 가~ 작아~ 진다~ 밥굶~ 었나~ 술이~ 없나~

어~ 허노~ 어~ 허노~ 오~ 어~ 허노~ 어~ 허노~ 오~

술~ 이모~ 숨가~ 뿌재~ 술~ 이모~ 심 빠~ 지재~

어~ 허노~ 어~ 허노~ 오~ 어나리 넘~ 차 어~ 허~ 노오~

이렇게 상여를 메고 발을 맞추어 본 뒤에 종구잽이가 상여를 내려놓게 했다. 그러고 나서 요령잡이가 정 집사에게 물어보고 망인의 큰형님 맏사위인 서울 마포 사는 박 서방을 찾아내어 상여 위에 앉히고는 다시 상여 어르기를 시작했다.

어~ 허노~ 어~ 허노~ 오~ 어~ 허노~ 어~ 허노~ 오~

어~ 허노~ 어~ 허노~ 오~ 어~ 허노~ 어~ 허노~ 오~

이집~ 종손~ 맏사~ 우는~ 인물~ 좋고~ 인심~ 좋소~

어~ 허노~ 어~ 허노~ 오~ 어~ 허노~ 어~ 허노~ 오~

서울~ 사는~ 박서~ 방님~ 냉천~ 처가 ~좋은~ 갑소~

어~ 허노~ 어~ 허노~ 오~ 어~ 허노~ 어~ 허노~ 오~

서울~ 에도~ 마포~ 나루~ 경치~ 좋고~ 인심~ 좋다~

어~ 허노~ 어~ 허노~ 오~ 어~ 허노~ 어~ 허노~ 오~

만석~ 꾼집~ 큰사~ 우는~서울~ 서도~ 부재~ 라내~

어~ 허노~ 어~ 허노~ 오~ 어~ 허노~ 어~ 허노~ 오~

쌩이~ 꾼아~ 심이~ 없나~ 목소~ 리가~ 자물~ 신다~

어~ 허노~ 어~ 허노~ 오~ 어나리 넘~ 차 어~ 허~ 노오~

상여꾼들이 일부러 목소리를 낮추며 힘이 없다는 듯이 비틀거리며 상여를 흔들어댔다. 그런 모습을 보고 요령잡이가 다시 목소리를 높였다.

어~ 허노~ 어~ 허노~ 오~ 어~ 허노~ 어~ 허노~ 오~
어~ 허노~ 어~ 허노~ 오~ 어~ 허노~ 어~ 허노~ 오~
만석~ 꾼집~ 큰사~ 우님~ 인심~ 한번~ 크기~ 쓰소~
어~ 허노~ 어~ 허노~ 오~ 어~ 허노~ 어~ 허노~ 오~
큰사~ 우가~ 인심~ 씨모~ 쌩이~ 꾼들~ 심이~ 나요~
어~ 허노~ 어~ 허노~ 오~ 어나리 넘~ 차 어~ 허~ 노오~

그 소리에 큰 사위가 상여 위에 놓인 함에 돈을 넣으면 요령잡이가 더 목청을 높였다.

큰사~ 우가~ 손작~ 으모~ 쌩이~ 꾼들~ 심빠~ 지요~
어~ 허노~ 어~ 허노~ 오~ 어~ 허노~ 어~ 허노~ 오~
큰사~ 우님~ 인심~ 쓰소~ 큰돈~ 한번~ 인심~ 쓰소~
어~ 허노~ 어~ 허노~ 오~ 어~ 허노~ 어~ 허노~ 오~
어~ 허노~ 어~ 허노~ 오~ 어~ 허노~ 어~ 허노~ 오~
어~ 허노~ 어~ 허노~ 오~ 어나리 넘~ 차 어~ 허~ 노오~

이런 식으로 사위와 요령잡이 사이에 승강이를 벌이다가 사위가 못 이기는 척하면서 돈을 더 내놓으면 상여꾼들이 어르기를 끝냈다. 그러고 나면 요령잡이는 또 다른 사위를 불러다가 상여에 앉히고 어르기를 계속했다. 다음에는 망인의 맏사위인 진주에 사는 정 서방을 상여에 태우고 어르기 시작했다.

어~ 허노~ 어~ 허노~ 오~ 어~ 허노~ 어~ 허노~ 오~

어~ 허노~ 어~ 허노~ 오~ 어~ 허노~ 어~ 허노~ 오~

어~ 허노~ 어~ 허노~ 오~ 어~ 허노~ 어~ 허노~ 오~

어~ 허노~ 어~ 허노~ 오~ 어~ 허노~ 어~ 허노~ 오~

진주~ 부재~ 정서~ 방님~ 장개~ 한번~ 잘왔~ 당께~

어~ 허노~ 어~ 허노~ 오~ 어~ 허노~ 어~ 허노~ 오~

처갓~ 집이~ 인심~ 조모~ 사우~ 내도~ 인심~ 좋소~

어~ 허노~ 어~ 허노~ 오~ 어~ 허노~ 어~ 허노~ 오~

정서~ 방님~ 호도~ 좋소~ 은초~ 선생~ 은초~ 선생~

어~ 허노~ 어~ 허노~ 오~ 어~ 허노~ 어~ 허노~ 오~

호만~ 조모~ 머헐~ 끼여~ 인심~ 써야~ 양반~ 이재~

어~ 허노~ 어~ 허노~ 오~ 어~ 허노~ 어~ 허노~ 오~

진주~ 사는~ 만석~ 꾼님~ 큰맘~ 묵고~ 인심~ 쓰소~

어~ 허노~ 어~ 허노~ 오~ 어~ 허노~ 어~ 허노~ 오~

상여~ 꾼이~ 심이~ 없소~ 심이~ 빠져~ 자빠~ 지내~

어~ 허노~ 어~ 허노~ 오~ 어~ 허노~ 어~ 허노~ 오~

아이~ 고야~ 진주~ 사우~ 인심~ 한번~ 크기~ 씨내~

어~ 허노~ 어~ 허노~ 오~ 어~ 허노~ 어~ 허노~ 오~

정서~ 방님~ 복받~ 지라~ 인심~ 씨고~ 복받~ 지라~

어~ 허노~ 어~ 허노~ 오~ 어나리 넘~ 차 어~ 허~ 노오~

이리하여 정 서방도 서울 사위와 비슷한 상여 어르기를 하였다. 그리고 서울 사는 김 서방, 광양 사는 하 서방, 곡성 사는 최 서방도 상여에 올라 상여 어르기를 하였다. 돈이 꽤 많이 나왔던지 상여꾼들이 신이 나서 목소리를 더욱 높여가며 밤이 깊도록 상여 어르기를 하였다.

다음 날, 상주들은 아침을 먹고 나서 상여 앞에 제물을 차려놓고 발인제를 지냈다. 그런 뒤에 상여꾼들이 상여를 메고 요령잡이의 인도를 받으며 상여가 출발하였고, 상주들이 곡을 하며 뒤를 따랐다. 그리고 사람 키보다 훨씬 높은 돌담에 기대어 놓았던 수많은 만장(죽은 사람을 애도하여 지은 글)을 여러 사람들이 나누어 들고 한 줄로 서서 뒤따랐다.

김 개묵이 만석꾼으로 살면서 후한 인심을 베푼 덕인지 만장이 거의 백 개가 넘었으며 장지로 따라가는 문상객도 길게 줄을 늘어섰다. 긴 줄은 상여가 김 개묵의 집에서 출발하여 홍제원에 다다를 때까지 계속 이어졌다.

몽환도 상여가 대문을 나서는 것을 보고 이제 다시는 보지 못할 망인을 생각하며 눈시울을 적셨다.

'감역 어르신! 부디 극락왕생 허시이소. 어르신 은혜는 평생 잊지 않고 살 낍니더. 어르신이 민심이 천심이라고 허신 말씀을 짚이 새기서 소작허는 사람들을 잘 챙기고로 허겄십니다. 그라고 어르신 농새를 잘 지서 어르신의 은혜에 꼭 보답허고로 허겄십니더. 부디 극락 세상에 가시서 복 마이 받고 사시기를 빕니더.'

상여가 동네 골목을 빠져 나와서 서시천의 방죽을 따라 올라갔다. 냇가에 나 있는 신작로를 돌아서 구례로 가는 갈림길에 있는 홍제원에 이르러 노제를 지냈다.

상여가 홍제원 마당에서 노제를 지낼 때 고아원생들이 상여 앞에 절을 올리며 눈물을 흘렸다. 이들은 어릴 적에 매일 굶다시피 하며 살다가 이곳에 오면서 밥도 배불리 먹게 되었을 뿐만 아니라 공부도 할 수 있게 되어 가난으로부터 구제받은 아이들이었다.

이들은 가난이 얼마나 무서운 것인지를 뼈저리게 겪어 오던 아이들이었다. 그러한 자신들을 배고픈 고통으로부터 구제의 손길을 뻗은 고마운 사람이 김 개묵이라는 것을 잘 알고 있었다. 아이들은 마치 자기 부모가 돌아갔을 때처럼 구슬 같은 눈물을 흘리며 고인을 배웅했다.

홍제원을 출발한 상여가 김 개묵이 기부금을 많이 내어서 닦은 신작로를 따라 올라가다가 광의면 지천 삼거리에서 들판을 가로질러 천은사로 향했다. 천은사 근처에는 고인이 노년에 접어들면서 미리 마련해 놓은 가묘가 있는 곳이었다.

몽환은 홍제원에서 상여가 출발할 때에 장지까지 갈 여가가 없어서 발길을 돌렸다. 그는 집으로 향하면서 몇 번이고 서시천을 따라 올라가는 상여와 사람들의 긴 줄과 길게 늘어선 만장을 보고, 마음속 깊은 곳에서 우러나오는 슬픔을 감추지 못해 눈물로 하직인사를 하였다. 그의 인생에 있어서 가장 큰 은혜를 입은 망인에 대한 마지막 이별은 너무도 슬퍼서 그의 가슴속 깊이 아리게 하는 고통으로 다가왔다.

비가강개悲歌慷慨

진석은 아버지가 홍팔준의 모함으로 벌인 재판에서 일본인들에게 당한 억울한 일을 다시는 되풀이하지 않기 위해 큰형님의 도움으로 일본으로 공부하러 가게 되었다.

그는 아침 일찍 율촌에서 큰아버지를 따라 부산으로 가는 배를 타려고 봉골재를 넘어 민다리[32]까지 걸어갔다. 민다리 나루터에는 부산으로 가는 밀선인 돛단배가 닻을 내리고 있었다.

진석은 부산으로 장사하러 가거나 일자리를 찾아가는 사람들과 같이 밀선을 타고 민다리 나루터를 출항했다.

진석이 탄 배는 순풍이 불면 황포 돛에 바람을 안고 물살을 가르며 빠르게 달려가다가 바람이 잦아들면 노를 젓거나 조수의 흐름을 이용

32) 진교

하여 부산으로 항해했다.

진석은 배를 처음 타보는지라 배가 파도에 흔들릴 때마다 두렵기도 하고 같이 타고 가는 사람들이 생소하여 불안한 마음을 감출 수가 없었다. 그러나 그것보다 그를 더 심란하게 하는 것은 생전 처음 가보는 일본에 대한 기대와 미지의 세계에 대한 두려움이었다.

'과연 일본이란 나라는 어떤 나라일까? 일본은 어떤 나라이기에 수천 년 역사를 가진 우리 조선을 단번에 집어삼키고는 조선인들을 핍박하고, 우리 가족에게도 법을 함부로 휘둘러 재산을 강탈해 갈 수 있는 것일까? 내가 일본에 가서 공부하면 홍팔준이 같은 작자의 만행과 일본 경찰의 횡포에 속절없이 당하지 않는 방법을 찾을 수 있을까? 나고야의 일본 학생들은 나를 조선인이라고 무시하거나 괴롭히지는 않을까? 과연 내가 일본생활에 잘 적응하면서 공부를 제대로 해낼 수 있을까?'

하는 등의 온갖 상념들이 주마등처럼 머리를 스치고 지나갔다.

진석이 탄 배가 남해와 삼천포를 지나 고성 앞바다에 이르자 수평선 너머에서 밀려오는 커다란 파도에 배가 더욱 심하게 흔들리기 시작했다.

진석은 배가 육지에서 멀어지고 파도가 심해질수록 미지의 일본생활에 대한 근심은 사라지고 뱃전에 부딪히는 파도와 시퍼런 바다를 보고는 생존에 대한 두려움이 더해갔다.

진석은 배가 흔들릴 때마다 배에 탄 사람들과 이리 밀리고 저리 흔들리다가 뱃멀미를 하기 시작했다. 큰아버지가 옆에서 등을 두드리기도 하고 찬물을 먹이기도 했지만, 소용이 없었다.

머리가 어지럽고 사방이 빙빙 돌다가 구토가 나서 토하고 말았다. 그래도 가슴에 밀려오는 통증을 도저히 참을 수가 없었다. 몇 번을 더 토하다가 결국에는 실신하다시피 하여 정신을 잃고 잠이 들고 말았다.

진석은 잠결에 누군가가 어깨를 흔들어 깨우는 소리를 들었다.

"진석아, 정신 채리래이. 부산이다, 부산. 멀미를 영 마이 허내. 고생했데이. 인자 다 왔다. 짐 잘 챙기라."

진석은 뱃멀미로 지친 몸을 겨우 일으켜 큰아버지 손을 잡고 배에서 내렸다. 그리고 부두에 내리자마자 땅바닥이 빙빙 돌고 제대로 서 있을 수 없을 정도로 어지러웠다.

"큰아부지, 어지럽아 죽겠십니더. 좀 싰다 갑시더."

"그래, 알았다. 아직도 어지럽재? 쪼깸만 더 가서 국밥이나 한 그륵사 묵고로 식당으로 가재이. 거 가서 밥 좀 묵고 나모 갠찬을 끼다. 거기서 좀 시고로 허자."

진석은 큰아버지와 점심을 먹고 나니 뱃멀미도 조금 가라앉고 정신이 돌아왔다. 배에서 내렸을 때는 뱃멀미로 인해 거리를 제대로 보지 못했었는데 지금 보니 넓은 길에는 자동차와 전차가 다니고 있는 것이 보였다.

양보보통학교에 다니면서 책에서만 보던 자동차와 전차였다. 진석의 눈에 비친 차가 다니는 넓은 길은 생전에 본 마당 중에서 가장 넓다고 생각했던 양보보통학교 운동장보다 더 넓었고 끝이 안 보일 정도로 길게 쭉 뻗어 있었다.

짐을 가득 싣고 달리는 자동차는 하동장에서 보기는 보았지만 두 가닥의 철길 위로 전깃줄에 매달려서 사람들을 태우고 천천히 달리는 전차는 정말 신기하기만 하였다.

진석은 큰아버지를 따라 전차를 탔다. 그런데 집채만큼이나 큰 쇳덩어리로 만든 차가 손님들을 가득 태우고 얼음판 위를 미끄러져 가듯이 소리 없이 달렸다.

진석은 그 큰 전차가 무슨 힘으로 달리는지 신기하기만 했다. 전차는 어느 정도 달리다가 차장의 신호에 따라 정류장에서 손님들을 내려 주고, 또 다른 손님들을 다시 태우고는 달리고 있었다.

진석은 전차를 타고 가면서 세상이 변하고 발전했다는 것을 소문으로 듣기는 했지만, 자신도 모르는 곳에 이런 문명생활을 하는 사람들이 살고 있다는 것을 두 눈으로 보고도 실감이 나지 않았다.

진석은 범일동에서 내려 그곳에 사는 큰아버지의 누이동생인 고모댁으로 갔다. 고모네 가족들은 오래전에 부산으로 이사와 장사를 하면서 꽤 부유한 생활을 하고 있었다.

"고숙, 그러고 고모님, 안녕하십니꺼?"

진석은 처음으로 만나보는 고모와 고숙에게 인사를 올렸다.

"오! 그래 월운 동숭 아들 아이가? 니가 진석이재? 아이구, 볼씨로 큰 총각이 다 됐내?"

서로 간에 인사를 나누고 나서 큰아버지는 누이 내외에게 진석이 일본으로 공부하러 가게 된 연유를 설명해 주었다. 그 말을 듣고 난 고숙이 걱정스럽게 말했다.

"일이 그리 덴 기가? 그라내도 낯설고 물 설은 수만 리 타국 땅에서 공부허는 기 그리 쉽겄나? 고생이 많겄내."

고모도 아버지와 큰형님의 심정을 알고 위로하는 말을 했다.

"동숭이 왜놈들헌티 일매나 당했시모 큰조캐가 제 동숭을 일본꺼지 보내서 공부실라 쿠는 결심을 했겄나? 나락 백사십 섬 벌금이 어디 누아 이름이가? 오빠, 월운 동숭이 진 죄도 읎임시로 그리 큰 벌금을 물기 뎄싱께로 식구들 심정이 오죽 했겄십니꺼?"

그리고 진석에게도 용기를 북돋워 주는 말을 했다.

"진석이가 아부지헌티 효도헌다고 큰 결심을 헌 모양이내, 그래도 진석이 니가 고생이 많겄다. 이왕 가는 짐에 공부 열심히 허거래이."

"예, 고모님. 고맙십니더. 일본 가기 전꺼정 며칠 동안 좀 지내고로 부탁디립니더."

"야아 야, 부탁이 머꼬? 일가친척끼리 그런 소리 허는 거 아이데이."

진석은 고모 집에서 일본으로 입국하기 위한 수속을 밟기 위해 며칠을 머물러야 했다. 일본인들이 말로는 조선인을 예외 없이 평등하게 대한다고 하면서도 조선인이 일본에 입국하는 경우 차별대우를 하여 그 절차가 까다로웠기 때문이다.

진석이 고모 집에 머문 지 며칠 뒤에야 큰아버지의 도움으로 일본으로 가는 입국수속을 겨우 마칠 수 있었다. 큰아버지는 범일동 근처의 부두로 가서 일본으로 가는 배편을 알아보았다.

일본으로 가는 배는 승객들이 주로 이용하는 커다란 부관연락선이 있었다. 그러나 그 배는 여객선 요금이 너무 비쌌다. 그래서 큰아버지는 뱃삯이 싼 밀항선인 화물선을 알아보고 돌아왔다.

다음 날 진석은 큰아버지를 따라 일본으로 가는 화물선에 오른 뒤에 배에 실은 화물 사이의 한구석에 자리를 잡고 앉았다. 배 안에는 일본 사람은 별로 없었고 대부분이 남루한 옷차림을 한 조선 사람들이었다.

어떤 사람은 짐 보따리를 들고 타는 사람도 있었고, 어떤 젊은이는 헤진 작업복에 납작한 모자를 쓰고 있었다. 그들은 아마 일본으로 일자리를 찾아가기 위해 배를 탄 젊은이들처럼 보였다. 진석은 자리를 잡은 뒤에 갑판 위로 올라가서 시야에서 멀어져 가는 부산항을 구경하였다.

진석이 탄 배는 화물선이긴 하지만 증기기관으로 움직이는 기선이었다. 그가 탄 화물선은 커다란 파도를 헤치며 너른 바다를 향해 힘차게 항해해 나갔다.

화물선은 마치 몇 채의 기와집을 합한 것보다 더 큰 배였다. 진석이 생전 처음 보는 커다란 굴뚝이 기관실 위에서 시커먼 연기를 푹푹 내뿜고 있었다. 배가 더 넓은 바다로 나아갈수록 쿵쾅거리는 기계 소리는 더욱 커져가는 듯했다.

진석은 이렇게 큰 쇳덩어리로 된 배가 큰 돛으로 바람을 받지도 않고 여러 사람들이 노를 젓지도 않는데 배 밑에 무슨 장치가 있는지 커다란 파도를 헤치고 힘차게 나아가는 것이 정말 신기하기만 했다.

화물선은 부산항을 벗어나면서 웬만한 파도에는 끄떡도 하지 않더니 오륙도를 지나 너른 바다로 나가자 거세진 파도에 조금씩 흔들리기 시작했다.

파도에 흔들리는 뱃전에 몸을 기대고 바라본 커다란 항구도시 부산의 모습은 진석이 생전 보고 자란 농촌 모습과는 너무도 달랐다. 눈에 보이는 집은 대부분이 콘크리트로 지은 2 3층 건물들이 햇빛을 받아 눈부실 정도로 하얗게 빛나고 있었다. 배가 항구에서 멀어질수록 그 건물들은 날이 밝아오는 새벽녘의 별처럼 점점 희미해져 갔다.

진석은 시야에서 멀어져 가는 부산항을 바라보다가 사방이 끝없이 푸른 바다로 시야를 옮겼다. 배가 먼 바다로 나아갈수록 파도가 점점 거세지더니 사납게 일렁거리는 바다는 허연 이빨을 드러내며 아가리를 벌린 상어 같기도 하고, 시퍼런 혀를 날름거리는 괴물 같기도 했다.

거친 파도를 헤치며 달리던 배가 대마도 근처에 이르렀을 때였다. 바다 위에 갑자기 바람이 거세지더니 집채만큼 큰 파도가 밀려오자 그 큰 배도 심하게 흔들리기 시작했다. 진석은 배 위에 제대로 서 있을 수가 없었다.

진석은 전번에 진교에서 부산으로 가는 배에서 멀미로 크게 고생한 기억이 떠올라 얼른 배 밑에 있는 화물칸으로 내려갔다. 진석이 화물칸에서 자리를 잡고 앉자 옆 사람과 이야기를 나누고 있던 큰아버지가 진석에게 말했다.

“진석아, 파도가 칠 때는 갑판 우가 위험허데이. 고마 여거 가마이 앉아 있거라. 그래, 바다 구경이 헐만 허더나? 이 바다가 네가 책에서 배운 현해탄이란다. 바다가 끝도깥도 읎재이?”

“예, 진짜 바다가 너리네요.”

“일본 시모노세키꺼정 갈라모 아적 멀었데이. 여거 자리가 불편해도 한심 푹 자거라."

지소들판에는 모내기를 한 지 얼마 되지 않아 어린 모가 땅에 뿌리를 내리기 시작하여 푸른빛을 더해가고 있었다.

진송은 아침 일찍 고방에 있는 쌀을 배드리장에 내다 팔기 위해 머슴들과 같이 창고 안에서 쌀가마니를 새끼줄로 묶고 있었다. 창고 밖에서는 몽환이 저울로 쌀의 무게를 달고 있었다. 그는 워낙 성격이 꼼꼼하여 쌀가마니 무게를 다는 일과 쌀을 장에 내다 판 뒤에 돈 계산을 하는 일은 자기가 직접 챙겼다.

진송은 쌀을 팔기 위해 아버지가 무게를 달아 놓은 쌀을 머슴들과 같이 지고 배드리장으로 갔다. 그는 곧바로 아버지의 친구인 김경필의 싸전으로 갔다.

"아재, 안녕허십니꺼?"

"진송이가 또 쌀가마이를 지고 왔내. 어서 오이라. 내가 쌀값을 잘 쳐줄 낀께로."

"예, 아재만 믿고 장 여로 온다 아입니꺼?"

진송은 머슴들과 같이 지고 온 쌀가마니를 김 씨의 창고 안에 들인 뒤에 머슴들을 돌려보냈다. 진송은 김 씨를 조용히 따로 만나 계산을 하였다.

진송은 김 씨와 몰래 쌀값을 계산하지 않으면 안 되는 이유가 있었다. 일본에 아버지 몰래 공부하러 떠난 진석이 학비를 마련하기 위해 계산서를 조작해야 했기 때문이다.

진송은 동생을 일본으로 보내기 전에 먼저 김경필을 만나 은밀히 부탁해 두었다.

"아재, 아재도 우리 아부지가 범새 홍 영감허고 왜놈들의 농간 땜에 떼돈을 벌금으로 물어주고 죄인 취급 당헌 거 잘 알고 있지 않십니꺼? 저는 우째도 동생을 일본에 보내 갖고 공부를 시고 말낍니더. 그래 갖고 다시는 우리 아부지가 왜놈들헌티 안 당허고로 헐낍니더. 그러닝깨로 아재가 꼭 좀 도와 주이소."

"그래, 너 아부지가 빠마대이 한 대 갖고 벌금을 쌀값으로 치모 백사십 섬 값이나 데는 돈을 물어주고 얼매나 쏙이 씨맀겄내? 내가 조캐 마음을 잘 알았싱께로 한번 방도를 찾아보세."

"아재, 참말로 고맙십니더. 역시 지헌티는 아재뿌이 없십니더."

이리하여 진송은 싸전을 하는 김경필의 도움을 받아 아버지 몰래 쌀 가격을 속여서 동생의 학비를 마련하는 방법을 썼다. 그러나 그런 방법으로 마련한 돈으로는 일본까지 간 진석의 학비와 하숙비, 생활비 등을 충당하기에는 태부족이었다. 그래서 진송은 다른 방법을 궁리해 볼 수밖에 없었다.

진송은 김경필의 싸전에서 쌀값 계산을 마친 뒤에 행수를 들먹이며 은근히 자기 생각을 말했다.

"아재, 그런디 행수는 어디 갔십니꺼?"

"가야 늘 한량 아이가? 가는 디가 술집뿌이 더 있겄나?"

"예, 그렇십니꺼? 그런디 제가 아재헌티 디릴 말씸이 좀 있는디요. 앞에 있는 주막으로 같이 좀 가모 안 데겠십니꺼?"

"와, 또 무신 일을 꾸밀라꼬? 그래 알겠네. 자네가 먼첨 가서 기다리게. 내가 곧 뒤따라 갈 낀께로."

진송이 술집으로 가 보니 예상대로 행수는 주막집 마당에 윷판을 벌이고 앉아서 친구들과 술잔을 기울이며 떠들고 있었다.

"어이, 행수, 세월 좋네. 그래 이 바쁜 철에 윷판이 머꼬?"

"허이, 진송이, 장에 왔나? 내사 마 헐 일이 있어야재. 우리 아부지 잔소리 듣기 싫어서 이러고 있다 아이가?"

"빨리 한 판 끝내고 일로 온나. 같이 한잔허고로…"

두 사람은 권커니 잣커니 하면서 술잔을 기울였다. 두 사람은 서당에 다닐 때부터 친한 사이였고, 두 사람의 아버지들도 친구 사이여서 다른 사람들보다 친하게 잘 어울렸다.

특히 행수는 아버지를 따라 부산으로 쌀장사하러 다니면서 농촌 사람들이 알지 못하는 신식문화를 접할 기회가 많았다. 그래서 그는 친구들이 경험하지 못한 새로운 세계에 대한 이야깃거리가 많았다.

특히 행수가 부산에 갔을 때 선창가에 있는 술집에서 술집 여자들과 어울렸던 이야기는 단연코 인기를 끌었다. 행수가 부산 술집에서 있었던 이야기를 꺼내면 그의 친구들은 장꾼들이 다 돌아갈 때까지 행수가 사 주는 술을 마시며 그가 들려주는 이야기에 빠져서 시간 가는 줄을 몰랐다.

진송이 행수와 술잔을 나누고 있을 때 행수의 아버지가 약속대로 술집으로 왔다. 그러자 행수는 아버지를 피해 자리에서 일어나 다른 곳으로 가버렸다.

"아이구, 저놈 아는 언제 철이 들 낀고…"

"아재, 퍼뜩 오이소. 마 더운디 먼첨 시원헌 탁빼이[33] 한 잔 드시소."

"그리 험세. 그런디 아까 무신 헐 말이 있다고 했재? 그래 또 무신 일이고?"

진송은 머리를 몇 번 긁적거리다가 목소리를 낮추어 자기 생각을 말했다.

"아재, 실은 제 동숭 학비 땜애 그러는디요. 우리 아부지헌티는 미안헌 이야기지만 쌀값 속후는 거 갖고는 영 안 데겄십니더."

"그래? 네가 시방 무신 말을 허는지는 알겄다마는 어디 다린 뽀족헌 수가 있나?"

"예, 아재, 이라모 안 데겄십니꺼?"

진송은 허리를 펴서 입을 김경필의 귀에 대고 아무도 알아듣지 못하게 귓속말로 한참을 속삭였다. 김경필은 진송이 하는 말이 무슨 뜻인지 알았다는 듯이 연방 고개를 끄덕였다.

진송은 해 질 무렵이 되어서야 집으로 돌아왔다. 진송이 술에 취해 비틀거리며 돌아오는 모습을 아버지가 보면 생벼락을 내릴 것이 뻔했다. 그래서 그는 분대이 끝에 있는 술집에 들렀다가 밤이 되기를 기다렸다. 그는 한참 뒤에 밤이 깊어 집으로 돌아와서는 아버지 몰래 안방

---

33) 탁주

으로 들어갔다.

오늘도 여느 때와 마찬가지로 아침을 먹다가 아버지의 잔소리가 시작되었다.

"야, 이놈아, 장보고 나서 빨리 집으로 행허니 돌아 오라꼬 그러코롬 안 이르더나? 그런디도 배드리장 바닥에 있는 장 까마구란 까마구는 다 날리 보내고, 깜깜헌 밤이 데서야 집에 온단 말이가?"

진송은 언제나 하던 대로 말없이 밥숟가락만 들어 올리며 아버지의 잔소리를 대꾸도 않고 받아넘겼다.

"언제쯤 데모 철이 들 끼고? 바뿐 일이 읎이모 퍼뜩 집에 와서 조용허이 앉아서 너 증조부맨키로 제발 글 좀 읽으라고 노래를 불러도 그기 그리 안 덴단 말이가?"

진송은 아버지의 꾸중을 들으며 아침을 먹는 둥 마는 둥 하고 공노로 나왔다. 공노에 앉아서 어제 김경필과 술 마시며 나눈 이야기를 생각하다가 무슨 큰 결심이라도 한 것처럼 혼자 중얼거렸다.

'허는 수 읎지 머…. 이왕 벌린 일이고, 이번 일로 내가 아부지헌티 혼줄이 나더라도 동숭 공부는 시야 헐 꺼 아이겄나? 내 혼차 욕 얻어묵고 궂은일 당해내모 데지 머…'

몽환은 배드리장을 보러 방깨 뒷산 중턱의 산길을 올라갔다. 오늘은 진송에게 머슴들을 데리고 씨기 봇목에 있는 열다섯 마지기 논에서 모판을 만드는 일을 시켜 놓고 혼자서 일꾼들을 대접할 장거리를 사러 배드리장으로 가는 길이었다.

그는 방깨 뒷산고개를 넘어가서 구하동 성터 아래에 있는 밭두렁에 쌀 지게를 지겟작대기로 받쳐 세웠다. 그러고는 뻐근한 어깨를 펴고 나서 지게 옆의 낮은 밭두렁에 걸터앉아 담배를 한 대 피워 물었다.

그가 앞을 쳐다보니 커다란 소-산이 아주 가까이 보였다. 그는 언제나 저 소-산처럼 큰 차일에 자기 곡식을 채울 정도로 부자가 되는 것이 꿈이었다. 그런데 이제는 자기 고방에 쌀가마니가 제법 채워졌는데도 소-산을 보면서 더 큰 꿈을 키우기 위해 열심히 노력하고 있었다.

'내 생전에 저리 큰 채알에 내 혼차서 그 많은 곡식을 다 채우는 거는 욕심이겄재. 자손 대대로 내 뜻을 잇아 감시로 차근차그이 채우모 안 데겄나? 그런디 우리 진송이놈은 언제나 철이 들 낀고? 맨날 일도 제대로 몬험시로 글공부나 따나 제대로 허모 델 낀디 맨날 술만 좋아 허닝깨 그기 걱정이재. 그놈의 술이 웬수지 웬수라.'

몽환은 혼자 중얼거리다가 문득 아침에 부엌 앞에서 며느리를 보았을 때의 일이 생각났다.

그가 날이 밝아올 무렵 지게를 지고 밭으로 나가려고 할 때였다. 체구가 조그마한 며느리가 커다란 보리쌀 바구니를 끙끙대며 겨우 이고 지수깨 개울가에 있는 우물로 가려고 부엌에서 나오는 것을 보았다. 며느리는 아침 일찍 보리쌀을 이고 우물로 가서 씻어 와 밥을 지어야 했기 때문이다.

몽환이 살림을 모아서 살림이 불어나는 만큼 일꾼도 늘고 식구도 늘어났다. 그로 인해 며느리가 이고 다니는 바구니의 쌀이나 보리쌀의 무게도 늘어나서 점차 부엌 일이 힘들어져 갔다.

몽환은 그렇게 고생하는 며느리를 볼 때마다 안쓰러운 생각이 들어서 마음 한구석이 편치 않았다.

'이놈의 진석이 그놈은 먼다꼬 내도 모리고로 큰성님을 따라 만리타국 일본꺼지 가서는 우찌 지내는지 소식도 읎냐? 누가 제 보고 돈 벌라꼬 했나? 와, 사서 고생을 허는지 모리겄다. 고마 여 삼시로 장개나 갔이모 제 형수 고생도 좀 덜어 줄 거 아이가?'

몽환은 둘째인 진석이 새실에 세배하러 갔다가 진송의 사촌 처남을 만나러 간 뒤에 집에 돌아오지 않자 진송에게 동생이 왜 안 보이는지를 캐물었다. 그러자 진송은 한참을 머뭇거리다가 하는 수 없이 진석이 큰아버지를 따라 일본에 돈 벌러 간 것 같다고 둘러댔다.

몽환은 성터 옆의 내리막길을 힘들여 쌀가마니를 지고 내려가서 배드리장에서 친구인 김경필의 싸전으로 갔다.

"어이, 친구, 내 쌀 좀 보고 쌀값이나 잘 쳐 주게."

"자네 욕심은 누가 채울지 모리겄다. 마, 고마, 쌀가마이나 퍼뜩 내리나라."

그런데 몽환이 가게 안을 보니 처음 보는 열서너 살쯤 되어 보이는 사내아이가 있었다.

"어이, 친구, 그런디 자는 누고?"

경필이 아이를 불러 몽환이 앞에 세우고는 인사를 시켰다.

"야아 야, 인사해라. 이 사람은 지수 사는 내 친구시다. 앞으로 만내모 인사 잘 해라이. 그러고 이 친구를 만내모 지수 아재라고 부르거래이."

"예, 아부지, 잘 알겠십니더. 아재, 안녕허십니꺼?"

"머시, 아부지? 야가 우째서 자네 보고 아부지라 쿠는디"

"그럴 일이 좀 있네. 그 이야구는 찬차이 허기로 험세."

"그래, 알겄네? 그런디 야가 참 야무치고로 생깄내. 네 이름이 머꼬?"

"예, 현수라꼬 헙니더."

경필은 몽환에게 쌀값을 치르고 나서 부탁하는 말을 했다.

"어이, 친구, 내가 부택이 있어서 그러는디. 자네 장 보고 나모 내헌티 좀 들리게. 내가 이야기 좀 헐 끼 있어서 그러네."

"그리 험세."

몽환은 머슴들과 일꾼들이 먹을 생선과 미역, 조개 등의 찬거리와 필요한 물건을 샀다. 그런 뒤에 바지게에 담아서 지게에 지고 경필의 싸전으로 갔다.

"친구야, 아까 내 좀 보자 쿠더마 멀라꼬 그러내?"

"아, 볼씨로 장을 다 밨는가 배? 쪼깸만 기다리라이. 계산헐 끼 쪼깸 남았다 아이가?"

경필이 바쁘게 계산을 마치고 나서 싸전 일을 도우고 있는 꼬마에게 말했다.

"현수야, 싸전 단디 지키라이. 내가 요 앞에 있는 주막집에 가서 아재 허고 점심 묵고 올 낀께로…. 손님이 오모 퍼뜩 연락해라이."

두 사람은 주막에 가서 시래기 국밥과 막걸리를 시켜서 먹었다. 몽환은 술을 잘 마시지 않았지만 경필은 술을 아주 좋아하였다.

"친구야, 그런디 이번에 내가 배드리장에서 모운 쌀을 삼천포로 폴러 갈라꼬 전도서 남우 배를 돈을 주고 빌렀다 아이가? 이왕 배를 빌린 짐에 쌀을 한배 채와서 폴러 가야 이문이 좀 마이 남지 않겠나?"

경필은 혼자 술잔을 기울이며 말을 이어갔다.

"그래서 부탁인디 혹시나 너 집 창고에 남가 논 쌀가마이가 있이모 이참에 내헌티 좀 폴아라. 내가 값을 잘 쳐 주 낀께로…"

"그런가? 배에 쌀 가마이를 다 몬 채우고 가모 손해는 손해지. 친구 존기 먼가? 내가 자네헌티 신세진 기 얼맨디 그런 부탁을 안 들어 주겄나? 내일 놉을 구해서 쌀을 지고 올 낀께로 정말로 값이나 잘 쳐 주게."

"고맙네. 역시 친구가 존 기라이."

그런데 술잔을 들이키는 경필의 얼굴에 갑자기 수심이 어려 보였다. 몽환이 영문을 몰라 무슨 일인지 캐물었다.

"행수 때매 속이 터져 죽겄다!"

"와? 행수헌티 또 무신 일이 생겼는가 배?"

"말도 말게. 이 사람아, 지난봄에 가를 데꼬 부산에 쌀 폴로 갔일 때 무신 일이 있었는고 아나?"

"와? 무신 일이 있었는디 그러능가?"

"아, 글씨, 내가 부산에 가서 쌀을 다 폴고 나서 가가 그동안 쌀가마이를 배에 싣고 내림시로 욕봤다고 술 한잔허고 오라고 용돈을 좀 줬다 아인가 배?"

"그랬는디?"

"아-, 그 길로 부산 자갈치 싸전 근처 술집으로 가더이만 깜깜무소식인기라. 아무리 찾아도 찾을 수가 있어야재. 그래서 한참을 찾아 헤매다가 이틀 만에야 겨우 찾았는디. 나 참 기가 차서…."

"그래, 우찌 됐는디?"

"자네, 혹시 니나노 집이 머인지 모리재?"

"니나노 집? 그기 머인디?"

"부산이나 삼천포에 가몬 요새 새로 생긴 술집인디, 술집서 데린 젊은 제집이 손님들허고 같이 노래 부리고 젓가락 두디리고 놀아줌시로 술 포는 기생집 비슷헌 기라."

"젊은 제집들이 먼다꼬 손님들허고 노래 부림시로 노는디?"

"그거야 이 사람아, 술집 주인이 술값 비싸고로 받을라고 허는 짓 아이가?"

"내사 그런 디는 가 본 적이 없잉께로 무신 말인지는 모리겄다만….
그래서 우찌 뎄단 말이고?"

"거서 젊은 제집헌티 빠지서 울매나 지가 부자라꼬 공갈을 침시로 외상 술을 처묵었던지. 내가 그놈 빼 옴시로 나락 열섬 값을 썼다 아인가 배."

"머? 술값으로 나락 열 섬 값을 내?"

몽환은 도저히 이해가 안 간다는 듯이 큰 소리로 말했다.

"그놈은 아무리 생각해도 앞으로 싹수가 노란 기여. 이미 다 틀맀잉께로…."

경필은 한참 뜸을 들이다가 새삼스럽게 진지한 표정을 지으며 목소리를 낮추어 말했다.

"그런디 자네, 요새 진송이가 머라 말허는 거 없던가?"

"와, 가아헌티 무신 일이 있었능가?"

경필은 한참을 망설이다가 어렵게 말을 꺼냈다.

"내가 이 말을 꼭 해야 헐지 모리겄네만…. 자네는 내헌티는 둘도 읎는 친구 아이가?"

"야, 이 사람아, 말을 뱅뱅 돌리지 말고 속 시원허고로 탁 터 놓고 말을 해 보게."

"자네허고 내 새에 무신 싱쿨 끼[34] 있겄능가? 그래서 자네헌티는 터놓고 말허는디…. 진송이도 행수맨키로 이 집에 외상이 상대이 밀린 거 겉던디…."

몽환은 그 말을 듣고 얼굴빛이 한순간에 붉게 확 변했다. 그는 앞뒤 가리지 않고 다짜고짜로 큰 소리로 주모를 불렀다.

"주모! 아, 그래, 우리 큰아헌티 외상값이 있능기요?"

몽환이 큰소리로 따지듯이 묻자 주모는 경필을 슬쩍 바라보며 눈치를 보았다. 경필이 몽환이 모르게 눈짓을 찡긋하며 신호를 보내자 주모는 능청스럽게 대답했다.

"아, 예, 실은 외상값이 술차이 밀리기는 밀렀십니더만…."

주모가 머뭇머뭇하며 말끝을 흐리자 몽환이 다그치듯이 물었다.

"아, 글씨 뜸 들이지 말고 덴 대로 말을 허이소. 술값이 얼매나 밀렀단 말이요?"

---

34) 숨길 것이

"그런디 그 술값이 댁의 자제분 혼자 다 문 거는 아이고 여러 친구들허고 항캐 묵다 봉께로 외상값이 좀 많아진 거 겉십니더. 그렁께로 한 삼십 원은 델 꺼 겉은디요?"

"머. 삼십 원? 나락 대엿 섬 값이 더 덴다 이 말이요?"

"예, 그리 덴 거 겉네요."

주모의 말을 들은 몽환은 화가 머리끝까지 나서 얼굴이 붉으락푸르락하였다. 그 모습을 보고 경필이 차분한 목소리로 친구를 달래듯이 말했다.

"야, 이 사람아, 젊은 사람들이 살다 보모 그럴 수도 있능 거 아이가? 이모 엎질라진 물인디 어쩔 낀가? 참게, 참아. 그래도 내 자슥 행수헌티 비허몬 약과재? 암 약과고 말고…"

"허, 참 내, 기가 차서…. 아! 그렁께로 친구 자네, 내헌티 내 자슥 외상값 들밀라꼬 자네 아들 행수 이야구를 그러코롬 장황허이 늘어 논 긴가? 자네가 그럴 줄은 몰랐네."

"허 허, 친구 이 사람아, 그거는 아일세. 이 일은 어차피 자네가 알아야 헐 일 겉기도 허고, 또 자네 입장에서 보모 다른 사람보담은 내헌티 이 이야구를 듣는 기 낫을 꺼 겉애서 그리 헌 걸세. 그런깨로 너무 섭허게 생각허지는 말게나."

"허, 참, 우쩌다 세상에 이런 일이 다 있는 기고? 허기사, 친구 자네를 탓헐 일은 아니재이. 탁! 마, 이 자슥을 그냥 두는가 바라."

"참게나, 자슥 이기는 부모 어디 있다던가?"

경필은 몽환의 감정은 아랑곳하지 않고 갑자기 다른 이야기를 꺼내며 딴청을 피웠다.

"그런디 자네 큰아들 친굼시로 처남뻘 데는 명교 사는 이상기라 쿠는 사람 잘 모리재?"

"그 이야기는 와 갑자기 꺼내능가?"

"소문에 듣기로 가-가 논 다섯 마지기를 폴아 갖고 삼천포로 이사를 가서 포목장사를 헌다고 허던디. 상대이 성공헌 모양이재. 그래서 내가 이번에 부산 갔다 옴시로 삼천포에 들렀일 때 부래로 삼천포 부두에서 내리 갖고 이상기가 장사허는 하동포목상으로 가 봤다 아인가 배. 가 봉께로 점포가 상대이 커더라꼬…. 거서 삼배, 모시허고 미엉베[35] 뿌이 아이고 광목이라는 걸 포는디 불티나고로 폴린다나?"

그제야 몽환은 분한 마음이 조금은 풀렸는지 경필의 말에 관심을 보이면서 반문을 했다.

"광목이라꼬? 그기 머인디?"

몽환의 말을 듣고 경필은 친구 마음이 풀렸다는 느낌이 들어서 친구의 관심을 다른 데로 돌리려고 일부러 신나게 이상기 이야기를 계속했다.

"광목이라 쿠는 기 미엉베허고 비슷헌 거인디 그거는 배틀에서 안 짜고 기계로 짠 베라나? 그런디 고기 그리 보드랍고 값도 싸다내. 그래서 사람들이 많이들 사 간다 쿠내."

그러자 주모도 한 말 거들었다

"그러모 그 젊은 사람이 볼씨로 삼천포 갑부 다 뎄겄는디요?"

---

35) 무명베

"그런디 삼천포 갑부는 안 데도 볼씨로 장사 밑천으로 들어간 논 닷 마지기 본전은 다 빼고 멩고에 논 서너 마지기는 더 샀일 낀디? 우리 행수는 언제나 데모 그런 젊은 아들 뿐 좀 볼 낀고? 생각허몬 한숨만 나오네."

한참 이상기 이야기로 열을 올리고 있을 때 싸전을 지키고 있던 현수가 와서 경필을 불렀다.

"아부지, 손님 왔십니더."

"오냐, 알겄다. 곧 간다고 허거라."

현수가 뛰어나가고 나자 경필이 혼잣말로 신세타령하듯이 말했다.

"친구야, 내헌티 행수 가-는 볼씨 다 틀맀고 아까 왔던 에린 현수 자-가 그나마 내 희망일세. 그런디 저 에린 걸 운재 키와서 사람 맨딜겄능가? 그리 치모 자네는 내 처지보담은 낫지 않은가?"

경필은 뭔가 의미심장한 말을 하면서 일어났다. 몽환은 진송의 외상값 일로 몹시 속이 상한 기분으로 장거리를 지고 집으로 향했다.

진석은 큰아버지를 따라 현해탄의 망망대해를 건너 일본 시모노세키로 가서 다시 배를 갈아타고 항구도시인 나고야에 도착했다.

큰아버지가 살고 있는 집은 나고야 부두 근처에 있는 허름한 식당이었다. 큰아버지 가족은 그곳에서 조선인 부두 노동자들을 상대로 식사와 술을 파는 장사를 하며 살고 있었다.

진석이 나고야에 있는 중등학교에 입학하기 위해서는 그곳 학교의 실정을 잘 아는 사람의 도움이 필요했다. 진석은 큰아버지한테 그런 사람을 소개해 달라고 부탁을 드렸다. 그리고 큰아버지가 그런 사람을 알아보고 입학이 결정될 때까지 큰집 신세를 질 수밖에 없었다.

큰집에는 결혼한 사촌 형님과 형제자매들이 모두 식당일에 매달려 장사를 하며 가난하게 살고 있었다. 그로 인해 작은 방에 여러 식구들이 비좁게 생활하고 있었다. 진석은 불편하지만 당분간 사촌들 틈에 끼여서 같이 생활하였다.

큰집 식당에 주로 찾아오는 손님들 대부분은 너덜너덜한 작업복을 입고 시커먼 때가 묻은 수건을 목에 걸친 허름한 옷차림을 한 조선인 노동자들이었다. 그들은 부두에 정박한 화물선에서 하루종일 짐을 싣고 하역하는 일을 하거나 공장에서 일하는 사람들이었다.

그들은 자기 집이 가난하여 돈 몇 푼 벌겠다고 고향을 버리고 이역만리 타향에 와서 죽을 고생을 하며 살고 있었다. 진석은 이곳에서도 나라 잃은 백성들의 고달픈 생활모습을 보았다.

진석이 큰아버지 집에서 생활한 지 한 달가량 지났을 때 큰아버지가 진석의 진학에 도움을 줄 지인을 데리고 와서 진석에게 소개했다. 진석은 그 사람과 자기가 진학해야 할 학교 중에서 어떤 학교가 적당할지 의논하였다.

진석의 학력이라야 양보보통학교를 졸업한 것이 전부였다. 그래서 진석은 하는 수 없이 큰아버지 지인의 안내를 받아 실업학교에 해당하는 나고야 고등이공과학교에 입학을 하기로 결정했다.

진석은 형님이 마련해 준 돈으로 입학금을 내고 큰집에서 나와 하숙집을 구해 이사했다. 그는 큰아버지가 구해 준 학교 근처에 있는 허름한 하숙집에서 하숙하면서 가슴속에 맺힌 한을 풀기 위해 드디어 신학문 공부를 시작하게 되었다.

그가 처음 나고야 이공과학교에 등교하여 학급을 배정받아 교실에 들어간 날이었다. 담임선생님의 소개를 받고 나서 선생님이 정해 준 맨 뒷자리에 가서 앉았다. 진석은 시간이 조금 흐른 뒤에 정신을 차리고 교실에 있는 아이들을 둘러보았다. 그들은 이제 겨우 열서너 살쯤 되어 보이는 어린 애들이 대부분이었다.

진석은 고국에서 보통학교를 졸업한 뒤에 아버지의 농사일을 도우면서 몇 년을 보냈기 때문에 이미 나이가 스무 살에 가까워 있었다. 그래서 같은 반 아이들보다는 훨씬 키가 컸기 때문에 맨 뒷자리에 앉게 된 것이다. 모두 다 일본 학생이라서 그런지 옷차림도 깨끗하고 말쑥해 보였다.

진석은 생소한 교실 분위기를 파악하느라 정신을 딴 곳에 팔다가 첫 시간 수업이 어찌 지나갔는지도 몰랐다.

쉬는 시간이 되자 일본 학생들은 처음 보는 조선 학생이라서 그런지 진석에게 거리감을 두고 대하는 것 같았다. 시간이 조금 지난 뒤에 진석의 큰 체격에 위압감이라도 느꼈는지 몇몇 아이들이 다가와서 조심스럽게 말을 건넸다. 진석은 비록 자신이 식민지 출신의 학생이지만 기가 죽어서는 안 되겠다는 생각이 들었다. 그래서 그는 서투른 일본말이었지만 태도만큼은 당당한 자세로 그들을 대하였다.

진석은 수업을 받으면서 새로 배우는 내용이 지금까지 자신이 알고 있는 지식과는 전혀 다른 새로운 사실이라는 것을 깨달았다. 특히 기

계나 여러 가지 도구, 장비, 그리고 화학 약품 등에 관한 교육내용은 아주 생소한 분야였지만 그는 호기심을 가지고 열심히 공부하였다.

그는 공학에 관한 공부를 하면서 우리 조선이 이런 분야에 대한 발전이 뒤떨어져서 일본에게 나라를 빼앗기게 되었다는 생각이 들었다. 그래서 그는 일본 학생들에게 뒤지지 않으려고 더욱 열심히 공부하였다.

진석은 나고야에서의 학업 생활이 외롭고 힘들었다. 고향의 양보보통학교에서 일본말을 배우기는 하였지만, 실생활에 활용하기에는 서툴러서 불편한 점이 많았다. 그리고 주위에 아는 사람이 없어서 외롭기도 하였다.

그가 학교생활을 하면서 가장 힘든 점은 일본인들의 눈에 보이지 않는 조선인에 대한 차별대우였다.

진석이 물건을 살 때나 길거리를 다닐 때면 일본인들이 그의 귀에 잘 안 들리게 작은 소리로 조선인을 비하하는 의미의 조센징에게서 마늘 냄새가 난다는

"조센징, 닌니쿠 쿠사이다."

라는 말을 수없이 들었다. 때로는 그들이 화가 났을 때는 대놓고 조센징이 야만스럽다고 무시라도 하려는 듯이 민족 차별적인 언사를 서슴없이 내뱉었다.

그러나 그를 더 힘들게 하는 것은 자기가 눈치 없이 처세하다가 낭패를 보는 일이었다. 그들은 민족성이 원래 그랬는지는 몰라도 속마음을 잘 드러내지 않아서 그들의 본심을 파악하기가 어려웠다.

진석이 나고야에서 하숙생활을 한 지 몇 달쯤 되고 나서 형님이 아버지 몰래 마련해준 학비가 다 떨어졌을 때의 일이다. 진석은 형님한테 학비를 빨리 마련해 달라고 편지를 보냈으나 돈이 도착하지 않아 하숙비를 못 낼 형편이 되었다. 그는 하는 수 없이 학교에서 멀리 떨어진 큰아버지 집에 가서 신세를 질 수밖에 없었다.

그러다가 돈이 도착하여 학교 근처 하숙집을 다시 구하러 다녔다. 그는 전봇대나 골목 담벼락에 붙어 있는 벽보를 보고 그곳에 적힌 주소의 하숙집을 찾아갔다. 그런데 하숙집 주인이 진석의 말투를 듣고 조센징이라는 것을 어떻게 눈치챘는지 방금 방이 나갔다고 하면서 하숙을 거절하였다.

진석은 일본 사람들이 조선 사람을 일부러 차별하는지 알고 싶었다. 벽보에 난 하숙집을 먼저 찾아가서 방이 빈 것을 확인하고 난 뒤에 다시 주인에게 가서 하숙을 청해 봤지만 역시 같은 답만 되돌아왔다. 그는 하는 수 없이 허름하고 여러 사람이 같은 방을 쓰는 싸구려 하숙집을 찾아가 사정사정하여 하숙방을 구할 수밖에 없었다.

진석은 나고야에서의 학업 생활이 날이 갈수록 어려워져만 갔다. 이역만리 타향생활이 외롭고 학업도 힘들었지만, 그를 가장 힘들게 하는 것은 형님이 보내주는 돈으로는 학비와 생활비가 턱없이 모자라서 겪는 생활고였다.

옷가지와 양말 등의 생활필수품을 구입하기에는 돈이 턱도 없이 부족했다. 그에 더하여 원래 대식가였던 진석으로서는 소식을 주로 하는 일본인 하숙집 주인이 주는 공깃밥으로는 배를 채우기에 태부족이었다. 그렇다고 그의 수중에 용돈이 풍족하지도 않아서 군것질도 할 수 없었으므로 배고픔을 참기란 여간 힘든 일이 아니었다. 그럴 때마다 고향 생각이 절로 났다.

'언제쯤이면 고향에 돌아가서 김치와 된장국에 배불리 밥을 먹을 수 있을까?'

그는 세월이 지나갈수록 고향 생각이 더욱 간절해져 갔다.

몽환은 이번 설에도 큰아들인 진송과 셋째인 진영을 데리고 새실에 가서 조상 묘에 성묘를 마치고 청암면 평촌에 계시는 작은아버지께 세배드리러 갔다. 작년에 작은아버지께서 청암으로 이사를 갔기 때문이다.

몽환은 아들과 같이 새실에서 출발하여 이명산을 돌아 통정고개를 넘어갔다. 청암 평촌까지 가려면 사오십 리는 족히 되는 먼 길이었다.

몽환이 구정 삼거리에 이르니 진주에서 하동으로 가는 넓은 신작로가 나타났다. 그는 사람들이나 차도 별로 안 다니는 넓은 신작로가 왠지 생소하게만 느껴졌다.

그가 신작로를 따라 내려가는데 시커먼 트럭 한 대가 저 멀리서 먼지를 부옇게 일으키면서 '부릉부릉' 요란한 소리를 내며 쏜살같이 달려왔다. 그러고는 먼지 바람을 확 일으키고 지나가 버렸다. 몽환 일행은 그 바람에 먼지를 머리에 허옇게 둘러썼다.

"퉤 퉤, 왜놈들이 무신 저런 쎄차를 몰고 댕김시로 저 난리고? 아이구, 이 먼지 좀 바라이. 이기 다 왜놈들 먼지 아이가? 콧구멍이 다 맥히겄다. 큼큼."

몽환은 지난번에 이웃집과 작두 문제로 재판을 받은 뒤로는 일본인들의 흔적만 봐도 진저리를 쳤다. 그는 트럭이 지나간 뒤에도 몇 번이고 혀를 차며 일본인들에 대한 분기를 참지 못하여 길바닥에 굴러다니는 자갈을 걷어차며 화풀이를 하였다.

몽환 일행은 횡천을 지나 청암에서 흘러 내려오는 횡천강의 방죽을 따라 평촌으로 올라갔다.

아직 추운 겨울이라 상류로 올라갈수록 강바닥에 흐르는 물이 두껍게 얼어붙어 있었다. 논에 물을 대기 위해 막아 놓은 큰 보 안의 물 위에는 제법 널따란 얼음판이 얼어 있어서 동네 아이들이 썰매를 타거나 얼음지치기를 하며 놀고 있었다.

강 상류로 올라가면서 골짜기가 깊어질수록 들판은 점점 좁아지고 길 양쪽에 병풍처럼 줄지어 솟아 있는 산봉우리들은 머리에 하얀 눈을 이고 가파르게 솟아 있었다. 맑은 물이 흐르는 냇물과 햇빛에 반짝이는 새하얀 눈옷을 입고 늘어서 있는 산봉우리들이 잘 어울려서 마치 한 폭의 그림 같은 풍경을 자랑하고 있었다.

'잔아부지는 아매도 이런 산수경치가 좋아서 청암으로 이사를 오싰는 갑다. 참 물도 맑고 산세도 멋이 있구마.'

몽환은 겨울의 산촌풍경을 보고 작은아버지가 청암으로 이사 온 연유를 짐작해 보면서 방죽 위를 걸어갔다. 그들은 저녁나절에야 평촌에 있는 작은집에 도착하였다.

몽환은 아들과 같이 작은아버지께 세배를 드리고 작은집 식구들과도 세배와 안부 인사를 나누었다. 작은아버지는 조카식구들을 반가이 맞이하며 그동안의 안부를 물었다.

"그래, 조캐는 지난해 농새 잘 짓나? 구례 가서 소작료 계산도 잘 마치고?"

"예, 잔아부지, 지난해 농새는 그런대로 잘 짓십니더. 그라고 구례 김개묵 어른이 돌아가신 뒤로 아들 김택균 씨라는 사람이 뒤를 잇아서 지주가 됐십니더. 그런디 제가 보기에는 새 지주도 사람이 참 괜찮아 보입디더."

그 말을 듣고 사촌 형인 석환이 궁금하다는 듯 물었다.

"그 김 주산가 허는 사람 말이재? 그 사람은 아적 젊었을 낀디 성격이 까다롭지는 안턴가?"

"예, 젊은 사람인디도 통이 큰지 계산도 시언시언허게 잘해 주고 동내 사람들헌티 인심도 잘 베푸는 갑십디더."

"그러모 다행이내. 동숭 니헌티도 복인 기재."

몽환은 반가운 표정으로 조카 진덕의 손을 잡으며 공부 걱정을 하였다.

"조캐, 요새도 잔아부지맨치로 훌륭헌 선비가 델라모 부지러이 공부를 해야 헐 낀디. 글공부 잘 허고 있재?"

"예, 아재, 그런디 지가 머, 할아부지 따라 갈라모 한참 멀었지예. 진송이 동숭도 부지러이 글공부 헐 낀디요?"

"그래, 말은 고맙다만 야야, 늘 술 묵고 놀기가 바뿌재."

"참 내, 아재도, 진송이 나이가 몇입니꺼? 남자가 술도 한 잔썩 해야지요?"

그러자 진송이 겸연쩍게 웃으며 말했다.

"성님, 부끄럽십니더. 지는 글공부가 영 썬찮십니더."

몽환은 작은아버지와 그동안의 근황에 관해 이야기를 나누다가 걱정스러운 표정을 지으며 화제를 바꾸었다.

"잔아부지, 그런디 일본에 이사 간 큰형님이 조부모님허고 아부지 큰어머이 제사는 잘 지내는지 모리겄십니더."

"그래, 내도 그기 젤 걱정이다. 우리 집안이 어떤 집안인디 제사를 소홀히 허모 델 일이가?"

"만리타국 땅에서 제사를 모시는 것도 말이 안 데지예. 잔아부지, 그 일은 어떡허던지 제가 알아서 잘 해결해 보겄십니더."

"그래, 네가 한번 잘 알아보거라. 어떠턴가 우리나라서 제새를 모시고로 해야 안 허겄나?"

그런데 그때 진덕이 갑자기 진송에게 진석이 이야기를 꺼냈다. 진덕은 진석이 자기 아버지도 모르게 일본으로 공부하러 가게 된 사정도 모르면서 그만 진석의 근황에 관한 이야기를 꺼내고 만 것이다.

"진송이 동숭, 그런디 진석이가 요새 일본으로 공부허로 간 거 땜시로 오늘 같이 안 왔는가 배?"

그 말을 듣고 진송은 얼굴이 새파랗게 질려서 어쩔 줄을 몰라 쩔쩔맸다. 그때 몽환은 진덕의 말을 듣고 깜짝 놀라 작은아버지가 앞에 계시는 것도 아랑곳하지 않고 고함을 지르며 아들을 다그쳤다.

"멋이라꼬? 진석이가 일본으로 공부허로 갔다고? 진송아, 이기 무신 소리고?"

그러나 진송은 너무나 뜻하지 않게 갑자기 일어난 일이라 어떻게 말을 할 수가 없었다.

"네가 전번에 진석이가 일본에 돈 벌로 갔다고 허더이만…. 머시라? 그 숭악헌 왜놈들헌티 공부허로 갔다고? 그 철천지원수겉은 왜놈들헌티 배울 끼 머시 있다고 그런 씨잘데 읎는 짓을 했내?"

그러자 진송은 아버지의 분기를 달래기 위해 하는 수 없이 아버지 앞에 무릎을 꿇고 빌었다. 진덕은 자기가 눈치 없이 진석이 이야기를 꺼내서 갑자기 분위기가 어색해진 것이 미안하여 몸 둘 바를 몰랐다.

"아재! 제는 아재도 이모 알고 계시는 줄 알았십니더. 제는 아무꺼또 모리고 말을 꺼냈더이만…. 사정이 그리 덴 줄은 몰랐십니더. 아재! 미안헙니더. 그만 화를 푸이소."

진송은 진덕이 형의 체면을 위해서라도 그냥 앉아 있을 수가 없었다. 그는 올 것이 왔다고 여기며 이왕 이렇게 된 바에야 차라리 아버지께 사실대로 고하는 것이 낫겠다는 생각이 들었다.

그래서 그는 진석을 일본으로 공부시키러 보낸 것은 아버지를 위한 진정성 있는 결단이었음을 밝히기 위해 마음을 다잡고 입을 열었다.

"아부지, 제가 잘몬했십니더. 제가 아부지께 미리 상의를 몬 디린 기 제 잘못입니더. 제도 일본 놈들이 숭악헌 줄은 알고 있었지만 진석이가 일본에 가서 왜놈 법이라도 배와 오고로 해서 아부지께서 전에 맹키로 그놈들헌티 멍청허이 당허는 일이 읎고로 헐라꼬 그리 했십니더. 제가 이 일을 사실대로 말씸 디리모 아부지께서 틀림읎이 반대허실 거 겉에서 아부지 모리고로 제가 일을 저질고 말았십니더. 다 제 잘못입니더. 아부지 고마 성을 푸시고 용서해 주시지요."

그러자 우송 작은아버지가 진송의 입장을 거들어 주었다.

"조캐야, 진송이 말을 듣고 봉께로 틀린 말은 아이내. 자네가 그 아깝운 돈으로 큰 벌금을 내고 얼매나 억울해 했이모 야가 아부지 원한을 풀어 디릴라꼬 그런 방책을 다 생각했겄나? 그기 부모 위헌다고 헌 일인디 고마 좋게 생각허게나?"

그리고는 안방을 향해 크게 말했다.

"야들아, 여거 술상 좀 안 체리 오고 머허내?"

작은아버지가 자칫하다가는 분위기가 험악해질 것을 염려하여 일부러 큰소리로 술상을 차려오라고 했다. 그러나 서먹서먹한 분위기가 좀처럼 가시지 않아서 모두들 한동안 말이 없었다.

작은어머니가 술과 같이 다과상을 차려왔다. 그러자 진덕이 침묵을 깨려는 듯이 어렵게 말을 꺼냈다.

"아재! 그만 맴을 푸시이소. 다 잘 허자꼬 그런 거 아이겄십니꺼? 진송이 동숭, 고마 얼굴 펴고 이리 와서 술이나 한 잔 자시게."

진덕은 떡 한 개를 젓가락으로 집어서 당숙인 몽환에게 드리며 지난 일을 사실대로 말했다.

"월운 아재, 사실 제가 아재헌티 이런 말씸디린 거는 언젠가는 아재도 이 사실을 알아야 델 거 같애서 제가 눈치 읎이 말을 꺼내고 말았십니더. 잘 좀 이해를 해 주시지요."

그러나 몽환은 화를 참을 수 없었는지 진덕이 주는 떡만 받아먹으며 말이 없었다. 몽환이 떡을 씹을 때마다 양쪽 볼의 근육이 유난히 크게 눈에 잡혔다. 그러자 작은아버지가 조금 뜸을 들인 뒤에 차분하게 말을 했다.

"그런디 야아 야, 이왕 말이 나온 짐에 진석이 일본서 공부험시로 고생을 마이 허고 있다는 것도 말씸 디리거라."

할아버지가 하는 말에 진덕이 자세를 고쳐 앉으며 굳은 표정으로 말을 꺼냈다.

"예, 할아부지, 잘 알겄십니더. 아재, 그런디 제가 전번에 새실에 볼일이 있어서 갔다가 율촌 사람헌티 들은 이야긴디요. 진석이가 나고야에 사는 사촌 큰성님 종수헌티 설움을 마이 받는 거 겉십디더."

그 말을 들은 진송은 깜짝 놀라면서 입안에 있던 떡을 억지로 얼른 삼키고는 되물었다.

"성님, 시방 그기 무신 말입니꺼?"

"실은 내가 이런 말을 꼭 해야 델 낀지 잘 모리겄네만…. 아, 글씨, 진석이헌티는 일본 나고야에서 친척이라고는 주 큰집뿌이다 아인가 배? 그런디 요새 세상이 어떤 세상인디. 진석이가 우쩌다가 큰집에 찾아가모 사촌 큰종수가 진석을 얕잡아 보고 그런지는 몰라도 데럼[36)]이라 안 부리고 남 겉이 학생이라 부린다 쿠는 소리를 들었네. 진석이 속이 얼매나 상했을 거 겉은가?"

그 말을 듣고 몽환은 도저히 화를 더는 참을 수 없어서 남모르게 두 손을 부르르 떨었다. 진덕과 석환이 전하는 말이 그의 어린 시절에 이

---

36) 도련님

복동생이라는 이유로 차별받았던 가슴 아픈 마음의 상처를 건드리고 말았던 것이다.

진송의 옆에 앉아 있던 진영은 아버지의 마음을 눈치챘는지 말없이 앉아서 떡을 입에 넣고 씹어 먹고만 있었다.

작은아버지가 재빠르게 몽환의 마음을 눈치채고는 위로의 말로 화제를 바꾸려고 했다.

"조캐, 그기 다 옛날 풍습을 몬 버리고 허는 실수 아이겠나? 그만 다 잊아뿌리게. 지금 자네매이로 성공헌 사람이 우리 집안에 또 어디 있는가? 참는 기 아재비라고 안 허던가? 여 떡 한 개 더 묵고 우리 큰집 제사 이야기나 매듭짓기로 허세."

몽환은 작은아버지 집에서 하룻밤을 보냈다. 다음 날, 그는 자식들을 데리고 집으로 향했다. 그는 길을 걸으면서 아무리 생각해도 큰아들이 진석을 자기 몰래 일본으로 공부하러 보낸 것을 용서할 수가 없었다.

지난날 뺨 한 대 때린 일 때문에 벌금으로 쌀 백마흔 섬 값의 돈을 왜놈들한테 물어 준 일이 생각이 나자 울화통이 다시 치밀어 올랐다. 하지만 몽환은 한마디 말도 없이 냇가 둑 위의 길을 따라 묵묵히 걷기만 하였다. 세 사람은 한참을 걷다가 횡천 가까이에 이르러서 냇물이 굽이쳐 흐르는 냇가의 한적한 모래밭 근처에 이르렀다.

몽환은 자식들을 데리고 냇가 둑 아래 양지바른 모래밭에 앉아서 담뱃대에 담배를 채우고 부싯돌로 불을 붙여 담배를 한 대 피웠다. 그는 곰방대를 얼마나 세게 빨아댔던지 대낮인데도 꽁초 불이 새빨갛게

피어오르는 것이 보였다. 얼마 가지 않아 꽁초가 다 타버리자 그는 진송을 앞에 불러 앉혔다.

“야, 이놈아, 네가 아무리 세견머리가 읎다고 세상에 가를 다린 디도 아이고, 하필이모 일본에 공부허로 보내? 내가 누 땜에 그러코롬 마음 고생을 했는지 정녕 네가 모리고 있었단 말이가? 이 호로놈의 자식아.”

그러자 평소 욕을 안 하는 아버지의 욕설을 듣고 깜짝 놀란 진송은 또 무릎을 꿇고 두 손으로 빌며 말했다. 얼마나 세게 빌었던지 손에 열이 날 지경이었다.

“아부지, 제발 그만 화를 푸시소. 제가 생각이 짧았십니더. 이 못난 자식을 한 번만 용서해 주이소.”

“야, 이놈아, 그래, 생각을 좀 해 바라. 일본 놈들헌티 그리 당했이모 그놈들허고 상종을 안 허모 고마이지. 그놈들헌티 배울 끼 머가 있다고 일본으로 공부 시로 보냈단 말이고?”

아들이 진심으로 잘못을 비는 모습을 보고 몽환의 마음이 약해졌던지 예상외로 아버지의 언성이 낮아지자 분위기를 착각한 진송은 그만 아버지의 심기를 또 건드리고 말았다.

“아부지, 옛말에 지피지기라고 안 헙디꺼? 율촌에 사는 일본 동경대학에 댕긴다는 사촌 처남이 일본 놈을 이길라모 일본법을 제대로 배아서 알아야 헌다 캅디더. 그래서 그만 아부지께 상의를 몬 디리고 그리 했십니더. 제발 화를 푸이소.”

“머시? 지피지기이? 그래 문자 한번 잘 씨는 고나. 일본법이라 쿠는 기 죄 읎는 백성들헌티 벌금이나 디집아 씨아 갖고 돈 뺏아 먹는 강도

질 허는 법 아이더나? 이놈아. 내가 언제 네 동생보고 그런 숭학헌 일본법 배와 갖고 오라 쿠대?"

몽환은 말을 하면서도 분을 참지 못하여 허공을 향해 휘두르는 담뱃대가 염방 진송의 얼굴이나 머리를 칠 것만 같았다.

"시상에 그 아까운 돈을 왜놈들 학교에 갖다 바치? 그놈들헌티 안 배와도 농새마 잘 짐시로 등 따시고 배 부리고로 살몬 그만이지. 그래 앞으로 네 동생을 우짤 끼고?"

진송은 아버지 눈치를 살피며 조심스럽게 말했다.

"아부지, 그래도 이왕 공부를 시작헌 긴깨로 졸업은 시야 안 허겄십니꺼?"

"머시! 졸업? 어림 반 푼어치도 읎다. 낼 당장 하동읍에 가거라. 거기 가서 전본가 머인가 쳐서 퍼뜩 조선으로 불러딜이라."

몽환은 목에 핏대가 서도록 힘주어 말했다.

"아부지, 제발 한번 만 다시 생각해 주이소."

"어림읎다 이놈아, 당장 가를 조선으로 불러들이라 이 말이다. 만약 한 달 안에 안 돌아오모 네 다리몽뎅이가 뿔라질 줄 알거라."

몽환의 목소리는 그 어느 때보다 짧고 굵어서 그의 단호한 의지를 내비치고 있었다.

몽환은 모래밭에서 다시 일어나 횡천으로 걸으면서 생각했다. 한편으로는 나고야에서 고생하는 아들이 걱정도 되었다. 또 큰집 질부가 진석에게 존칭을 쓰지 않고 남들처럼 학생 대접을 했다는 진덕의 말을 생각하면 질부의 행동이 괘씸하기 짝이 없었다.

'참 내, 큰 질부도 허는 처사가 그기 머시고? 이역만리 타국꺼지 가서 지킬 관습이 따로 있지. 차별 없이 우애 있고로 지내모 안 된단 말이가?'

몽환은 자기 아들이 이역만리 타향에서 허름한 행색을 하고 다니면서 큰집 식구들에게 설움 받을 일을 상상하니 진석을 도저히 일본에 그냥 둘 수가 없었다. 그는 어떤 일이 있더라도 진석을 꼭 귀국시키고 말겠다고 다짐했다.

몽환은 그런저런 생각을 하며 횡천을 지나 구정으로 신작로를 올라가다가 갑자기 뇌리를 스치는 생각이 있었다.

그것은 지난번에 배드리장에서 싸전 친구인 경필에게서 들은 진송의 술집 외상값 이야기였다.

그때 몽환은 그날 배드리장에서 집으로 돌아오자마자 진송을 불러서 다그쳤었다.

"네가 무신 만석꾼 자식이라도 된다고 술값을 펑펑 쓰고 댕기나? 아부지가 지금 겉이 살림을 모으니라 어떤 고초를 겪었고, 왜놈들헌티 벌금 갚을 때 하마터면 온 집안이 다 거덜 날 뻔했다 아이가? 네놈맨키로 그렇게 돈을 펑펑 쓰다가는 우리 집안 식구들이 언제 상거지 신세가 되고 말지 누가 알겠냐? 그러코롬 난봉꾼 겉은 행우지[37]를 허모 자헌대부께서 일군 우리 집안의 체멘은 어찌 덴단 말이고?"

그리고 또 진송이가 그런 행동을 해서는 안 되는 온갖 경우를 들며

37) 행위

얼마나 혼을 냈던가?

그런데 몽환은 자신도 모르게 아버지의 억울함을 풀겠다고 동생 진석을 일본에 보내 공부시키려고 했다는 진송의 이야기를 듣고 나니 큰아들의 의도에 이해가 가는 점도 있었다.

그렇다고 몽환은 진송의 행위를 용서할 수는 없었다. 꿈에도 생각하기 싫은 왜놈들 밑에서 공부를 한다는 것은 절대로 용납할 수 없는 일이었기 때문이다.

― 오월동주吳越同舟

남쪽 바다에서 봄기운을 싣고 불어오는 바람이 아직은 매서운 추위를 감당하지 못하여 날씨가 꽤 쌀쌀했다. 갈사만에서 김을 뜯는 어민들의 손끝은 시렸지만, 어김없이 봄기운은 아지랑이에 실려와 김밭의 바닷물에 살며시 녹아내리고 있었다.

섬진강 하구의 작은 포구인 전라도 망덕장터에서는 큰디 갯벌에서 양식한 백합 조개 매매가 활발하게 이루어지고 있었다.

누렇거나 희부연 조개껍데기에 갈색과 흰 줄무늬들이 둥그스름한 띠 모양을 이루고 있고, 만지면 매끈매끈하여 반짝이기까지 하는 조개가 백합이다.

이에 더하여 그 맛도 천하제일인 어른 주먹만큼이나 큰 백합을 가득 담은 가마니들이 시장 바닥에 줄지어 놓여 있었다. 그 주위에 백합양식장 주인과 중간상인들이 둘러 모여서 가격을 흥정하고 있었다.

시장 주위의 골목에서는 함지에 백합을 담아 놓고 파는 아낙네들의 고함소리로 이른 봄에만 서는 일시시장에 활기가 더해가고 있었다.

옛날에는 고기잡이배만 드나들던 망덕포구가 예전과 다르게 완전히 탈바꿈하게 된 것은 큰디 일대에 김 양식을 하기 위해 일본인들이 이주해 오면서부터였다.

뒤이어 백합 양식업자들이 뒤따라 들어오자 망덕에 김이나 백합이 출하되는 성수기에는 일시적으로 수산시장이 들어섰다. 이로 인해 망덕은 제법 항구도시 같은 분위기가 드는 포구로 발전하였다.

망덕에 일시 수산시장이 설 때쯤이면 술집이나 다방에는 돈깨나 거머쥔 중개상인이나 장사치들로 북새통을 이루었다. 때맞추어 이들을 대상으로 장사하는 식당이나 토박이 유흥업소 주인들은 메뚜기 한철을 맞이하여 한 푼이라도 돈을 더 벌려고 열을 올렸다.

망덕 부둣가의 '정다방'에 중절모를 쓴 조선인 염치수와 황대성이 들어섰다. 담배 연기로 자욱한 다방 안에는 주로 일본인들이 여기저기 모여앉아 커피를 마시며 담소를 나누고 있었고, 간혹 조선인들도 눈에 띄었다. 염치수와 황대성은 빈 테이블을 찾아 자리를 잡고 앉으며 커피를 주문했다.

"헤이, 미쓰 김, 여거 코피 두 잔."

"예, 알아 모싰지라. 쪼깸만 가다리시요이."

두 사람은 커피를 주문하고 나서 김밭에 세울 섶 구매하는 일에 관한 이야기를 나누었다.

"염 구장, 산죽 섶 사로 언제 화개로 올라갈 끼고?"

"오월 단오가 얼메 안 남았재이. 오늘이 몇 물이고?"

"참 내, 오늘이 초열인께[38] 두 물 아이가?"

"그러모 한 대엿새 지내서 사리가 데모 화개로 가 바야 겄내. 친구는 어쩔 끼고?"

"그야 바늘 가는디 실 가야재. 이번 야달[39] 물에 같이 올라가세."

두 사람이 대화를 나누고 있을 때 미쓰 김이 다가와 아양을 떨었다.

"깍쟁이 황 구장님도 오싰당가? 무신 이바구를 그리 해 쌌능 기여? 자 고마, 코피나 한 잔썩 들고 이야구들 허시야 쓰겄고마이."

"허이, 미쓰 김! 내가 여 다방에 코피만 묵고 갈라꼬 온 줄 아는가 배. 와 저리 남우 심정도 몰라주는 기라?"

"내사 염 구장 만내 싸도 암시랑토[40] 안은디 워쩔 것이여. 구장님, 고마, 내헌티는 신경 끄시야 쓰겄지라."

"내는 미쓰 김 생각카니라꼬 잠도 잘 몬 잤는디…. 내 보고 코피나 묵고 있이라꼬? 시방 무신 그런 섭한 말을 허는 기고? 퍼뜩 이리 와서 내 젙에 앉아 보라 카이"

"아이고, 무시라. 염 구장님이 사람 잡네잉. 거짓말도 입에 침이나 보리고 허시란 말이시."

그때 같은 동네에 사는 바구가 반질반질하게 닦은 구두를 들고 들어

---

38) 초열흘이니까

39) 여덟

40) 자주 만나도 아무렇지도

오면서 두 사람에게 인사를 하였다.

"아이구, 염 구장님, 그림이 보기 좋십니더이. 아재도 오이십니꺼?"

"일마가 꼬막은 안 파고 또 먼디꼬 여 와서 얼쩡거리고 노내?"

황대성이 주먹으로 꿀밤을 주는 시늉을 하며 핀잔을 주었다.

"참 아재도, 지는 죽었이모 죽었지. 뻘 밭에 쳐백히서 꼬막 파는 일은 몬허겄는 걸 우짭니꺼? 마, 그느 그기고, 미쓰 김 누야, 내도 코피 한 잔 주이소."

"머라고라? 돈도 읎는 기 코피이? 이망에 피도 안 마린 거이 까분당가?"

"누야, 내가 돈 읎다꼬 그리 무시허지 마이소. 누야 보고 사 주라 쿠지는 안을 낀께."

그러면서 미쓰 김을 향해 혀를 쑥 내밀어 약을 올리고는 염치수의 소매를 붙잡으며 조르듯이 말했다.

"구장님, 이 구두 다이스케 선생헌티 갖다 주고 오모 코피 한 잔만 사 주이소이."

하고는 구두를 들고 일본인들이 앉아 있는 테이블로 갔다.

바구 황봉삼은 원래 고전면 날드리에서 농부의 아들로 태어나 가난하게 살았다.

그의 집안은 대대로 아들이 귀한 집안이었는데, 그의 부모도 이미 아들을 다섯이나 잃고 나서야 겨우 얻은 귀한 아들이 봉삼이었다.

그의 어머니가 봉삼이를 임신했을 때에 잠을 자다가 소-산 봉우리에 올라가 산삼을 캐는 태몽을 꾸었다고 한다. 그녀는 아들을 낳을 기대감에 부풀어 남편에게 태몽 이야기를 했다.

그녀가 임신한 지 열 달이 지난 뒤에 아들을 낳자 그의 아버지는 아내의 태몽이 길하다고 여겨 아들의 이름을 봉삼峰蔘이라 지었다.

그의 부모는 어렵게 얻은 아들을 또 잃을까 봐 애지중지 정성을 다하여 길렀다. 그의 부모는 봉삼이가 첫돌이 지난 뒤에 아들의 무병장수를 위해 동네에 사는 무당을 불러 푸닥거리를 했다.

그의 부모는 푸닥거리를 마치고 나서 무당에게 아들이 무병장수하려면 어떻게 하는 것이 좋으냐고 물었다. 그 무당은 귀한 아들일수록 어릴 때 이름을 천하게 지어서 부르면 오래 산다고 하면서 '개똥이'나 '바구[41]' 중에서 하나를 고르라고 했다.

그의 부모는 '개똥이'보다 '바구'가 좋다고 생각하여 '바구'로 정했다. 이리하여 동네 사람들이 그가 어린 시절에는 주로 '봉삼'이가 아닌 '바구'로 부르게 되었다.

그의 아버지는 남의 집 머슴을 살다가 나이가 들면서 몸이 쇠약해져 머슴살이하지 못하게 되었다. 그의 어머니는 어릴 때 소아마비를 앓은 적이 있어 왼쪽 다리를 저는 장애인이었기 때문에 노동력이 약했다. 그들에게는 농사를 지을 땅도 없는 데다가 몸이 허약해지면서 남의 농사일을 도와주고 품삯을 받으면서 살기도 어려워졌다.

마침 그때 용덕에 사는 황 씨 친척 중에 한 사람이 힘을 많이 쓰는

---

41) 바위

농사일보다는 잔손 일을 주로 하는 김 양식장에서 품팔이하며 사는 것이 한결 나을 것이라는 권유를 하였다. 바구의 가족들은 그 친척의 권유를 받아들여 용덕동네로 이사를 왔던 것이다.

바구의 부모는 추운 겨울에도 갯벌에 나가 김을 뜯거나 민물에 김을 뜨는 일 등의 품팔이를 하면서 여가가 나면 바다에 나가 조개를 캐어 팔아서 생계를 이어갔다.

그런데 바구는 이렇게 어려운 처지의 부모 일손을 도와주기는커녕 매일 남의 배를 얻어 타고 망덕에 가서 끼니를 얻어먹으며 노닥거리고 노는 것이 일이었다. 더구나 터울이 먼 여동생 두명도 부모님을 도와 품팔이를 하기는 너무 어려서 살림살이에 별 도움을 주지 못했다.

바구가 나이가 들어가자 그의 아버지는 그를 이웃 마을인 대송에서 남의 집 머슴살이를 하게 했다. 그런데 바구는 머슴살이에 적응하지 못하고 게으름만 피워서 주인의 눈에 들지 않았다.

그러던 어느 해 바구는 이종 철의 농번기에 모내기하기 위해 모춤을 바지게에 지고 논두렁을 걸어가다가 미끄러져 넘어졌다. 그 모습을 본 주인이 호통을 쳤다.

"니는 맨날 일도 씨은찬은 기 까딱꺼러모 자빠지내?[42] 그럴라모 다 집어 치아라. 꼴도 보기 싫다."

그러잖아도 중노동을 못 견딜 지경이었는데 모욕을 당하자 분을 참지 못한 바구는 지게를 내던져 버리고 자기 집으로 돌아가 버렸다.

---

42) 까딱하면 넘어지느냐?

그 뒤로 그는 용덕동네 부둣가에서 빈둥빈둥 놀다가 동네 사람들이 망덕에 가기 위해 배를 띄우기만 하면 무슨 핑계를 대든지 그 배를 얻어 타고 망덕으로 갔다.

그는 망덕의 정다방 근처에서 주로 일본인들에게 빌붙어서 그들의 심부름을 해주거나, 구두닦이와 친분을 쌓아서 구두닦이의 일을 거들어 주며 용돈을 얻어 썼다. 그리고 일본인들의 비위를 맞추어서 술이나 밥을 얻어먹고 빈둥대고 놀기만 했다. 그러다가 망덕에서 용덕으로 오는 동네 사람들의 배를 얻어 타고 집으로 돌아오는 것을 일과로 삼고 지내는 건달이었다.

바구는 오늘도 아침을 먹고 나서 하릴없이 용덕 선창가에서 서성대고 있었다. 용덕 사람들 중에 배를 몰고 하동읍이나 망덕에 가는 배가 있으면 얻어 타기 위해 기다리는 참이었다.

그는 한참을 서성이다가 멀리서 옆집 황 씨가 하동장으로 가기 위해 배 위로 올라타는 것을 발견했다. 그는 재빨리 황 씨의 배로 달려가서 염치 불고하고 배 위에 올라탔다.

"바구야! 또 어디 갈라꼬? 퍼뜩 안 내리나. 오늘은 천 읊어도 안 덴데이. 니를 태아 줬다가 내가 너 아부지헌티 무신 소리 들을라꼬…."

"아따, 와 그럽니꺼? 제 한 사람 더 탄다고 배가 가라앉기라도 헙니꺼? 멍디[43]꺼정만 좀 태아 주이소. 히히."

---

43) 망덕

"아따, 이너마 좀 보래. 절대로 안 덴다 카이."

그래도 바구는 배에서 내리지 않고 고집을 부렸다. 황 씨는 하는 수 없다는 듯이 푸념을 늘어놓았다.

"허, 참, 이너마 고집을 누가 당허겄노…."

"아재, 배에 실코 갈 짐이 없십니꺼? 제가 들어 디리께요. 다른 거 또 할 일이 없십니꺼?"

하며 황 씨의 비위를 맞추려고 마음에도 없는 말을 주워댔다.

"됐다, 마, 짐은 무신 짐? 알았잉깨 뒤로 가서 닻줄이나 좀 잡아 땡기라."

"예 예, 그래서 우리 아재가 최고란깨요. 최고…."

바구는 망덕 선창가에 내리자마자 정다방 앞으로 걸어갔다. 다방 문 앞에는 이미 구두닦이 삼식이가 얼굴에 군데군데 까만 구두약을 묻힌 채로 부지런히 손님들의 구두를 닦고 있었다.

"야, 삼식이, 오늘 손님이 쪼깸 있능가 배?"

"머라고라? 손님? 손님이야 많재. 그런디 머 땀세 이러코롬 일찌감치 왔당가?"

"머, 내사 헐 일 읎는 놈이 정헌 시간이 있냐? 배 얻어 타고 오는 시간이 내 시간이재."

"핑계는 좋은디 네가 박 양 볼라꼬 일찍 온 거 내가 모를까 벼?"

"자다 봉창 뚜디는 소리 고만 해라이. 다방 안에 가서 구두나 몇 커리 구해 볼 낑께 기다리 보래이."

바구는 다방 안으로 들어서서 손님들이 앉아 있는 테이블을 두루 돌며

"오하이오 고자이마쓰. 구두 안 딲을랍니꺼? 빤짝빤짝 맨딜맨딜허이 딱아 디립니더. 구두 딲으이소이, 구두."

바구는 그러면서도 눈길은 딴 데 가 있었다. 중앙에 놓인 테이블에서 일본 신사와 커피를 마시면서 깔깔대는 박 양을 흘깃흘깃 쳐다보며 새로 닦을 구두를 구하러 테이블 사이를 돌아다녔다.

잠시 후에 바구는 양손에 네댓 켤레의 구두를 들고 다방에서 나와 삼식에게 농담을 지껄였다.

"야, 삼식이, 이만허모 삼식은 안 데도 점심값은 데겄재이."

"꼴랑 네 커리 갖고? 고거 갖고는 에롭울 낀디…."

"그래? 그러모 쪼깸만 기다리 보래이. 내가 금방 여나무 커리는 더 챙기 올 낀께로…."

바구는 다방 앞에 서서 차 마시러 오는 손님들에게 마치 자기가 다방 종업원이라도 되는 것처럼 허리를 숙여 인사를 하였다. 그러면서 손님에게 다가가서는

"오하이오 고자이마스. 구두 닦으이소."

"곤니찌와, 구두 닦으이소."

하며 일본말과 조선말을 섞어서 붙임성 있게 인사하며 구두 닦기를 청하였다. 그리고 또 장사치로 보이는 손님이 들어오면 일거리를 달라고 부탁했다.

"곤니찌와, 머든지 시키만 주이소. 공짜로 다 해 디립니더."

바구는 이렇게 다방 주위를 돌면서 손님들의 환심을 사거나 심부름을 해 주고 나서 손님들이 인사치레로 던져 주는 동전을 받아 모았다.

그는 돈이 좀 모이면 그 길로 술집으로 달려갔다.

그러나 술집에 가서도 될 수 있으면 자기 돈으로 술을 사 먹는 경우는 드물었다. 이 집, 저 집의 술집을 찾아 돌아다니다가 아는 사람이 있으면 무턱대고 옆자리에 가서 앉고 보았다. 그러고는 갖은 아양을 떨며 술을 얻어 마시는 일이 그에게 망덕에서의 주된 일과였다. 그가 그렇게 자기 돈을 아끼는 것은 그 돈으로 정다방에 들어가서 차를 사 먹으면서 박 양에게 환심을 사는 기회를 얻기 위해서였다.

박 양은 백운산 골짜기 마을인 죽천에서 가난한 농부의 여러 자녀들 중에서 다섯째 딸로 태어났다. 그녀가 어릴 적에 순천에 사는 어느 상인이 죽천에 있는 자기 친척 집으로 식모 아이를 구하러 왔다. 순천에서 온 사람이 식모 아이를 구한다는 소문은 삽시간에 온 동네에 퍼졌다.

그 소문을 들은 박 양의 아버지는 식량난에 허덕이다가 식구 한 명이라도 더 줄이기 위해 순천에서 온 상인을 찾아갔다.

박 양의 아버지는 집안이 너무도 가난하였다. 그래서 그는 상인에게 아무 보수도 받지 않을 테니 자기 다섯째 딸을 데리고 가서 식모로 살다가 시집만 보내 달라고 부탁하면서 맡겼다.

그 상인은 순천 시장에서 꽤 큰 그릇 장사를 하면서 몇 명의 점원을 거느리고 있었다. 그런데 박 양은 어릴 적부터 건강이 좋지 않았다. 박 양은 그 상인의 집에서 식모살이하면서 매일 많은 식구와 점원들의 식사 준비와 빨래를 감당하기에는 너무도 힘에 부쳤다. 박 양은 그렇게 힘든 생활을 계속하면서 나이가 들어갔다.

박 양이 점차 성인이 되어가면서 타고난 예쁜 미모가 점차 돋보이기 시작하였다. 박 양이 빨랫감을 가지러 점원들의 숙소로 가면 남자 점원들이 그녀의 환심을 사기 위해 무슨 핑계를 대어서 가까이하려고 안달이었다.

박양을 데리고 있던 상인의 아들 중에는 바람둥이 둘째 아들이 있었는데, 그도 박 양에게 아무도 몰래 눈독을 들이고 있었다.

그러던 어느 날 밤에 둘째가 일부러 박 양에게 상점에서 꽤 멀리 떨어진 곳에 사는 고객에게 물건배달을 시켰다. 그러고는 그녀가 돌아오는 으슥한 길목에 미리 가서 숨어 기다리고 있었다.

그는 박 양이 아무것도 모르고 그의 앞을 지나갈 때 강제로 구석진 곳으로 끌고 가 겁탈하고 말았다. 그런 뒤에도 그는 기회만 있으면 그녀를 비밀스러운 곳으로 끌고 가 몹쓸 짓을 계속했다. 그러다가 결국에는 안방마님에게 들키고 말았다.

그런데 안방마님은 그 일을 알고 나서 자기 아들을 꾸짖기는커녕 오히려 두둔했다. 그녀는 자기 아들의 소문이 나빠진다고 하면서 박 양에게 하지도 않은 도둑 누명을 뒤집어씌워 내쫓아 버렸다.

무일푼으로 쫓겨난 그녀는 살길이 막막했다. 그러나 어떻게든 무슨 일을 해서라도 살아남아야만 했다. 그녀가 고민하면서 시장골목을 헤매고 다니는데 뒤에서 아는 체를 하는 어느 여인의 목소리가 들려왔다. 박 양이 뒤돌아보니 그녀는 박 양이 식모살이하던 상점에 더러 차 배달을 나온 일이 있어서 알고 지내던 다방 언니였다.

박 양은 구세주라도 만난 듯이 기뻐서 그녀에게 매달렸다. 박 양은 다방 언니에게 그동안의 사정을 이야기하고 나서 염치불구하고 좀 도와달라고 통사정을 했다. 다방 언니는 지금은 바빠서 길게 얘기할 처지가 못 되니 주소를 알려 주면서 우선 자기 셋방에 가서 기다리라고 하였다.

이리하여 그녀는 밤에 집으로 돌아온 다방 언니와 의논한 끝에 그 언니가 나가는 다방에 같이 나가게 되었다. 그때부터 박 양의 다방생활이 시작되었던 것이다.

바구가 박 양에게 특별히 관심을 가지기 시작한 것은 박 양이 다방에서 일하다가 건강이 안 좋아서 쓰러졌을 때 도와준 일이 있고 나서부터였다.

하루는 이슬비가 보슬보슬 내리고 있었다. 비 오는 날이라서 그런지 오늘따라 다방 안에는 손님이 별로 없었다. 바구는 삼식이와 하릴없이 다방 옆의 처마 밑에서 비를 피하며 쓸데없는 농담을 주고받고 있었다. 그런데 뜻밖에도 정다방의 김 마담이 바구를 불렀다.

"바구 총각, 이리 좀 와 보랑께."

바구는 듣던 중 반가운 소리라도 들은 듯이 다방으로 달려갔다.

"마담 아짐씨, 와 그럽니꺼?"

"잠깐만 다방 안으로 좀 들어오랑께."

"예- 예, 비도 오는디 그라몬 고맙지예."

바구는 무슨 일인지 궁금해하며 김 마담을 따라 다방 안으로 들어갔다. 다방 안에는 한두 군데 테이블에만 손님들이 앉아 있었다. 그들은 다방의 다른 종업원인 정 양과 커피를 마시면서 담소를 나누고 있었다.

바구는 김 마담이 걸어가는 구석진 곳에 놓여 있는 테이블을 보고 깜짝 놀랐다. 테이블 위에 박 양이 엎드려서 신음하고 있었던 것이다.

"바구 총각, 박 양이 몸이 영 안 좋은가 벼. 그래서 급한 짐에 사람이 읎어서 그렁께로 총각이 박 양을 부축혀서 박 양 집까지 좀 데려다 주모 안 데겄당가?"

바구는 신음하는 박 양을 보고 건강이 걱정되기도 하였다. 그렇지만 자기가 박 양을 도울 일이 있다는 사실이 너무도 좋아서 어쩔 줄을 몰랐다. 더군다나 그냥 돕는 것이 아니라 그녀를 부축하여 그녀의 셋방이 있는 집까지 데려다주는 일이었다. 바구는 박 양에게 이런 일을 해주는 것이 꿈에도 그리던 일이었다.

"마담 아짐씨, 걱정일랑 푹 노으시소. 제헌티 남는 기 힘뿌이 읎는디 지가 잘 데리다 주겄십니더."

바구는 김 마담의 우산을 빌려 쓰고 박 양을 껴안다시피 부축하여 그녀의 셋방으로 데려갔다.

이슬비가 촉촉이 내리는 날씨라서 그런지 부축하고 가는 박 양의 몸에서 풍기는 향긋한 화장품 향기가 그의 코끝을 자극했다. 그 향기는 숫총각인 바구의 마음을 충분히 흔들고도 남았다. 바구는 박 양의 셋방에 도착하여 마루도 없는 방문을 열고 그녀를 두 팔로 껴안다시피 하여 방안으로 데리고 들어가서 이부자리를 펴고 눕혔다.

바구는 처음 보는 그녀의 방을 빙 둘러 보았다. 단출한 세간살이에 베개가 두 개 있는 것으로 보아 다방의 정양과 같이 기거하고 있는 것 같았다.

바구는 박 양이 두통으로 핏기없이 창백한 얼굴로 힘없이 축 늘어져 누워 있는 모습을 보고 잠시 머뭇거렸다. 남자로서의 치솟는 열정을 억제할 수가 없었기 때문이다. 그러나 바구는 무슨 생각을 했는지 박 양을 향해서 다정하게 말을 했다.

"박 양 누야, 몸조리 잘 허이소이."

바구는 박 양에게 인사를 하면서 이불을 덮어 주고는 조용히 문을 닫고 방을 나왔다. 아마도 바구는 박 양을 너무도 좋아한 나머지 혼자만 그녀를 아껴주고 싶은 마음을 가지고 있었는지도 모를 일이었다.

그 일이 있고 나서부터 바구는 박 양과 예전보다 더 가까이 지내게 되었다. 이때부터 바구는 정다방에서 박 양을 만나는 것이 망덕에 오는 가장 큰 보람이고 기쁨이 되었다.

*

염치수와 황대성은 다방을 나와서 쌀과 반찬거리와 양념 등을 사서 배에 실어 놓고는 점심을 먹으러 국밥집으로 갔다. 국밥집 마당에 들어서자 태인도에 사는 김유원이 친구 정일석과 술잔을 기울이다가 반가이 손짓하며 큰 소리로 말했다.

"어이, 염 구장 왔능가? 어서 와서 막걸리 한잔 허랑께."

"김 구장도 오랜마이네. 한잔 좋지."

먼저 와 있던 김유원의 친구 두 사람과 염치수, 황대성이 한자리에 앉아 술잔을 나누기 시작했다.

"김 구장, 우리 만낸지도 오랜마인디 안주는 머로 허꼬?"

"요새 일본 사람들 땜에 백합 묵기는 에룹울 낀디 그래도 감칠 맛 나는 우럭 한 사리 안 헐랑가?"

김유원은 근처에 일본 사람들이 엿듣기라도 하지 않을까 하고 주위를 살피며 조심스럽게 말했다.

"와, 하필이모 우럭이고? 큰 꼬막이 낫재."

"그래도 우리 동내서 나는 우럭 맛이 기똥차지. 달짜지껄 허고 감치는 맛이 최고라 이 말이시. 왜놈들은 백합 맛을 최고로 치는디. 누가 머라 캐싸도 조선 놈헌티는 우럭 맛이 최곤기여."

"그리 허세, 아짐씨, 여거 우럭 한 사리 주이소이."

그들은 술잔을 나누면서 김 양식에 관한 이야기나 일본 사람들이 하는 백합양식 등에 관한 이야기를 나누었다. 그러다가 술기운에 점점 분위기가 무르익어 가자 염치수가 김유원에게 농을 건넸다.

"어이, 워리 구장, 요새도 손자벵법인가 허는 책을 마이 읽능가? 야, 이 사람아, 책을 읽으모 책에서 돈이 나오나? 김이 나오나?"

"허이, 염 구장, 자네 겉이 무식헌 친구허고 말이 통허겄당가? 그렁께 사람들이 자네를 보모 무식허다 못해 염치도 읎는 구장이라꼬 허는 기여. 그걸 자네가 알기나 혀?"

김유원이 그의 이름을 빗대 농을 하자, 염치수는 술기운에 옆 사람들의 눈치도 보지 않고 목소리가 높아졌다.

"염치 읎는 기 눈치도 읎다 이 말이가? 왜놈 똥 겉은 소리 허구 자빠졌네."

김유원이 주위를 둘러보며 소리를 낮추어 말했다.

"허허, 왜놈 똥이 독허긴 허지. 그런디 부차 똥보다야 독허겄덩가?"

"또 그놈의 오월이 이바구 태령인가?"

"염치가 읎이모 그냥 듣기나 혀. 야, 이 사람아, 구천이는 부차의 똥 맛을 봄시로 비우를 맞차서 살다가 결국 부차를 물리치고 복수허지 않혔능가? 자네가 그런 고상헌 이야구를 알기나 혀? 이 우럭 맛이 백합 맛 보담은 못 혀도 왜놈 똥 맛 보담은 낫당께. 잔소리 그만허고 술이나 드라고라."

"야, 이 워리야, 낮말은 새가 듣고, 밤말은 쥐가 듣능 기다. 말 조심허게."

옆에서 듣고 있던 황대성이 사방을 둘러보고 약지 손가락으로 입을 막으며 목소리를 낮추라고 한마디 거들었다. 정일석도 그 말이 맞다는 듯 딴전을 피웠다.

"염 구장, 낼 모래가 단온디 자네 김섶 구허로 화개로 안 갈 끼여?"

그러자 황대성이 재빨리 말을 받았다.

"이번 사리 때 데모 야달 물이재? 그때 염 구장허고 화개로 올라갈 걸세. 자네들도 사정이 데모 그때 같이 안 갈래?"

"그리 혀도 되겄냐? 사정이 데모 연락험세."

그들은 점심을 먹고 나서 각자 헤어져 자기 집으로 돌아갔다.

양지쪽의 논두렁에 잔디가 제법 파릇파릇하게 새싹이 돋아나고 들판에 보리가 봄비를 맞고 생기가 돋아 새파랗게 물들어 가는 포근한 봄이 왔다.

커다란 보자기에 김 다발을 싸서 짊어진 등짐장수 두 사람이 섬진강의 지류인 구례 서시천의 방죽을 따라 걸어가며 육자배기 한 곡조를 구성지게 뽑아 올렸다.

사람이 살면은 몇백 년이나 살더란 말이냐
죽음에 들어서 남녀노소 있느냐
살아생전에 각기 맘대로 놀거나 헤 -

송림의 밝은 달 아래 채련허는 아이들아
섬진강에 배 띄우고 물결이 곱다고 자랑 마라
그 물에 잠든 용이 깨고 나면 풍파일까 염려로구나 헤 -

꿈아 꿈아 무정한 꿈아 오시는 님을 보내는 꿈아
오시는 님은 보내지를 말고 잠든 나를 깨워나 주지
이후에 유정님 오시거든 님 붙들고 날 깨워줄거나 헤 -

내 정은 백운산이요 님의 정은 섬진강 녹수로다
섬진강 녹수야 흐르건만 백운산이야 변할소냐
아매도 섬진강 녹수가 백운산을 못 잊어 휘휘 감돌아들거나 헤이들은 섬진강 하구의 태인도에 사는 김유원과 그의 친구 정일석이였다. 이들은 서로 이웃에 사는 둘도 없는 단짝 친구이자 김 양식을 비롯하여 매사를 서로 도와가며 사는 품앗이 친구였다.

이들은 매년 이맘때쯤이면 자기 집에서 양식한 김을 대부분은 망덕의 해태전습소나 하동장에 내다 팔았다. 그리고 남은 김을 한 푼이라도 더 좋은 값에 팔기 위해 직접 김을 지고 육지 마을을 돌아다니면서 장사를 해왔다.

이들은 이번에는 섬진강 동쪽에 있는 하동의 악양, 화개를 거쳐, 구례 지역에 있는 마을을 돌고 돌아 마산면의 냉천마을에 들어서고 있었다.

김유원과 정일석은 지난 음력 3월 보름이 다가올 무렵 태인도에서 화개장으로 가는 황포 돛단배를 타고 긴 여정의 장삿길에 나섰다.

출발 날짜를 보름 때 전으로 정한 것은 이때쯤이 조수간만의 차가 가장 큰 사리여서 밀물을 이용하면 배가 악양이나 화개까지 쉽게 올라갈 수 있고, 장사를 다니다가 밤이 되면 달빛을 이용할 수도 있었기 때문이다.

악양나루에서 짐을 푼 두 사람은 먼저 가까이에 있는 악양장터 주변을 돌면서 김을 팔았다. 그리고 주민들에게 가을에 쓸 김섶인 산죽이나 솜대, 싸릿대 등을 선금을 주고 예약해 가면서 계속하여 위쪽 마을로 올라갔다.

해 질 녘이 되어서 악양 윗동네인 정서리 일대를 돌다가 저녁때가 되었다. 그들은 예전에 자주 들리곤 했던 상신마을에 있는 조 부잣집을 찾아갔다.

이 집은 조선의 개국공신인 조준 대감의 후손이 사는 종가댁으로 예전에 비해 가세가 기울기는 하였으나 아직도 이 지역에서는 그 위세가 당당한 집안이었다.

두 사람이 솟을대문을 들어서니 정면에 고래 등같이 커다란 기와집이 떡 버티고 서 있었고, 너른 마당 주위에 사랑채와 행랑채, 후원의 초당이 규모가 잘 어울리게 자리 잡고 있었다. 고색창연한 고택에서는 무언가 모를 위엄이 풍기고 있었다.

그들은 안채로 들어가서 안방마님에게 질 좋고 맛있는 태인도 김을 팔고 나서 하룻밤 유할 것을 청하고 행랑채로 들어갔다. 행랑채 안에는 이미 몇 사람의 과객이 와 있었다. 두 사람은 과객들과 같이 행랑채에서 짐을 풀고 하룻밤을 지냈다.

그렇게 김유원과 정일석은 악양을 떠난 뒤에 화개면과 전라도 토지면을 지나 마산면에 이르러 서시천 방죽을 걸어가며 육자배기를 한 곡조 멋지게 뽑고 있었던 것이다.

두 사람은 냉천마을로 들어가서 골목골목을 돌며 김을 팔았다. 이들은 저녁 무렵이 되어 숙식을 부탁하기 위해 만석꾼 집안인 김 개묵의 집을 찾았다. 두 사람은 솟을대문을 들어서며 큰 소리로 말했다.

"그동안 안녕허싮지라? 짐 사랑께요. 맛 좋은 태인도 짐 사시요잉. 임금님 수라상에 올리는 꿀맛보담 달디 단 태인도 짐 사시랑께요."

두 사람이 김을 팔려고 마당으로 들어서자 청지기가 나와서 안채로 들어가라고 눈짓을 했다. 두 사람은 바깥마당과 안마당 사이의 돌담에 붙은 작은 문을 열고 안마당으로 들어갔다. 그들은 안채 마루에 김 보자기를 풀면서 안방마님을 향해 인사를 했다.

"안방마님! 싸게싸게 나오시요잉. 맛 좋은 짐 좀 기경허시랑께요?"

그러자 안주인이 방문을 열고 나오면서 두 사람을 반갑게 맞이했다.

"아따, 이 양반들, 태인도 짐장수 아이당가? 참말로 오랜만이시. 어디 태인도 해우[44] 맛이 괜찮은기여? 짐 떼깔이 얼매나 존지 기경이나 좀 혀도 데겄제라?"

뒤이어 부엌에서 저녁준비를 하고 있던 하녀들도 덩달아 따라 나오면서 조잘대기 시작했다.

"시방 머라고라? 태인도 짐이라고라? 하동짐이나 태인도짐이나 다 한 맛 아인기여? 어디 맛이나 좀 보더라고이."

그러자 뒤따라 나온 나이 든 하녀가 농담했다.

"이 여시겉은 가시나들이 핑계도 좋당께. 짐맛 본담시로 짐 다 뜯어 묵어부렀당가?"

구경 나온 하녀들이 한바탕 웃어댔다.

"너그들아, 뜬금읎이 나와서 무신 난리들이고, 다들 정지[45]에 들어가서 니들 헐 일이나 퍼뜩 혀라."

안주인은 점잖게 나무라고 나서 김 뭉치를 이것저것 살펴보았다. 그녀는 만석꾼 집 마님답게 두 사람에게서 김을 품질에 따라 등급별로

---

44) 김

45) 부엌

구분하여 여러 속을 샀다. 김을 많이 팔게 된 두 사람은 기분이 좋아서 연방 굽실거렸다.

"안방마님! 고맙고마잉. 내 짐을 허벌나게 마이 폴아 주시서 감사혀요이. 마, 제도 기분인디. 마님헌티 김 한 수무 장을 공짜로 인심 써부렀어. 일석이 친구, 자네도 그냥 있을랑가?"

그러자 안주인이 기분이 좋아서 김을 챙기며 말했다.

"먼다꼬 그래 쌌는 기여이. 하이튼 감사혀요이. 먼 질 오니라 시장헐낀디 싸게 행랑채에 가서 저녁참이나 잡수시랑께요."

두 사람은 안주인의 숙식 허락을 받고 행랑채의 머슴들이 거처하는 방으로 들어가 짐을 풀었다.

다음 날 아침부터 봄비가 보슬보슬 내리기 시작했다. 마른 김은 습기와는 상극인지라 두 사람은 아침을 얻어먹고 나서도 장사 길을 나서지 못하고 있었다.

그들은 머슴들이 농사일을 준비하느라 헛간으로 나가고 난 뒤에 문밖에 내리는 봄비만 하염없이 내다보고 있으면서 옆방의 김 개묵 어른의 눈치만 살피고 있었다.

오늘은 비가 와서 그런지 김 개묵의 사랑방을 찾는 손님도 별로 없는 것 같았다. 김유원은 김 개묵이 다른 부호들과는 달리 사람들의 귀천을 따지지 않고 스스럼없이 대한다는 것을 소문으로 들어서 알고 있었다. 그래서 김유원은 평소에 그를 존경하며 환심을 사고 싶은 마음을 가지고 있었다.

그는 김 개묵의 사랑방에 손님이 없는 것을 알아채고는 일부러 무슨 일이라도 있는 것처럼 사랑방 앞을 서성대고 있었다.

아침나절이 조금 지나서 김 개묵이 사랑방 문을 열고 나와서 헛간에 있는 머슴들에게 모판에 뿌릴 씻나락 가마니를 꺼내어 살펴보라는 지시를 하고 다시 사랑방으로 돌아왔다. 그때 김 개묵이 사랑채 축담 위를 서성대는 김유원을 보고는 말을 걸었다.

"허이, 짐 장수 양반, 오늘은 비가 와서 워쩐당가? 짐 장사는 다 글렀는디…."

"어르신 말씸이 맞당께요이. 짐 장사도 몬험시로 어르신 집에 신세만 지고 있당께요?"

"허참, 하늘이 내리는 비를 인력으로 워쩐당가? 그 핑계로 푹 싰다 가시게나."

그러고는 방안으로 들어갔다. 김 개묵은 방안에서 심심하여 담배를 한 대 피워 물고는 책이나 읽을까 하여 손자병법 책을 막 꺼내려고 하는데 문밖에서 또 인기척이 났다. 그는 문을 열고 밖을 보니 아직도 김 장수가 축담 위를 서성이고 있었다.

"허, 이 사람 참. 자네도 심심헌가 보이? 심심허모 자네 일행허고 같이 방 안으로 드시랑께. 서로 이바구나 나노 봄세."

김유원은 바라던 소원이나 이루어진 듯이 기뻐하며 일석과 함께 감사의 인사를 드리며 사랑방으로 들어갔다.

"워메, 징허게 감사혀요잉. 지들 겉은 하찮은 사람을 방안으로 들이싱께 고맙구마잉. 참말로 감사혀요."

두 사람은 자세를 갖춰 자리를 잡고 앉았다.

"그래, 태인도서 왔다고 혔당가?"

"예, 그렇당께요."

"그럼 어디어디를 둘렀다가 온 기여?"

"예, 악양서부터 짐을 폴다가 화개면과 토지면을 댕기서 왔당께요."

"그러모 악양 조 부잣집도 댕기 왔당가?"

그 말을 일석이 받아서 말했다.

"예, 댕기 오기는 혔는디요. 그 집 바깥양반의 후헌 인심 땜새 편히 하룻밤 신세 지고 왔지라."

"그분들도 전에는 대단헌 세도가였지라."

김 개묵이 약간의 짬을 들인 후에 궁금한 것이 있는지 그들에게 물었다.

"근디 태인도 짐 양식허는 디도 왜놈들이 설친담시로?"

"워매, 말도 마시랑께요. 모다 왜놈들 지들 시상인디요? 머."

"글먼 짐밭도 좋은 디는 왜놈들이 다 차지해 뿌렀겄네?"

"그렇당께요. 심읎는 조선 사람들이 어쩔 수가 있당가요?'

"그거이 다 나라 읎는 서룸 아이겄당가?"

그러면서 김 개묵이 읽던 책을 뒤적이자 김유원이 책 제목을 알아보고는 반색을 하며 말했다.

"그 책 손자병법 아이당가요?"

"맞네, 그런디 자네가 이 책을 읽어 본기여?"

"예, 어르신, 지 조부님이 한학을 좀 허시서 지 집에 있는 거를 자주 읽어 봤당께요."

그러자 옆에 있던 일석이 웃으며 말했다.

"말도 마시랑께요. 그 책 땜시로 이 친구 벨멩이 '워리'가 됐당께요."

"뭐시, 워리? 그거이 개 부리는 소리 아인기여?"

일석이가 친구 별명 부르는 것이 신이 나서 대답했다.

"그렇당께요. 이 친구는 호를 자기가 지어부렀당께요. 동주라나, 머라 혔는디요."

"동주라? 호 치고는 생소헌 혼디. 워째 그런 호를 짓당가?"

"어르신, 지가 멀 알겄십니까마는 손자병법을 읽어 보몬 월나라 구천이가 오나라 부차헌티 나라가 망허고서 원수를 갚을라꼬 곰 쓸개를 걸어놓고 맛을 봄시로 절치부심허지 않었당가요? 그럼시로 고생을 허다가 결국 원수를 갚지 않었겄시요?"

김 개묵이 김 장수치고는 책을 읽어서 유식하다는 것을 알고 놀랍다는 표정을 지으며 말했다.

"자네, 예사 짐 장수가 아인가 벼. 그래서 오나라와 월나라의 원수지간인 사람들이 같은 배를 탔다는 '오월동주'라는 고사에서 따온 호란 말인 기여?"

그러자 유원이가 머리를 긁적이며 겸연쩍게 대답했다.

"예, 맞는 말이랑께요. 지가 조상 대대로 물러받은 김밭을 왜놈들헌티 뺏기고 올매나 억울혔던지 눈물이 다 나더랑께요. 그런디 나라 읎는 놈이 억울허다꼬 워쩐당가요? 우리는 우찌 됐건 간에 할 수 읎이 왜놈들과 항캐 짐양식을 했씽께로 같은 배를 타고로 덴 거 아이겄당가요? 그래서 지는 언젠가는 우리나라가 왜놈들헌티 원수를 갚고, 꼭 독립허고야 말 끼라는 희망을 안 내삘라꼬 그런 호를 지었당께요."

"무신 말을 허는지 잘 알겄지라. 자네가 그런 속 짚은 맴을 징기고 있었던 기여? 근디 워리란 별명을 또 먼다꼬 붙인 기여?"

"예, 그거이는 오월을 풀어서 오월이로 부리모는 워리허고 말이 비슷허당께요. 그래서 친헌 친구들끼리는 지 호를 동주라 부리고로 허고, 왜놈들이 보는 앞에서는 그놈들이 눈치 몬 채고로 헐라꼬 워리라 부리게 혔당께요."

"허허, 그런 기여. 참 재밌고마이."

김 개묵은 뜸을 들이다가 무언가 생각이 난 듯이 말을 했다.

"자네, 참 재미있는 사람이제라. 짐 폴로 댕기다가 여가가 있으몬 자주 우리 집에 들리모 쓰겄지라이."

"예, 어르신, 말씸만 들어도 고맙지라."

두 사람은 머슴들과 같이 점심을 먹고 나서 김유원이 머슴방에서 낮잠을 청하려고 하는데 일석이 농을 던졌다.

"허이, 워리 친구, 한심 잘라꼬?"

"그려, 자네는 같이 안 잘랑가?"

"내는 댕기 올 디가 있잉께로…. 자네나 한심 푹 자랑께."

"어디 갈 끼여?"

"어지 여거 옴시로 상시골에 우리 이모가 산다고 허지 안혔당가?"

"시방 거기 가 볼 끼여?"

"그렇네, 다녀옴세. 자네나 푹 쉬랑께."

김유원이 낮잠을 한숨 자고 나자 김 개묵이 무슨 할 이야기라도 있는지 그를 사랑방으로 불러들였다.

"이적지[46] 머허고 있었당가?"

"예, 헐 일도 읎고 혀서 낮잠이나 자부렀지라."

"내가 헐 이야기가 있어 그렁께로 편히 앉으시랑께."

"예, 어르신 무신 허실 말씸이라도 있당가요?"

"별거이 아이고, 자네 하동장에 자주 댕기는 기여?"

"예, 태인도 사람들은 모도 하동장에 자주 댕기지라."

"이참에도 짐 폴고 집에 돌아갈 적에 하동에 댕기 갈 참인 겨?"

"그러믄요, 댕기 가고말고요."

"그러모 내가 자네를 믿고 부태기 하나 해도 되겄능겨?"

"말씸만 허시랑께요. 어느 어른 부택인디 거절허겄당가요?"

"김 씨, 혹시 그기 하동 광평 근치에 있는 광양상점을 아시는 기여?"

"예, 알고 말굽쇼. 어물허고 잡화 포는 상점 말씸허시는 거 아입니꺼? 잘 알제라."

김 개묵은 종이 한 장을 꺼내서 김유원이 보는 데서 봉하고는 그것을 건네주며 말했다.

"광양상점 주인은 내가 잘 아는 사람이랑께. 근디 그 사람헌티 질 좋은 굴비를 좀 주문헐라고 허는디…. 이걸 좀 전해 주겄당가?"

"예, 그거이 머신지는 몰라도 틀림읎이 잘 전해 디리겄씨요."

---

46) 아직까지

"별거는 아이고…. 어음일세. 내가 자네를 믿고 부택허는 것잉께로 자네가 집으로 돌아가는 짐에 하동에 들리서 잘 전해 주랑께."

"예 예! 잘 얼겄씨요. 걱정일랑 꼭 붙들어 매부랑께요."

유원은 김 개묵이 전하는 어음을 등짐 속에 잘 접어서 넣어 두었다.

*

갈사만 일대의 김 양식 어민들과 일본인들이 합작으로 해태조합을 설립하고 나서 염치수는 해태조합에 근무하면서 김 양식장의 배정과 관리. 그리고 양식장에서 공동으로 필요로 하는 장비나 도구를 구입하는 등의 일을 맡아보고 있었다.

용덕부락에 해태조합이 설립된 뒤부터는 일본인들과 조선 어민들과의 갈등도 해소되고, 갈사만 일대의 어민들 사이에 김 양식장 배정으로 인한 갈등은 거의 일어나지 않았다.

그 까닭은 염치수가 주도하여 갈사만 일대서 김 양식을 하는 조합원들의 김 양식장 배정과 관리에 관한 의견을 잘 조정하여 해태조합을 운영했기 때문이다.

염치수는 먼저 갈사만 일대의 김 양식장에서 일본인들의 몫을 제외한 김 양식장 중에서 조수의 흐름이 좋아서 김이 잘 자라고 동네에서 가까운 곳에 위치하여 입지조건이 좋은 곳은 소규모단위로 구획을 나누었다. 그런 뒤에 이곳을 전 조합원들에게 같은 면적으로 배정하고 3년을 주기로 돌아가며 관리하도록 하였다.

그리고 그 외의 김 양식장은 조합원들의 희망과 노동력 동원 정도에 따라 김 양식장 면적을 신청받고, 추첨으로 배정하여 김 양식 조건을 공정하게 부여하여 조합원들 사이에 불만이 없도록 세심한 주의를 기울였다.

이리하여 갈사만 일대의 조선인 어민들은 김 양식장 면적이 넓어져서 예전보다 높은 수익을 올리게 되었다.

그런데 조수의 흐름이 빨라 김 양식을 할 수 없는 큰디 갯벌에는 호미로 긁기만 해도 허연 배를 드러내고 올라오는 백합이나 고막, 바지락, 우럭 조개 등이 많이 잡혔고, 불통 조개는 지천으로 널려 있었다.

갈사만 어민들은 김 생산을 끝마치면 별로 할 일이 없었다. 그래서 어민들은 이곳에서 조개를 캐서 하동장이나 광양장과 인근 5일장에 내다 팔았다. 그리고 섬진강 하구나 남해 앞바다로 배를 타고 나가 고기를 잡아 팔아서 일 년 내내 꾸준히 수익을 올릴 수 있었다. 이로 인해 갈사만 일대에 사는 어민들의 생활 수준은 더욱 높아졌다.

용덕부락에 해태조합이 생기고 나서 경제사정이 좋아진 조합원들은 여유 있는 돈을 조합에 출자하기 시작했다. 그리하여 목돈이 모이면 그 돈을 굴려서 수익을 올리기도 하고, 조합원들 자신이 그 돈을 이용할 때에는 싼 이자로 이용하는 신용사업을 하여 그들의 경제사정은 더욱 윤택해져 갔다.

그에 따라 용덕 해태조합의 신용사업 업무가 많아지면서 이 일을 전담하기 위해 직원이 한 사람 더 필요하게 되었다. 그런데 염치수의 아들 준성이 갈사만 일대서는 중학교를 졸업한 유일한 사람이어서 그 자리에 들어가게 되었다.

염치수는 자기가 출자한 돈과 조합원들이 해태조합에 적립한 자금을 빌려서 그 당시에 아무도 가져보지 못했던 발동선을 구입하였다.

염치수가 구입한 발동선은 빠르기도 하였지만, 풍향이나 기후조건에 구애받지 않고 그물을 칠 수 있어서 전어 떼나 멸치 등의 고기를 쉽게 잡을 수 있었다. 그리고 원하면 물때와 상관없이 언제든지 바다에 나가서 고기를 잡을 수 있어서 다른 어부들보다 높은 수익을 올리게 되었다.

염치수는 둘째 아들 준경과 같이 아침 일찍 이슬이 깨기도 전에 서늘하게 부는 가을바람을 기분 좋게 마시며 배를 몰고 섬진강 하구로 나갔다. 큰디 아래에 있는 마도 앞에 가보니 시꺼먼 전어가 떼를 지어 잔물결을 일으키며 몰려다니는 것이 보였다.

"아부지, 저거 전애 떼가 시커머이 떼를 지아 모있십니더."

"전애 떼가 제북 크재? 얼른 그물 챙기라이."

염치수는 전어 떼를 보고 신이 나서 통통배를 빨리 몰아 전어 떼 가까이로 갔다. 그는 배의 키를 돌려 전어 떼 주위를 돌게 하고는 소리쳤다.

"준겡아! 인자 됐다. 그물을 떤지라."

아들이 그물을 던지자 염치수는 전어 떼를 보아가며 전어 떼가 흩어지지 않게 배를 몰고, 준경은 배의 속도에 맞춰 그물을 바닷물 속으로 풀었다. 그는 배를 몰아 그물로 전어 떼 주위를 다 둘러싸고 나서 또 소리쳤다.

"인자 전애 떼를 다 둘러쌌다. 닻을 떤지고 그물을 땡기라."

염치수는 아들과 같이 그물을 힘껏 잡아당겼다. 그물에 전어가 많이 들었는지 그물을 당기기가 여간 힘들지 않았다.

"아따! 전애가 억수로 마이 든 거 갑다이. 준겡아, 네도 팔뚝에 심이 마이 들재?"

"예! 아부지, 이번에는 한 그물만 땡기도 전애를 한 배 다 채우겄십니더."

"허어 허! 전애가 그렇기나 마이 잽혔나? 저 허여이 폴똑끼리는 전애 떼 좀 보래이. 보기만 해도 배가 부리다 아이가?"

두 사람이 그물을 걷어 모으자 좁혀진 그믈 안에서 은빛으로 반짝이는 전어가 하얀 배를 드러내며 팔딱거렸다. 염치수가 그물에 갇힌 싱싱한 전어를 그물채로 떠서 어창에 옮기고 나니 어창이 단번에 가득 찼다.

염치수는 통통배를 이용하여 힘 안들이고 전어를 잡아 어창에 그득히 채우고 나니 전어부자가 된 것 같아 기분이 아주 좋았다.

"통통배가 좋기는 존 기라이. 준겡아 그렇재? 그물질 딱 한번만에 어창을 다 채아뼀다 아이가? 전에 돛배 겉으모 택도 읎재이. 통통통통! 소리만 들어도 와 이리 기분이 좋내?"

그는 기분이 너무 좋아서 혼잣말을 하며 배를 몰고 선창가로 돌아왔다.

그는 아침밥을 먹고 나서 배를 선창가에 대고 하동장에 같이 타고 갈 동네 사람들을 기다리고 있었다. 용덕동네에서 배가 없는 사람들이 하동장에 장 보러 갈 때는 뱃삯을 조금씩 내고 자기 배를 이용했기 때문이다.

염치수의 배에 동네 사람들이 거의 다 탔을 때 황 구장 부부가 대나무 가지로 덮은 갈치 상자를 지게에 지고 선창가로 걸어왔다.

"어이, 황 구장, 빨리 오이라. 너 내우 땜에[47] 배를 몬 띠았다 아이가?"

"늦어서 미안허네. 내만 타모 다 온 기가?"

"우리 동내서 늘 꾸물대는 굼뱅이가 자네 말고 또 누가 있나? 이 사람아."

그때 갑자기 누군가가 자기 집 울타리 밖을 넘겨다보며 염치수를 부르는 소리가 들려왔다.

"염 주사, 쪼깸만 가다리라이. 내도 장에 갈 끼다."

염치수가 소리 나는 쪽을 보니 나루터 가까이 살고 있는 김수만이었다. 그는 전어를 소쿠리에 담아서 지고는 급히 염치수의 배로 달려왔다. 그러자 황 구장이 반가운 우군이라도 만난 듯이 말했다.

"머시? 내가 굼벵이라꼬? 내보담 더 느린 굼벵이는 따로 있었내."

그러자 배에 타고 있던 사람들이 모두 한바탕 웃었다. 이삼도의 아내 태인도댁이 김수만이 지게에서 내려 싣는 전어 소쿠리를 보고는 농담을 건넸다.

"그것도 전애라고 잡아서 폴라꼬 하동장에 가는 기요? 저 뒤 어창에

---

47) 내외 때문에

가서 염 주사가 잡아 온 전애가 얼매나 많은지 기경이나 한번 허고 오소."

그 말을 들은 김수만도 싱글벙글 웃으며 농담을 받았다.

"그것도 쎄가 빠지고로 노 젓어서 잡은 기요. 사람 팔심으로 잡는 기 통통배로 잡는 거하고 같을 수가 있겄능기요? 남 부애 돋구는 거또 아이고…. 고마 시끄럽소."

"허기사, 그래서 통통배가 좋기는 존 기재이."

이삼도가 자기 아내의 말을 듣고 염치수가 통통배를 가진 것이 부럽다는 듯이 말했다. 그 말에 황 구장도 맞장구를 쳤다.

"맞아, 그렁께로 머 그리 빨리 서둘러 쌀 거 있나? 염 주사 너 통통배는 물 때 안 맞차도 마음대로 댕기는 배 아이가?"

그 말을 들은 황 구장의 아내 삼내댁이 말을 거들었다.

"하모, 그래서 통통배가 체고지예? 썰물을 치받음시로 하동장에꺼정 차고 올라가는 배는 통통배뿌이다 아입니꺼?"

삼내띠의 말에 모두들 옳다는 듯이 깔깔대며 웃었다.

염치수의 통통배는 망덕에 들러서 하동장에 가는 몇 사람을 더 태우고 신방촌과 신월을 지나 신기 나루터에서 닻을 내렸다. 다들 자기 짐을 챙겨서 이고지고 강둑을 넘어서 하동장으로 갔다.

그들은 배에 싣고 온 조개나 고기를 하동장에서 생선 장수에게 한꺼번에 팔아넘기거나 자기가 직접 장터에 자리를 잡고 앉아서 팔기도 하였다.

염치수는 어창에 살려서 싣고 온 싱싱한 전어를 소쿠리에 담아 지게 가득히 지고 가서 싸게 가격을 부르자 함지에 생선을 받아서 파는 아낙네들이 몰려와서 순식간에 다 사 가버렸다. 그는 시장의 이곳저곳을 돌며 필요한 물건을 사고 나서, 황 구장을 찾아내어 막걸리 집에 같이 들렀다.

"오늘은 내가 한잔 삼세. 안주는 머가 조꼬?"

"암캐도 가실에는 전어 꾼 기 안 낫겄나? 집 나갔던 메누리도 전어 냄새 맡고 돌아온다 안 카더나?"

"그래, 그러모 전어로 허세. 그런디 혹시 내가 판 전어를 도로 우리가 사 묵는 거 아인가 모리겄내."

"그러모 더 잘 뎄지. 안 그런가? 술 사는 거 봉께로 오늘 전엇값을 잘 쳐서 받았능가 보내."

"하모, 재미 좀 봤재. 술값 걱정은 허지 말고 술이나 실컷 들게."

두 사람은 전어구이를 시켜 먹으면서 술잔을 주거니 받거니 하고 술을 마셨다. 그러다가 황대성은 궁금한 것이 있어서 염치수에게 물었다.

"친구, 그런디 자네가 그 통통배를 사서 몰아 봉께로 수지가 맞덩가? 지름 값이 술찮이 들 낀디?"

"지름 값이야 마이 들재. 그래도 게기를 얼매나 더 마이 잡는다고…. 그러닝깨 남는 기 더 만채."

"그러모 내도 통통배를 한 대 모아 보까?"

"야, 이 사람아, 진작에 그런 생각을 했어야재. 자네도 모아 놓은 돈이 있일 꺼 아인가? 그 돈에 나머지는 조합에서 빌리모 델 끼네."

"그러모 자네 아들내미 준성이헌티 돈 빌리는 거 좀 부탁허모 데겄나?"

"그거는 내가 한번 알아 보깨. 친구 존기 먼가?"

염치수가 자기 아들 준성이 말에 생각난 것이 있다는 듯이 화재를 돌렸다.

"그런디 시방도 자네 아들 덕출이를 학교에 보낼 생각이 없나?"

"한재꺼지 공부허로 갈라모 학교도 멀고, 왜늠들헌티 머, 배울 끼나 있겄나?"

"야, 이 사람아, 아들 자랑허모 팔불출이라꼬 허더라마는 우리 아들 준성이 안 밨나? 춥운 삼동에 짐발 뜯는다고 뻘 묻힘시로 손 시리고로 고생 안 해도 붓대가리만 놀리 갖고 돈을 마이 버린다 아이가?"

"그거는 그래…. 자네는 조합에 나감시로 꿩 묵고 알 묵고 헝깨로 조을 끼라."

"명년부텀 노량에도 보통학교를 새로 지서 아들을 가리친다고 들었네. 자네도 인자 고집 고마 부리고 덕출이를 학교에 보내게. 학교에서는 나이가 든 애들도 받는다고 헝깨로 형편 데는 대로 보내게. 자네가 돈이 없능가, 집이 없능가?"

"그렇기는 헌디…. 그 이야구는 이 담에 허기로 허세."

그때 두 사람이 술을 마시고 있는 주막 앞으로 김수만이 장거리를 지고 지나갔다.

"어이, 수마이, 이리 오게. 한잔 허고 천처이 가세."

김수만은 지게를 술집 건너편 길가에 받쳐 세우고 주막으로 들어왔다.

"두 구장님이 한잔 험시로 동내 팔아물 궁리들 허십니꺼? 물때 맞출 생각은 안 허고 처지게 늘어져서 술만 마시모 뎁니꺼?"

그러자 황대성이 얼굴에 웃음을 띠며 말했다.

"자네는 아직꺼정 돛단배 타고 온 줄 알재? 우리가 머 믿고 이리 나자빠져서 술 마시고 있겠나? 만년 구찌[48] 통통배가 있다 아이가?"

그러자 김수만은 갑자기 머리에 생각이 떠올랐다는 듯이 말했다.

"아, 참, 맞네요. 통통배 타고 온 걸 고마 까무뿠네요."

"마, 한 잔 마시고 퍼뜩 나가서 동내 사람들도 불러와서 같이 한잔 허고 천처이 가세. 오늘 염 주사가 한 턱 씬단다."

염치수는 동네에 사는 다른 사람들도 같이 술집으로 불러와서 거나하게 술을 마시고는 통통배를 타고 오면서 아리랑 타령과 육자배기를 신나게 부르며 용덕으로 돌아왔다.

*

바구는 지난번에 박 양이 아팠을 때 박 양을 그의 자취방까지 부축하여 데려다주면서 난생처음으로 여자의 체취를 맡아 보았다. 박 양을 부축해 가면서 박 양의 긴 머리카락이 바람에 그의 코끝을 스칠 때마다 비록 싸구려 화장품 냄새이기는 해도 그의 말초신경을 흥분시키기에는 충분했다.

그날은 박 양을 집에 데려다준 뒤에 그냥 돌아왔다. 그런데 그 뒤로

48) 만년구짜. 믿을 만하고 변함이 없어 오래 만난 사람. 또는 오래 두고 쓴 물건.

바구는 박 양에 대한 별별 상상을 다 해 보다가 잠을 설친 일이 한두 번이 아니었다.

바구가 박 양을 부축하여 그녀의 자취방에 들어갔을 때 그의 코끝을 스치던 옅은 화장품 냄새와 그가 본 방 한구석에 가지런히 놓여 있는 침구와 그 옆의 벽에 있는 화장대 등의 단출한 가구에서 풍겨 나온 그녀의 체취가 숫총각의 가슴속에 간직하고 있던 사랑의 감정을 흔들어 놓았던 것이다.

바구는 박 양과의 접촉이 있었던 뒤부터 자기 동네에서 배를 얻어 타고 망덕에 도착하여 배에서 내리자마자 곧장 정다방으로 가서 다방에 들어갈 기회만 엿보며 주위를 맴돌았다. 그러다가 구두닦이 삼식이 대신 구두 닦을 손님을 찾거나 닦은 구두를 손님에게 돌려주러 다방에 갈 때마다 박 양에게 다가가서 일부러 말을 걸거나 관심을 끌려고 허튼수작을 부렸다.

어떤 날은 시장통에서 얻어먹은 술에 취하기라도 하면 비틀걸음으로 다방 안으로 들어와 박 양에게 노골적으로 농담을 걸거나 그녀를 스쳐 지나가는 척하다가 일부러 부딪쳐서 커피를 쏟기도 하였다. 이런 일이 잦아지자 다방 여주인이 바구를 귀찮게 여기기 시작했다.

정다방 여주인 김 마담은 어디서 온 여자인지, 어떤 사연이 있는 여자인지는 사람들에게 잘 알려지지 않았다. 다만 상당한 미모에 혼자 사는 여자라는 정도만 알려져있었다.

그녀가 망덕의 정다방에 오기 전부터 망덕에는 일본인들이 큰디에서 백합양식을 하여 재미를 톡톡히 보아서 상당한 재력을 가진 사람들이 드나들기 시작했다. 그들 중에서도 일본 시모노세키에서 건너왔다는 사카무라라는 사람이 손꼽히는 부자였다.

사카무라는 돈이 많으면서 인맥을 넓히려고 광양읍이나 여수, 하동읍 등지로 왕래하면서 행정공무원이나 경찰들과 유대를 돈독히 해온 사람이었다. 그래서 인근에서는 그를 마당발이라고 하여 발이 넓기로 소문이 나 있는 사람이었다.

그는 정다방에 사업관계로 출입이 잦았고 김 마담과는 그렇고 그런 사이라는 소문이 망덕 일대에 파다하게 퍼져 있었다.

김 마담은 처음엔 바구를 잔심부름이나 하는 아이 정도로 여겼으나 점점 커 가면서 박 양에게 주제도 모르고 추근거린다는 것을 눈치채고 있었다.

김 마담은 언젠가는 바구에게 한번 주의를 주어야겠다고 생각하고 있었는데 비 오는 어느 여름날 마침 그럴만한 일이 벌어졌다.

그날따라 바구는 용덕으로 가는 배가 있었는데도 집으로 돌아가지 않고 어디서 술을 마시고 다녔는지 술에 잔뜩 취해서 비틀거리며 다방 안으로 들어왔다. 그는 테이블 앞의 나무의자를 거칠게 꺼내서 걸터앉으며 거나한 목소리로 박 양에게 커피를 주문했다.

"어이, 박 양, 여거 코피 한잔 가지 온나."

"..."

박 양이 바구를 힐끗 쳐다보고는 일부러 커피 잔을 씻으며 아무 대꾸도 하지 않고 딴청을 부렸다. 그러자 바구는 갑자기 고함을 지르며 자기를 무시한다고 행패를 부리기 시작했다.

"야! 박 양! 내 말이 안 들리냐? 이 가시나가요. 퍼뜩 코피 안 가와."

"…"

그래도 박 양이 아무 대꾸를 하지 않자 다방 분위기가 험악해지기 시작했다. 그때 행색으로 보아 외지에서 온 듯한 일본인 상인이 테이블에 앉아 커피를 마시다가 마담을 불러서 다방 안의 소란에 대해 항의했다. 그러자 김 마담이 바구에게 다가가서 조용히 해 달라고 요청했다. 그래도 바구는 막무가내로 행패를 계속 부렸다.

바구는 거의 인사불성이 되어 눈을 가슴츠레하게 뜨고는 누군가가 자기에게 시비를 걸어 주기를 바라기라도 하고 있었다는 듯이 일부러 주먹으로 테이블을 탕탕 치며 시비를 걸었다.

"김 마담요, 시방 누가 내보고 머라 캐 쌌는 거 아이요?"

마침 그때 다방에 와 있던 사카무라가 바구를 제지하고 나섰다.

"이봐요, 젊은이, 술이노 많이 취했으무네다. 좀 조용히 하무노 아니 되겠으무네까?"

그러자 바구는 더 기세등등하여 반말하며 대들었다.

"야 임마, 니가 머꼬? 와 남우 일에 시비고? 박 양! 커피 빨리 안 내와?"

그래도 사카무라가 끈기 있게 참으며 말했다.

"젊은이, 자꾸 그러무노 안 되무네다. 이렇게 행패를 계속 부리무노 경찰을 부르겠스무네다."

"그런디 와 자꾸 당신이 시비야. 내가 박 양 신랑이다. 와? 아적도 그거또 몰랐나? 니가 그걸 알고나 까불아. 박 양! 빨리 커피 갖고 안 와?"

그러자 사카무라는 더는 참지 못하고 바구를 힘으로 제압한 뒤 다방에 있는 손님들과 힘을 합쳐서 바구를 끌고 인근 주재소로 데려갔다.

대체로 정다방에서 늦게까지 남아 시간을 보내는 사람들은 대부분이 망덕에서 백합양식을 하는 일본인이거나 아니면 수산물 장사를 하는 중도매상들이었다. 그에 비해 조선인 손님은 드물었다. 그런 정다방에 바구가 들어가서 행패를 부렸으니 그러잖아도 조선인을 무시하던 일본인들이 그를 그냥 둘 리가 없었다.

다음 날 아침, 바구는 눈을 뜨고 일어나서 주위를 둘러보고는 자기가 자던 방이 이상하다는 것을 느꼈다. 바구가 본 천장은 낡은 서까래에 흙을 바른 시커먼 자기 집 천장이 아니었다. 그는 콘크리트 천장과 벽에 유리 창문이 달려 있다는 것을 보고 여기가 주재소 감방이라는 것을 금방 알아차렸다.

바구는 정신을 차리고 나서 아무리 생각을 해 봐도 자기가 어떻게 해서 여기까지 오게 되었는지 잘 기억이 나지 않았다. 어렴풋이 기억에 남는 것은 어제 술에 취해 정다방으로 가서 박 양을 만나려고 소란을 피웠던 일뿐이었다.

오전 9시경이 되자 일본 순경 두 사람이 나타나서 그를 취조하기 시작했다. 일본 순경은 바구에게 어제저녁에 자기가 정다방에서 일본인을 폭행한 죄로 고소를 당했다는 것을 과장하여 설명했다. 잠시 뒤에 일본 순경은 그를 독방으로 끌고 들어가 몽둥이로 가혹한 고문을 가하기 시작했다.

"감히 조센징 주제에 일본인을 폭행해? 빠가야로."

바구는 망덕주재소에서 하루 종일 일본 경찰에게 모진 고문을 당했다. 그리고 걸음을 제대로 못 걸을 정도로 방망이 세례를 받았다. 그는 다시는 정다방에 가서 박 양이나 손님들에게 행패를 부리지 않겠다는 내용으로 일본 경찰이 써 준 각서에 손도장을 찍고 나서야 겨우 풀려날 수 있었다.

그 일이 있고 난 뒤로 바구는 망덕에 거의 나타나지 않았다. 망덕에 오더라도 감히 정다방 근처에서 서성거리지는 않았다. 그리고 일본 경찰에게 죽도록 맞고 나서야 일본인 경찰의 위력이 얼마나 대단한지를 실감하게 되었다.

바구는 이 사건이 있고 나서부터 배운 것 없고, 돈 없는 자신이 남에게 무시당하지 않고 살길이 무엇인지 생각하게 되었다. 그가 내린 결론은 어떻게 하든지 수단 방법을 가리지 않고 일본인의 힘을 빌려서라도 권력에 가까워지는 길밖에 없다는 것을 깨달았다. 그는 어떻게 하던지 권력을 쥐는 방도가 없을까하고 궁리하기 시작했다.

바구는 망덕 정다방에서 소란을 피우다가 일본 경찰에게 붙잡혀가서 고문을 당한 뒤에는 주로 하동노량으로 가서 시간을 보냈다. 노량 부둣가에서 예전에 망덕에서 했던 것처럼 남의 술이나 음식을 얻어먹으며 마치 예전부터 노량에 살기라도 했던 사람처럼 텃세나 부리고 지내는 것이 그의 새로운 일과가 되었다.

그리고 그는 금남면 주재소 근처를 맴돌면서 일본 경찰의 비위를 맞추거나 잔심부름을 하여 환심을 사려고 무진 애를 썼다. 그러면서 한편으로는 힘없는 조선인들에게 괜한 시비를 걸거나 심사 부리는 일을 낙으로 삼고 지냈다.

일제강점기에 일본인들은 조선의 임산자원을 수탈하기 위하여 1918년 임야조사령을 공포하여 임야조사를 시행하였다. 조선인들이 자기 산의 소유권을 가지기 위해서는 이 조사기간 동안에 자기 산지를 신고해야 그 권리를 인정한다는 것이다.

그런데 일본인들은 이 제도를 시행하면서 조선인들에게는 일부러 제대로 알리지 않았다. 뿐만 아니라 조선인들이 신고할 기회를 주지 않기 위해 면사무소 게시판에 조그만 종이에 작은 글씨로 써서 짧은 기간 동안만 공고하였다.

그러고 있다가 신고 기간이 지난 뒤에 조선인들에게는 통보도 하지 않고 자기들 마음대로 임야조사를 시행했다. 그들은 조선인들이 이 기간 동안에 신고하지 않은 임야는 조선인 산주도 모르게 자기들 마음대로 조선총독부 소유로 등록해 버렸다.

금남면과 진교면, 고전면 중간에 위치한 소-산은 조선 시대 이후로 삼림관리가 잘되어서 아름드리 소나무들이 빽빽하게 들어서 있는 산이었다. 이 소-산도 임야 조사기간 동안에 대부분의 산지가 조선총독부 소유로 넘어가 버렸다.

그런데 이 사실을 소-산 주변 산주들이 알게 된 것은 예전처럼 자기 산에 나무를 하러 갔다가 산림경찰관의 단속을 받고 나서부터였다. 그제야 그들은 자기 산이 총독부 소유로 넘어가게 된 것을 알게 되었다. 조선인 산주들은 너무도 억울하여 면사무소에 가서 항의도 해 보았지만 아무 소용이 없었다.

일본인들은 이에 더하여 조선인을 산림관리인으로 채용하여 소-산 일대의 산림을 더욱 철저하게 관리하며 입산 금지 단속을 강화했다.

망덕에서 정다방 박 양 사건으로 일본 경찰에게 혼이 난 뒤로 허구한 날 노량으로 와서 금남면 주재소 주위를 맴돌며 일본 경찰과 수시로 내통하고 지내던 바구는 한 가지 중요한 정보를 알게 되었다.

그동안 소-산 산림관리인이었던 삼내 사는 김 씨가 산림관리에 태만하여 그 자리에서 물러난다는 소문이었다. 바구는 자기가 후임 산림관리인이 되기 위하여 '모리' 산림경찰관의 뒤를 따라다니며 온갖 아양을 다 떨었다.

모리 순경은 소-산의 산림관리를 철저히 하기에 적합한 조선 사람을 새로 찾고 있었다. 지난번 산림관리인이었던 삼내 김 씨는 자기 소임은 착실히 잘했지만, 마음이 모질지 못하여 입산 금지를 위반한 사람을 찾아내고도 주재소에 보고하지 않고 넘어가는 경우가 있었다. 그로 인해 산에 있는 아름드리 소나무를 도벌해 가는 경우가 있었기 때문에 그를 경질할 수밖에 없었다.

모리 순경은 소-산의 철저한 산림관리를 위해 조선인 중에서도 약삭빠르고 고자질 잘하는 사람을 찾고 있었는데, 바구가 그 조건에 딱 들어맞았던 것이다. 이리하여 바구는 마침내 그가 꿈에도 바라던 권력이라면 권력이라 할 수 있는 금남면 일대의 산림관리인이 되었다.

*

김유원과 정일석이 배를 타고 망덕에 있는 해태조합에 볼일을 보러 왔다가 부둣가에 있는 선술집에서 술을 마시고 있었다.

"자네, 요새 멍디 사람들이 통통배를 산다꼬 날리던디…. 그런 소문 들어 밨당가?"

일석의 말에 유원이 고개를 끄덕이며 말했다.

"들어는 밨는디 멋 땀시 그런당가?"

"자네는 짐 양식도 마이 허고, 짐 장사도 잘 혀서, 돈이 술차이 많을 낀디…. 짐 양식허는 일도 수울키 허고, 게기도 마이 잡을라모 심 센 통통배를 사는 기 안 낫겄나 혀서 허는 말이시."

"글씨, 우리나라 사람들이 맨딘 배라모 고까짓 거 당장 배 한 척 사부렀지. 근디 왜놈들이 우리나라 사람들이 그런 배를 몬 맨딜고로 헌기 분해서 통통배를 사기 싫다 이 말이여. 내사 머, 짐 양식허고 우럭이나 잡음시로 살몬 뎄지. 왜놈들이 맨딘 통통배는 머 헐라꼬 산당가? 살라모 자네나 사랑께."

"요새 겉은 전어 철에 통통배 한 척 있이모 데낄[49] 아이겄당가?"

"내가 만일 통통배를 사모 왜놈들헌티 왜지름도 사 써야 헐 거 아인가 벼? 긍께 왜놈들만 존 일 시는 기여. 그러모 쓰겄냐? 이 말이시."

---

49) 진짜 좋은 것

그때 노란 완장을 찬 바구가 술집으로 들어서며 두 사람을 보고 싱글벙글 웃는 얼굴로 반색했다.

"아이구, 태인도 어르신들께서 한잔들 허시는가 보내요?"

"바구 이 사람, 개 버릇 남 몬 준다 허더이만…. 염치불구허고 남의 술자리에 끼모 데는 기여?"

일석이 반갑지 않다는 듯 핀잔을 주었다.

"아따, 점잖은 어르신네들이 인심 애끼서 존 일 있능 기요? 내도 한 잔헙시더."

"자네, 그런디 팔에 차고 있는 그 완장은 모라고라?"

"아! 이거요? 노량 주재소에 게시는 모리 순경헌티서 보도씨[50] 구헌 긴디요. 대일본 천황폐하의 산을 지키는 산림 보초가 차는 완장 아인 기요?"

바구는 오른팔에 찬 완장을 자랑삼아 으스대듯이 내밀어 보였다. 그것을 보고 금방 눈치를 챈 유원이 못마땅하다는 듯 주위를 둘러보며 목소리를 낮추어 말했다.

"자네, 인지 일본 사람 다 덴 기여? 일본 경찰헌티 꼬랑대이 쳐서 완장 얻어 차고 경찰 심 믿고 조선 사람들헌티 해꾸지헐라꼬 그런 거 아니여?"

"아입니더. 구장님도 참, 내는 그런 거 안 헐라고 허는디 모리 순경이 하도 허라꼬 해서 그리했다 아입니꺼?"

---

50) 겨우

그 말을 듣고 있던 일석이 일침을 놓았다.

"자네, 요새 멍디는 잘 안 오더이만…. 인지 노량서 일본 순경 믿고 설치는 거 아니여?"

"거서 설치는 기 아이고 대일본 천황폐하님께 충성을 다허는 기지예. 사실 요새 노량에는 여수로 댕기는 배가 많아짐시로 노량이 멍디보담 노는 마당이 상구 낫지예. 인자 멍디는 그따 대모 촌이요, 촌. 큰 게기는 큰물에 놀아야 허는 거 아입니꺼?"

바구는 연방 큰소리를 치면서 남이 따라 주지도 않은 술을 스스로 부어 마시며 넉살을 떨었다.

사실 이때쯤에 일본이 전라북도 익산에서 여수까지 전라선 철도를 개통하고 나서, 호남지방에서 생산되는 쌀과 면화 등의 경제적 수탈을 목적으로 여수항을 개발하기 시작했다.

그리고 시모노세키에서 여수까지 왕래하는 연락선인 창복호가 운항되고 일본이 여수를 군사, 해상 물류 관점에서의 중요성을 알고 개발하면서 여수와 인근 지역의 물동량이 급속도로 증가하고 있었다. 그래서 노량에도 하동지방에서 나는 농·수산물을 여수로 실어 나르기 위해 사람과 화물을 실은 배가 자주 드나들게 되었다.

유원은 바구가 일본 놈들의 앞잡이가 되어서 산을 지킨다는 구실로 조선 사람들을 괴롭힐 것이 뻔하다는 생각이 들자 속이 편하지 않았다.

"바구 자네, 전에 정다방에 있는 박 양헌티 반해서 자네 집 살림을 몽땅 갖다 바치부렀다 허디마…. 요새는 박 양도 가고 읎는디 먼다꼬 멍디에 왔당가?"

"참, 구장님도, 저 보고 바구, 바구 해쌌지 마이소. 제가 이래 뵈도 천황폐하의 산림을 관리허는 황봉삼입니더. 인자부텀 황 관리로 불러주이소. 그라고 어디 여자가 박 양뿐입니꺼? 돈만 있이모 여자야 천지 삐까리지예."

그러자 유원이 정색하고 말했다.

"자네, 긍깨로 조선 사람 등쳐서 여자 밑에 처넣을 돈 맹길라고 일본 순경헌티 붙어서 그 완장 얻어 찬 거 아니여?"

바구가 묘한 미소를 지으며 점잖게 말했다.

"아입니더. 이 황 관리님을 머로 보고 그러십니꺼? 좀 섭하네예."

*

일본 나고야에서 공부하던 진석이 1학년을 마치고 2학년 새 학기 준비를 하고 있을 때 조선 고향에서 급한 전보가 날아들었다.

'부친 위독 급히 귀가요망'

이 전보를 받은 진석은 너무도 놀라 어찌할 바를 몰랐다. 진석은 이렇게 큰일은 혼자 결정하는 것보다 큰아버지와 의논하는 것이 좋겠다는 생각이 들었다. 그래서 전보를 들고 우선 부둣가에 사는 큰아버지를 찾아갔다.

"큰아부지, 조선에서 아부지가 위독하다는 전보가 왔는디요. 이 일을 우짜모 좋겄십니꺼?"

"아이고, 그리 건강허던 동생헌티 무신 그런 일이 생겼단 말이고?"

진석의 말을 들은 큰아버지도 역시 깜짝 놀라서 진석에게 조선에서 온 전보를 보자고 했다. 전보를 읽어본 큰아버지는 잠시 생각하다가 진석에게 말했다.

"네가 일본꺼지 공부허로 왔다가 큰일을 당했고나? 그런디 시방 네가 몇 학년이고?"

"예, 2학년 올라갔십니더."

"네가 너 아부지 소원 풀어 디릴 끼라고 이역만리 나고야꺼지 와서 공부허고 있는디 이를 어쩬다? 그래, 네 생각은 어떠냐?"

"공부를 다 마치지 몬헌 기 아깝기는 헌디요. 그래도 아부지가 위독허시다는디 우쩌겄십니꺼?"

"네 생각도 그렇재? 암캐도 사람 건강보다 중헌 기 어디 있겄나? 내가 급전을 마련해 주 낀께로 서둘러서 여서 공부허던 거 다 정리허고 배표부텀 구해서 집으로 돌아가거라."

진석은 큰아버지의 말을 듣고 학업을 당장 중단하고 서둘러서 짐을 챙겼다. 그는 큰집 식구들과 하직인사를 하고 급히 나고야에서 시모노세키로 가는 배에 몸을 실었다.

진석은 뱃전에 부딪히는 파도 소리를 들으면서 갑자기 공부를 그만두고 고향으로 돌아갈 수밖에 없는 현실에 대해 깊은 시름에 잠겼다.

진석은 인제 겨우 일본 학교생활에 적응하면서 신학문과 신문물에 대한 호기심을 가지고 열심히 공부하려고 할 때 아버지 건강에 대한 급보를 받은 것이다.

진석은 하는 수 없이 귀국길에 올랐지만, 그의 마음속에는 공부에 대한 미련이 많이 남아 있었다. 일본 학생들에게 뒤지지 않게 열심히 공부하여 출세한 뒤에 금의환향하여 아버지께 큰 힘이 되어 드리고 싶었던 결심을 포기하기에는 너무도 아쉬웠기 때문이다.

진석은 이곳 일본에 와서 새로운 문명 세계를 처음 보았고, 그가 상상도 할 수 없었던 발전된 새로운 세상이 있다는 사실도 처음으로 알게 되었다. 이를 보고 우리나라 사람들도 열심히 배워서 힘을 길러 꼭 독립을 이루어야겠다는 나라 걱정도 해 보았다. 그리고 우리나라가 독립되면 자신도 열심히 공부해서 우리나라 발전의 역군이 되어야겠다는 또 다른 꿈을 키워 본 것도 사실이었다.

'하지만 이역만리 타향에서 공부하다가 아버지의 임종도 지키지 못하고 돌아가시면 어쩌나? 아버지는 무슨 병을 얻어서 얼마나 고통스러워하시고 계실까? 지금도 사경을 헤매시면서 나를 애타게 기다리고 계시지는 않을까?'

진석은 별의별 생각이 다 떠오르고 아버지가 걱정되어 마음은 수평선 너머 고향을 향해 멀리멀리 날아가고 있었다.

진석은 시모노세키에서 서둘러 고향으로 가기 위해 부산으로 가는 요금이 싼 밀항선을 찾아볼 겨를이 없었다. 그래서 하는 수 없이 요금이 비싼 부관연락선인 이키마루호를 타고 급히 현해탄을 건넜다.

진석은 부산의 고모 집에서 하룻밤을 보내고, 다음 날 다시 배를 구해 타고 하동 진교에 도착하니 이미 날이 어두웠다. 그래서 하는 수 없이 진교 근처의 상촌에 계시는 이모 집까지 밤길을 걸어가서 하룻밤 신세를 질 수밖에 없었다.

진석은 다음 날 아침에 서둘러서 상촌의 이모 집을 출발하여 지소 고향 집으로 향했다. 진석은 진교에서부터 명교까지는 신작로를 따라 걷다가 명교 뒤에 있는 작은 고개를 넘어서 드디어 지소동네 앞에 있는 논짐이재에 올라섰다. 그러자 저 멀리 계월봉 아래에 꿈에도 그리던 웃몰 고향집이 어렴풋이 보였다.

진석은 어서 빨리 아버지를 만나고 싶어서 논짐이 골짜기의 비탈길을 뛰어서 내려갔다. 그리고 가쁜 숨을 헐떡이며 지소 들판을 가로질러 흐르는 냇물의 징검다리를 펄쩍펄쩍 뛰어 건너서 동네 가운데에 있는 당산에 당도했다.

진석은 당산의 소나무 숲을 지나가며 무심코 퇴꼬랑 논에서 일하는 사람을 바라보다가 너무도 놀라 걸음을 멈추고 말았다. 논 한가운데에서는 아버지가 멀쩡한 모습으로 큰형님과 같이 머슴들을 데리고 괭이로 보리논의 뚝새풀을 쪼고 계셨던 것이다. 진석은 아버지의 건강하신 모습을 보고는 너무도 반갑고 기뻐서 한걸음에 아버지가 일하는 논으로 달려가며 크게 소리쳤다.

"아부지이! 지가 왔십니더. 진석이가 왔십니더."

진석은 괭이로 잡초를 쪼고 있는 아버지 앞에서 논바닥에 무릎을 꿇고 큰절을 올렸다.

"아부지! 이러코롬 건강허신 모십을 본깨로 인자 제 맴이 놓입니더. 제가 얼매나 걱정했는지 아십니꺼? 아부지! 건강허시서 정말 고맙십니더."

건강한 아버지의 모습을 보고 기뻐하는 진석과는 달리 아버지는 하던 일을 계속하면서 태연하게 아무 일도 없었다는 듯이 진석을 보고 평상시처럼 말했다.

"야야, 그래, 마이 놀랬재? 멀리 일본에서 여꺼정 오니라 고생했다. 먼첨 집에 가서 네 에미부터 만내 보거라."

그 모습을 본 큰형님이 풀을 쪼던 괭이를 놓고 진석의 곁으로 다가와서는 안심시키려는 듯 차분하게 말했다.

"먼 질 오니라 고생 많았재이? 우시내 집에 가서 널 기다리는 어머이도 뵙고 인사 디리거라. 자세헌 이야구는 내가 나중에 해 주마."

큰형님의 말을 듣는 순간 진석은 아버지 건강문제가 아닌 다른 사연이 있어서 자기에게 급한 전보를 보냈다는 것을 직감적으로 알아챘다.

진석은 아버지가 건강하다는 사실에는 안심되었지만 알고 보니 아무렇지도 않은 일로 일본까지 가서 공부하고 있는 자기를 급하게 고향으로 불러들인 일이 황당하기 짝이 없었다.

'세상에 쏙훌[51] 일이 따로 있재. 아부지 생사에 관헌 일을 내헌티 쏙쿠고 전보를 치서 그 먼 일본에서 조선꺼지 돌아오고로 허다니….'

진석은 어이없는 일이 벌어진 데 대해 심한 허탈감이 들어 어깨에 힘이 쭉 빠졌다.

진석이 집에 와서 어머니께 인사하고, 그동안 일본에서 생활했던 이야기를 나누고 있을 때 큰형님이 들판에서 일을 마치고 돌아왔다. 큰형님

---

51) 속일

은 진석에게 자기를 귀국시킨 사연의 자초지종을 자세히 말해 주었다.

진석은 아버지가 일본인들에 대한 적개심이 얼마나 컸고 나고야 큰집 종수가 자기에게 행한 차별대우에 대해 분개한 심정도 충분히 이해할 수는 있었다.

그러나 큰형님의 도움으로 천신만고 끝에 일본까지 가서 신학문을 공부할 수 있게 되었는데, 그런 일로 자신이 도약의 계기로 삼을 기회를 놓치게 된 것에 대한 실망감은 너무도 컸다.

진석은 일본에서 공부하는 동안 조선인들이 신문명을 받아들이지 않고는 일본인들의 지배를 벗어날 수 없다는 사실을 실감하게 되었다. 그리고 일본인들의 무시에도 불구하고 그들과의 경쟁에서 이겨서 아버지의 억울했던 과거의 치욕이 반복되는 것을 막고, 나아가서 조선의 독립을 이루고야 말겠다는 결심을 접을 수밖에 없게 된 현실이 너무도 안타까웠다.

그래서 진석은 자기가 일본에서 보고 경험한 것을 거울삼아 형님한테 아버지를 어떻게든지 설득하여 동생들은 신학문을 배우도록 해야겠다고 결심했다. 그는 먼저 큰형님에게 그동안 일본에서 보고, 배우고, 느꼈던 점과 앞으로 신학문을 배우지 않고는 안 되는 현실을 예를 들어가며 구체적으로 설명했다.

"그래, 네 마음을 내 말고 누가 알겠나? 우리 한번 힘을 합치서 아부지를 설득허고로 해보자."

진석은 진정성을 가지고 설명한 자기의 제안에 대해 큰형님이 동의해 준 것을 다행이라 여기고, 아버지를 설득할 기회를 찾고 있었다.

그러던 어느 날 밤에 아버지가 무슨 일인지 형님과 진석, 그리고 아직 열 살이 넘도록 학교에 보내지 않고 집에서 농사일을 돕고 있던 동생 진영을 사랑방에 불러 앉혔다.

"진석아, 네가 일본에서 공부하던 것을 멈춘 기 억울허재? 그러나 아부지는 목에 칼이 들어와도 왜놈들헌티 배우고로 헐 생각은 눈꾸 반만침도 읎다."

아버지는 진석에게 급보를 쳐서 일본에서 불러들인 자신의 결정을 단호하게 말했다.

"네 큰세이가 내헌티 일언반구 의논도 안 허고 네를 원수 겉은 나라 일본에 보낸 것을 알고 내가 얼매나 분통이 터졌는지 알기나 허냐?"

그러자 진송은 또 아버지께 고개를 숙이며 사죄를 하였다.

"아부지를 속인 제가 죄인입니더. 죄송헙니더."

아버지의 엄숙한 분위기에 한동안 침묵이 흘렀다. 진석은 아버지가 급속도로 발전해 가는 세상의 변화를 잘 모르고 아버지의 입장만 내세우며 자기의 신학문에 대한 열정을 몰라주는 것이 아쉽고 서운하여 말없이 앉아 있었다. 잠시 후에 진송이 침묵을 깨고 용기를 내어 마음속에 품고 있던 생각을 말했다.

"아부지, 그래도 진석이가 일본서 일 년 동안 공부험시로 배우고 느낀 기 있을 꺼 아입니꺼? 진석이 이야기를 좀 들어나 보몬 안 데겠십니꺼?"

그러자 몽환이 마지못해 입을 열었다.

"그래, 진석이 네가 일본꺼지 가서 본 기 있싱께로 꼭 헐 말이 있이모 한번 해 보거라."

진석은 그래도 아버지가 자기에게 일본에서 배우고 느낀 점을 이야기할 기회를 준 것이 고마워서 조심스럽게 말을 꺼냈다.

"아부지, 제가 와 아부지 심정을 모리겄십니꺼? 제 땜에 아부지 상심이 말도 몬 허고로 컸고, 구례 김 개묵 어른 덕분에 화를 면허게 된 것도 잘 알고 있십니더. 아부지, 그래도 제 말씀 한번 들어 보시기 바랍니더."

"그래, 말해 보거라."

"아부지, 시방 세상이 너무 많이 변허고 있십니더."

"그래, 세상이 아무리 벤헌다고 농사 안 짓고도 사는 세상이야 오겄나?"

"아부지, 농사도 중요허지만 세상이 어떻게 변허는지 알기나 허십니꺼?"

"그래? 내는 사방을 둘러바도 내 눈엔 벤허는 기 한 개도 안 비는디 머시 그리 변했다고 난린기고?"

그러자 진석은 지필묵을 꺼내서 급히 먹을 갈아 화선지에 전등을 그려 보였다. 모두들 그 그림을 보고 너무 신기하여 그림에서 눈을 떼지 못했다.

"아부지, 이런 거 보싰십니꺼?"

몽환은 자기 고집을 꺾고 싶지는 않았지만 그림이 하도 신기하여 진석에게 물었다.

"그래, 그기 머란 말이고?"

"예, 아부지. 이기 전등이라고 허는 긴디요. 이거는 왜지름을 안 부도 불이 켜지고 바람이 아무리 쎄게 불어도 안 꺼짐시로 밝기는 이 호롱불보담 백배는 더 밝을 깁니더."

그러자 전등 그림에서 눈을 떼지 못하고 있던 진영이 호기심이 발동하여 진석에게 궁금한 것을 물었다.

"성은 그러모 이런 불 밑에서 공부허다가 왔나?"

"그래, 내가 살다 온 나고야에 있는 수만 채 집에서는 다 이런 불을 켜고 산단다."

진석은 아버지를 쳐다보며 다시 진지하게 말했다.

"아부지, 다른 거는 모두 아버지께서 시는 대로 다 허겠십니더. 그런디 제발 부탁 말씸을 디리는디요. 진영을 지금이라도 양보보통학교에 보내서 공부를 허도록 해 주이소. 배우지 안 허모 앞으로 아부지맨키로 억울헌 일을 당헐 수도 있고, 세상 살기가 심든 세상이 올 깁니더. 전쟁터에서 사람 힘으로 안 데모 남우 말 등이라도 얻어 타고 싸워서 이기야 허는 거 아이겄십니꺼?"

한참을 묵묵히 담배만 피우고 있던 몽환은 간단하게 한마디로 말했다.

"그러모 남우 말 등이 왜놈들이라 이 말이가?"

그 말을 들은 진송은 아버지 마음의 변화를 재빨리 눈치채고 진석의 말을 거들었다.

"그렇지요. 아부지 말씀이 참 옳으신 거 겉십니더. 저 멀리 우리가 모리고 있는 서양이라는 세상이 있는디요. 거기는 일본보담 더 문명이 발달했다고 헙니더. 시방 우리는 서양 사람들헌티 신문물을 바로 받아딜일 형편이 몬데닝깨로 하는 수 읎이 일본 사람들 손을 빌리서라도 배와야 안 데겄십니꺼?"

그 말을 듣고 몽환은 잠자코 말이 없었다. 그렇다고 계속 고집을 부리지도 않았다. 그러다가 그는 공자님의 말씀이 생각나서 한마디 했다.

"허기사, 공자님도 학이시습지 불역열호學而時習之 不亦說乎라 허싰재. 그런디 배움시로 멀 개리 감시로[52] 배우라고는 안 했재."

"아부지, 시방 그 말씸이 정말 옳으신 말씸입니더. 앞으로 진영이 일은 저희가 알아서 허겄십니더. 그리해도 데겄십니꺼?"

"…."

몽환은 진송의 말에 아무런 대꾸도 없이 담배만 피우고 앉아 있었다.

다음 날, 진송은 아버지의 의중을 알아채고는 어머니께 부탁하여 진영에게 아침 일찍 목욕을 시키고 새 옷을 갈아입히게 하였다. 그리고 진석에게 동생을 데리고 양보보통학교에 가서 입학을 시키도록 했다. 그러면서 한 가지 말을 일러 주었다.

"진석아, 진영이가 나이도 있고 헝깨로 일학년보담 우에 학년에 입학헐 수 있는지 알아보거라. 가는 머리가 영리해서 학년을 바로 올려도 네가 집에서 좀 가리치모 충분히 따라갈 끼다."

그리하여 진영은 양보보통학교 3학년에 바로 입학을 하여 신학문을 공부하게 되었다.

진석이 일본에서 돌아오고 난 뒤에 그가 일본까지 가서 공부하고 돌아왔다는 소문이 삽시간에 지소와 인근 마을에 퍼져 나갔다. 진석은

52) 뭘 가려 가면서

비록 나고야 공업학교 2학년이 되자마자 중퇴하고 돌아오긴 했지만, 그 당시만 해도 고전면에서 일본으로 공부하러 갔다 온 사람은 진석이 처음이었다. 그래서 이 지역 주민들의 관심은 이만저만이 아니었다.

진석이 돌아온 지 얼마 되지 않아 잔내에 사는 몽환의 친구인 정 면장이 퇴근길에 몽환의 집으로 찾아왔다.

"친구, 이 사람아, 자슥이 일본꺼정 공부허로 갔다가 온깨로 기분 좋으시겄네?"

"정 면장, 무신 그런 농담을 허능가? 일본 사람헌티 배우고 온 기 머시 그리 대수라꼬?"

"내가 친구 마음을 모리는 거는 아이네만…. 이 사람아, 세상이 벤허는디 내 혼차만 버틴다고 될 성 싶은가? 세상에 독불장군은 읎는 길세."

"그래, 무신 말을 허구 잡아서 날 찾아왔능가? 헐 말이 있어서 내헌티 온 거 아인가?"

"눈치 하나는 빠리내. 사실은 말일세. 자네 아들을 고전멘사무소에 보내고로 해 주몬 안 되겄능가?"

그 말을 들은 몽환은 감정을 드러내며 말했다.

"친구는 내가 일본 사람들을 싫어허는 걸 몰라서 시방 그런 말을 꺼내는가? 고전멘에 들어가모 내나 일본 놈들 밑에서 가들이 시는 대로 일을 해야 헐 거 아인가?"

몽환의 말이 거칠어지자 정 면장은 친구의 마음을 달래듯이 부드럽게 말을 이었다.

"친구, 그거는 맞는 말일세. 그래도 자네 아들이 멘사무소에서 헐 일

중에는 조선 사람들을 위해서 허는 일도 있다네. 아무리 일본 사람들 세상이라고 해도 조선 사람 목꾸멍이 어디 포도청인가? 닌가는 조선 사람 미 살리는 일을 허는 사람도 있어야 허지 않겄능가?"

"등 따시고 배부르몬 고만이재. 내는 그런 일에는 관심이 없네. 그리 알고 돌아가게."

"참 친구도 고집 하나는 알만 허지. 그런디 이 사람아, 멘서기 한 달 월급이 얼맨지 알기는 허능가? 자네맨키로 쎄 빠지게 깽이질 안 해도 붓 대가리만 잘 놀리모 한 달에 나락 몇 섬 값을 받는다는 거를 알기는 알고 말을 허게. 돈은 농새만 지서 들어오는 기 아이란 말일세. 그러모 그리 알고 내는 이만 돌아가겠네. 혹시라도 자네 맴이 배끼모 연락 주게."

몽환은 정 면장이 돌아가고 나서 곰곰이 생각해 보았다.

'허기사, 내는 내가 갖고 있는 논만 해도 술차이 많은디…. 욕심을 더 부릴 일은 아이재. 그런디 내 아들이 농새를 안 짓고도 일 년에 몇십 섬 값을 돈으로 받으몬 그것도 큰돈은 큰돈이재. 멘 서기가 옛날로 치모 사또나 원님들이 허는 일을 돕던 자리가 아닌가? 왜놈 좋은 일만 피허모 그것도 괜찮은 일 겉기는 헌디….'

행수가 부산에 가서 집에 돌아오지 않는지도 어느새 달포가 다 되어 가고 있었다.

행수가 아버지와 같이 쌀 팔러 부산에 갔다가 술집 계집에 빠지고 나서부터 행수의 생활은 예전과 판이하게 달라져 있었다. 처음에는 아버지와 같이 부산에 쌀을 팔러 갔을 때만 갖가지 핑계를 대고 빠져나가 술집에 가서 바람을 피웠다. 그러던 행수가 이제는 장롱에 있는 돈을 훔쳐서 혼자 배를 얻어 타고 부산에 가서는 돌아오지 않는 경우가 많아졌다.

경필은 행수를 결혼시키면 달라지지 않을까 하여 윗마을 날드리에 사는 집안도 그럴싸한 정 씨 처녀와 혼인을 시켰다. 하지만 결혼 생활이 마음에 들지 않았던지 얼마 지나지 않아 그 버릇은 다시 되풀이되었다.

요즈음에는 아버지가 장롱 속에 숨겨 돈 단속을 철저히 하자 주변의 아는 사람들에게 아버지 이름을 팔아서 돈을 빌려 가지고 부산으로 가 버리기까지 하였다.

이 때문에 경필은 친척 집에서 데려다 기르는 현수에 대한 기대가 점점 더 커졌다. 차후에 자기 자식인 행수에게 살림살이를 맡겼다가는 언제 재산을 다 말아먹을지 몰라 안심이 되지 않았다. 그래서 경필은 현수를 자기 양아들로 삼아 그에게 후일을 도모하기로 마음속으로 결심하게 되었다.

현수는 경필의 기대에 어긋나지 않게 방깨 삼현 선생 밑에서 한문 공부를 열심히 하였고, 공부도 잘했다. 삼현 선생은 배드리장에 올 때마다 늘 현수 칭찬을 아끼지 않았다.

"경필이, 자네 집 현수 개는 머리가 보통이 아닐세. 한 개를 갤치모 열 개를 아는 앨세. 개헌티 기대를 버리지 말고 잘 키아 보게."

경필은 그런 말을 들을 때마다 기분이 좋았고, 현수에 대한 기대는 점점 커져갔다.

며칠 전에는 현수가 서당에서 대학을 다 떼었다고 하여 경필은 방깨 서당에 책거리하러 갔다. 그는 성의를 다해서 책거리를 한 턱 내고는 삼현 선생도 푸짐하게 대접하고 돌아왔다. 그날 삼현 선생은 현수의 장래에 대한 의견을 구했다.

"자네, 앞으로 현수를 어떻게 헐 참인가? 개를 한학을 더 시고 싶으모 내보담 더 훌륭헌 선비헌티 맡기는 게 좋을 거 같애서 그러네."

"아재, 어데 그럴만헌 선비를 알고 계십니꺼?"

"내가 알기로는 사천군의 곤양 무구동[53]에 사는 호는 회정이라고 허고 성함이 김호곤이라는 선비가 있는디. 그 사람이 제일 훌륭헌 사람이라 생각허네. 그런디 자네 생각이 있이몬 내가 한번 주선해 봄세."

"아재, 잘 알겠십니더. 이 문제는 좀 시일을 두고 짚이 생각해 봐야 될 거 겉네요. 그러닝께 결심이 서모 그때 다시 상의 드리겄십니더."

"아무렴, 그리 허게나."

사실 경필은 현수의 장래에 대해 생각해 둔 바가 있었다. 자기 친구 몽환의 둘째가 일본으로 공부하러 가서 일 년 만에 돌아왔는데도 고전면사무소에 들어가더니 얼마 되지 않아 하동군청으로 발탁되어 군청 서기로 근무하는 것을 보았던 것이다.

그래서 현수도 나라가 일본에게 망한 현재의 정세로 보아 한문 공부를 시켜서는 별 뾰족한 수가 없을 것 같다는 생각이 들었다. 현수도 신

53) 무곡

식공부를 시켜서 몽환의 아들처럼 힘 있는 공직에 나가서 근무하도록 만들고 싶었던 것이다. 될 수 있으면 현수는 일본까지 보내서 공부를 시키지는 못할지라도 서울에 보내서 신식공부를 시키기로 이미 결심을 굳히고 있었던 것이다.

경필은 현수가 서당공부를 마치는 대로 고전국민학교가 개교하면 친구 몽환의 셋째처럼 위 학년인 3·4학년에 월반하여 입학시켜서 신식공부를 시키기로 했다. 현수는 몽환의 셋째보다 나이가 위여서 충분히 신식공부를 해낼 것으로 믿었기 때문이다.

그는 현수가 초등학교를 졸업하고 나면 중등교육은 서울에 있는 학교로 보내기로 마음을 굳혔다.

경필은 아침 일찍부터 그동안 모아 두었던 쌀을 부산으로 내다 팔기 위해 일꾼들을 독촉하느라 바빴다.

오늘은 어제 내린 비로 냇물이 불어나 수량이 많아져서 부산으로 가는 배가 잔너리까지 들어올 수 있게 되었다. 일꾼들은 쌀 짐을 지게로 져다 잔너리까지 나르고 있었다.

경필이 싸전을 벌이고 있는 배드리장은 '배드리'란 지명에서 짐작할 수 있듯이 이곳은 조선 시대까지만 해도 섬진강의 지류인 주교천을 통해 배가 드나들던 곳이었다.

배드리 위쪽에 있는 마을 이름이 구하동인데 이곳은 조선 시대까지 하동 현감이 근무하면서 하동군을 다스렸던 곳이다. 아직도 고하국민학교 근처에는 관청 앞을 지나는 사람은 누구나 말에서 내려야 했다는 하마비가 있었던 하마치下馬峙라는 지명이 남아있다.

그리고 구하동 뒷산에는 뚜렷한 성터도 남아 있다. 산등성이를 따라 성벽을 쌓았던 돌덩이가 무너진 돌무더기로 기다랗게 둘러 쌓여있고 그 바깥쪽에는 해자의 흔적이 남아있다. 구하동의 조금 남쪽의 배드리에는 조세로 거둔 쌀을 보관하는 조창이 있었고, 그 쌀을 실어 나르기 위해 조운선이 드나들었던 곳이다.

그러던 것이 배드리 나루터에 오랜 기간 동안 홍수로 인해 강바닥에 토사가 쌓이면서 물이 얕아져 배가 드나들 수 없게 되었다. 그리하여 이곳의 조창이 그 기능을 상실하게 되면서 하동현청이 지금의 하동(한다사)으로 옮겨가게 되었다.

그런 뒤로 배드리 사람들은 비가 오지 않아 냇물의 수량이 적을 때 배를 이용하려면 배가 닿을 수 있는 전도까지 짐을 지고 날라야 했다.

그런데 다행히도 어제 내린 비로 냇물의 수량이 불어나서 배가 잔너리까지 들어오게 되었던 것이다. 그로 인해 경필은 배가 닿는 잔너리로 쌀을 져다 나르는 거리가 전도까지 가는 거리보다 반으로 줄어서 그만큼 일도 수월해지고 인건비도 줄일 수 있었다. 그는 오늘은 여느 날보다 일할 맛이 났다.

그가 쌀가마니를 잔너리로 다 나르고 난 뒤에 자기가 빌린 황포 돛단배가 밀물을 타고 올라와서 나루터에 도착했다. 그는 배에 쌀을 옮겨 싣고 기분 좋게 부산으로 향했다. 하지만 들뜬 기분도 잠깐이었다. 불현듯 그의 아들 행수를 생각하니 또 화가 치밀었다. 경필은 부산으로 가면서 이번에는 행수 그놈을 단단히 타일러서 데려와야 하겠다고 마음먹었다.

*

오늘따라 초겨울인데도 햇볕이 용덕해태조합 앞마당을 따스하게 내리쬐고 있었고, 바람 한 점 없는 화창한 날씨였다. 오늘은 용덕해태조합에서 김 수매가 있는 날이다.

아침 일찍부터 용덕, 갈사, 나팔, 고포, 궁항, 진정 등지의 어민들이 집집마다 생산한 김을 속으로 묶어서 해태조합 앞에 늘어놓고 수매를 기다리고 있었다.

김을 수매할 때는 맛이나 색깔 등의 품질에 따라 세 등급으로 나눠 가격 차이를 두었다. 등급에 들지 못하는 김은 등외로 분류하여 아주 싸게 수매했다. 모두들 등급을 잘 받으려고 신경을 곤두세우고 차례를 기다렸다.

잠시 뒤에 해태조합에 근무하는 푸른 완장을 찬 일본인 김 등급 감별사가 나와서 김을 조금 뜯어 입에 넣고 맛을 보거나 건조 상태, 색깔 등을 보고 등급을 매겨 나갔다. 점심때쯤이 되어서야 등급 판정이 거의 다 마무리되어 가고 있었다.

"아요, 진정띠야, 니는 멫 등급 받았네?"

황대성의 아내인 삼내댁이 염치수의 아내 진정댁에게 물었다.

"우리는 백 속 냈는디 일 등급은 보도씨[54] 칠 십 속 뿐이 몬 받고 남

---

54) 겨우

치는 이 등급 받았다. 누는?"

"아따야, 그래싸도 누는 일 등급을 마이도 받았네. 우리는 백 십 속이나 냈는디 일 등급은 육십 속 뿌이 몬 받았다 아이가?"

삼내댁이 불만 섞인 소리로 퉁명스럽게 말했다.

"와 그렇노? 짐을 매[55] 안 몰맀던가[56] 배?"

"머라 카노? 짐을 얼매나 빠삭빠삭허고로 잘 몰맀는디. 와 남우 집 짐 등급을 니 맘대로 낮차 매기는 기고?"

"잘 몰랐는디 와 등급을 잘 몬 받았이꼬?"

"자기 자슥 조합에 댕기는 사람허고 우리 겉은 사람은 천지 차인디 어디 등급을 같이 주겄나?"

"머라꼬? 그따가 와 남의 아들을 끄다 붙이노? 단디 말랴 바라. 와 등급을 잘 몬 받는고?"

"시끄럽다. 마, 다 아는 걸 갖고 씨부리 싸 바야 입만 아푸지."

"허, 참, 나. 삼내띠야, 사람 그리 안 봤더이 영 아이네, 아이라. 사람 잘 몬 봤내 그래."

진정댁은 삼내댁이 자기 잘못은 인정할 줄 모르고 조합에 있는 자기 아들이 무슨 수작이라도 부려서 등급을 조작한 것으로 오해하는 것이 분하고 서운했다.

용덕에 해태조합이 들어선 뒤로 김 양식장 배분이나 조합의 운영은

55) 매우 잘

56) 말렸던가

조합원들의 합의로 잘 운영되고 있었지만 김 수매 때에는 언제나 등급 판정에 대한 불만으로 소소한 시비가 일어나곤 하였다.

황대성도 염치수의 권고로 셋째 아들 덕출을 노량보통학교에 보내면서 내심 자식에 대한 기대를 걸고 있었다. 그런데 그의 기대에 어긋나지 않게 덕출은 공부도 잘해서 자식 공부시키는 일에 대한 보람을 느끼고 있었다.

'내 아들도 학교 공부 시서 치수 아들내미맨키로 꼭 조합에 넣어서 월급쟁이 한번 맨길고 말 끼다.'

황대성도 그동안 김 양식을 하여 꽤 많은 재산을 모았다. 그러고 나서부터 그도 사회적인 명예에 대한 관심을 가지게 되었다. 이제 돈도 있고 재산도 있으니 남부러울 것이 없었다.

단지 자식들 공부를 시키지 않아서 염치수의 가족들에 비해 동네 인심도 그렇고 자기 자신도 마음이 위축될 때가 있어서 그 점이 마음에 걸리곤 하였다. 그래서 그는 덕출이 노량보통학교를 졸업하면 더 높은 학교에 공부시키러 보낼 결심을 하고 있었다.

황대성은 김을 팔러 하동장에 가거나 김섶을 구하기 위해 악양, 화개 등지로 다녀오는 일 외에는 바깥출입을 자주 하지 않았고, 특히 일본인이나 경찰들과는 가까이하지 않았다. 그래서 일본인들과 관련된 소식은 잘 모르고 지냈다.

그런데 이웃에 사는 봉삼이가 시도 때도 없이 자기와 일본 경찰과의 친분을 자랑하느라 지껄이는 말에 그는 귀동냥하여 필요한 소문을 주워들곤 했다.

때로는 황대성이 일본인들과 관련된 궁금한 것이 있어서 봉삼을 찾아가 물어보면, 바구는 고기가 물 만났다는 듯이 자기 일처럼 자랑삼아 잘도 설명해 주었다. 그리고 경우에 따라서는 황대성이 같은 집안 아재라고 하면서 아쉬운 일이 있으면 직접 해결해 주기도 하였다. 그런 일로 인해 황대성은 다른 사람들이 봉삼을 손가락질하는 것에 대해 잘 알고 있었지만 때로는 그에게 술이나 음식도 나누어 주며 가까이 지냈다.

一 백운산白雲山

오늘은 구례읍에 있는 구례보통학교 동창회가 열리는 날이다. 동창회에서는 구례보통학교 졸업생뿐만 아니라 구례군내 기관장 및 유지들과 언론인들도 초청하여 성대한 동창회를 개최했다.

교실 두 칸을 틔어서 합친 커다란 교실 바닥에 놓여 있는 아동용 걸상 위에 이 학교 출신 졸업생들이 줄지어 앉아 있었다. 강단 전면의 양쪽에는 주최측 좌석과 내빈석이 따로 마련되어 있었다.

회의장 뒤쪽에는 일제강점기 이후로 항상 대규모 집회가 열릴 때마다 그랬듯이 일본 경찰 두 명이 부동자세로 경계를 서고 있었다. 그들은 구례보통학교 졸업생들의 순수한 동창회 행사임을 알면서도 치안을 핑계로 회의장 동태를 감시하고 있었던 것이다.

개회사와 천황폐하에 대한 일본식 국민의례를 마치고 동창회장의 인사말이 끝났다. 뒤이어 일본인 '마사루'라는 구례군수의 내빈축사가 시작되었다.

그는 먼저 구례보통학교 동창회의 발전과 내빈에 대한 의례적인 인사말을 하였다. 이어서 그는 천황폐하의 나라인 대일본제국의 발전과 식민지 산업역군을 기르기 위해 조선총독부에서 역점시책으로 추진하는 식민 보통교육 보급의 필요성을 역설하고 있었다.

딱딱한 의자에 앉아서 군수의 축사를 듣고 있는 구례보통학교 동창생들은 자기들이 주최하는 행사장소를 일본인 군수가 일본 식민교육 보급을 위한 홍보장소로 활용하는 것이 못마땅했다. 하지만 그들은 불평 한마디 못하고 군수가 중요한 정책을 힘주어 강조할 때마다 억지로 간간이 박수를 보내고 있었다.

'마사루' 군수는 존경하는 천황폐하와 대일본제국이 조선인들을 위해 노력하고 있다는 점도 강조해서 말했다. 그런 뒤에 천황폐하의 은덕에 보답하기 위해 조선총독부에서 시행하고 있는 교육정책에 이 학교 졸업생들이 앞장서서 협조해 줄 것을 강력하게 요청했다.

일본 군수가 커다란 마이크 소리로 좌중을 압도하며 식민교육을 강조하는 연설을 하고 있을 때 교실 뒤쪽에서 한 젊은 청년이 갑자기 큰 소리로 외쳤다.

"조선인 교육은 조선말로 합시다."

조용히 일본 군수의 내빈축사를 듣고 있던 동창회 참석자들이 일제히 고함소리가 나는 쪽으로 뒤돌아보며 갑자기 소란이 일기 시작했다. 그때 교실 뒤에 있던 경찰이 급히 달려들어 그 청년을 체포하여 회의장 밖으로 끌고 나갔다. 그 청년은 끌려나가면서도 계속하여 소리쳤다.

"왜? 조선인 교육을 일본말로 가르쳐야 합니까? 조선말로 합시다."

그는 자기주장을 굽히지 않고 그 자리에 참석한 구례보통학교 졸업생들을 향해 큰소리로 외쳤다.

이 청년은 동아일보 기자이면서 구례 신간회 대표인 정태준이었다.

그는 섬진강변에 있는 구례군 토지면의 파도리에서 비교적 부유한 유학자의 외아들로 태어났다. 그는 어린 시절에 유학을 가르치는 아버지를 따라 경남 함양으로 이사를 갔다. 함양군 농월정 아래에 있는 청곡마을에서 훈장생활을 하는 아버지 밑에서 유학교육을 받으면서 자랐다.

정태준은 이때 아버지에게서 배운 유학교육의 영향을 받아 유교사상의 근본인 충효와 중용의 정신을 기르게 되었다. 이러한 사상이 그가 성장하여 사회주의적 입장에서 독립운동을 하면서도 극단적인 이념이나 사상에 치우치지 않고 항상 중용과 상생의 정신을 실천하려고 노력하는 정신적 지주가 되었다.

그는 청년으로 자란 후 삼일 독립만세운동이 한창이던 때에 서울로 이사하게 되었다. 그는 서울에서 그의 아버지의 소개로 알게 된 조선왕실의 참의 벼슬을 하며 어의를 지낸 바 있는 남원 출신의 차 영감에게 의술을 배웠다. 그런데 이것이 정태준의 일생에서 커다란 변화를 일으키는 계기가 되었다.

그는 차 참의에게서 의술만 배운 것이 아니라 우리나라가 치욕적으로 경술국치를 당한 역사적 사실을 그의 생생한 증언을 통해 알게 되었다. 또한, 국력이 쇠약해진 조선이 주변 강대국들의 세력다툼의 각축장이 되었다가 결국에는 호시탐탐 조선을 침탈할 기회를 노리고 있던 일본의 야욕 앞에 무릎을 꿇게 된 경위도 자세하게 알게 되었다.

그는 차 참의에게서 조국의 패망에 대한 생생한 실화를 알게 된 것이 그동안 함양의 농촌에서 생활하면서 일본 식민지배의 심각성을 깨닫지 못하고 자라 온 그에게 조국독립에 대한 의지를 불태우는 도화선이 되었다.

그는 유학자인 아버지로부터 동양인에게 가장 중요한 가치인 충효사상을 배웠기 때문에 항상 애국심이 그의 몸에 배어 있었다. 이런 애국심이 그로 하여금 침술로 동양의 의학자 허준이 실현하고자 했던 구세제민救世濟民을 위한 헌신에 그치는 것을 용납하지 않았다.

그는 차 참의에게서 의술을 배우면서도 삼일운동 이후로 지하로 잠적한 독립운동가들을 찾아다녔다. 그러다가 우연히 사회주의 세력이 주동이 되어 독립운동을 하는 '서울청년회'에 가입하여 활동하게 되었다. 이것이 계기가 되어 그는 평생 독립운동을 하면서 사회주의자로 활동하게 되었다.

그런데 그는 비교적 유복한 가정에서 태어나 어린 시절을 경제적 어려움 없이 자랐다. 따라서 그는 극심한 가난에 쪼들리거나 지주들의 착취를 당하며 살아본 적이 없었기 때문에 지주들에 대한 반감도 크지 않았다.

그리고 그는 젊은 시절에 이념 서적에 접하여 공산주의 사상에 심취한 경험도 없었다. 그러므로 그가 원래부터 칼 마르크스나 레닌의 사상에 매몰되어 극단적인 이념에 사로잡혀 있었던 것은 아니었다.

그는 충효 사상을 바탕으로 독립운동을 하였으며, 평생을 사회주의자로 활동하면서도 좌 우익 세력 간의 과격한 갈등을 피하고 균형 감각을 가지고 상생을 위해 노력했다.

그는 서울청년회의 중심인물 중의 한 사람인 이영 등과 비밀리에 독립운동을 하고 있었다. 그러던 중에 '국제청년의 날' 행사 개최를 위한 유인물을 비밀리에 등사하다가 일본 경찰에 발각되어 체포당해 조사를 받은 뒤에 혐의가 부족해서 무죄로 석방되었다.

그는 그 일을 계기로 서울에서의 비밀 독립운동에 참여하게 되었다. 그는 서울에서 조국독립을 위해 활동하다가 일본 경찰의 감시가 심해지자 고향인 구례로 귀향하여 조선일보 구례지국을 경영하면서 암암리에 독립운동을 전개하였다.

그는 구례에서 주동이 되어 뜻을 같이하는 청년들과 비밀리에 구례청년당을 조직하여 자신이 위원장이 되어 사회주의 운동을 전개하였다. 그리고 이를 기반으로 순천에서 동부청년연맹을 결성하였고, 구례농민연합회 집행위원, 구례노동연합회 상무집행위원, 조선노동총연맹 중앙집행위원 등을 역임하다가 조선공산당에 가입하여 비로소 적극적인 사회주의 활동을 하였다.

그가 고향에서 공산주의 활동을 시작한 지 1여 년 만에 일본 경찰에 다시 체포당하여 경성지방법원에서 징역 1년 형을 선고받고 서울 서대문형무소에 투옥되어 만기 출소했다.

그는 출소한 후에 순천으로 내려와 이번에는 동아일보지국을 경영하면서 구례 지역에서 비밀리에 신간회활동을 통해 다시 사회주의 운동을 재개했다.

정태준은 조선 젊은이들을 깨우치기 위해 구례 일대를 돌아다니며 야학회 활동도 전개했다. 그러던 중에 마산면 냉천리에 사는 김 부자라는 사람이 전라도에서 조선인으로서는 최초로 고아원을 개설하여 운영하고 있다는 소문을 들었다.

동아일보 신문기자이면서 농촌계몽운동을 전개하고 있던 그로서는 반가운 소식이 아닐 수 없었다. 그는 구례에 가는 기회에 김 부자가 개설한 고아원에 대한 취재 겸 실상을 파악하기 위해 자전거를 타고 냉천으로 가 보았다.

고아원은 구례에서 그리 멀지 않은 서시천의 다리 건너편에 위치하고 있었다. 정태준이 냉천삼거리를 돌아 고아원 앞에 가 보니 말뚝에 '弘濟院홍제원'이라 써서 세워 놓은 푯말이 보였다. 홍제원 안에는 초가 두 채와 너른 마당이 있었다.

마당 북쪽에 있는 커다란 초가집은 아이들이 숙식하는 곳인지 부엌에서 아낙네가 밥을 짓고 있었고, 집 앞에는 아이들의 빨래가 빨랫줄에 어지럽게 널려 있었다. 마당 서쪽에 있는 초가집에는 마루 벽에 칠판이 걸려 있고, 너른 대청마루에서는 아이들 열댓 명이 모여앉아 글을 읽고 있었다.

정태준이 대청 가까이 가 보니 한복을 입은 사람이 아이들에게 명심보감을 가르치고 있었다. 그는 수업이 끝난 뒤에 아이들을 가르치고 나오는 선생님을 만났다.

"안녕하십니까? 저는 동아일보 기자 정태준입니다. 댁은 이곳 선생님입니까"

그러자 그 사람은 정중히 인사를 하며 말했다.

"제는 선상님이 아이고 그냥 이 동내에 사는 사람이라고라."

"그런데 어떻게 아이들을 가르치고 계십니까?"

정태준의 질문에 한복을 입은 사람이 홍제원의 운영에 관한 내용을 설명해 주었다.

「홍제원은 이곳 냉천마을의 김배홍 어른이 사비를 들여 건립해서 운영하고 있으며, 아이들 교육은 냉천부락이나 주변마을의 지식인이나 유학자들이 자원하여 짬을 내서 가르치고 있다. 그리고 교육내용은 명심보감이나 기초한자공부를 주로 한다」고 하였다.

정태준은 그 사람에게 수고 많다는 인사를 하고 나서 아이들을 가르치는 데 대한 애로점을 물어보았다. 그러자 그 사람은 진지한 표정을 지으며 말했다.

"긍께 젤로 필요헌 거이 머라 혀도 야들이 붓글씨 연습허는 종우 것지라."

"그래요, 예, 잘 알겠습니다. 제가 힘닿는 대로 돕는 방법을 찾아보도록 하겠습니다. 그러면 교육내용은 주로 어떤 것을 가르칩니까?"

"고거는 주로 멩심보감이나 천자문을 갈치지라."

"예, 한자를 주로 가르치는 군요. 그럼 한글은 안 가르치나요?"

“한글? 언문 말인기요?“

“예, 맞습니다.”

“언문은 잘 아는 사람도 읎고 착도 읎어서 갤칠 수가 읎지라.”

그는 홍제원에서 돌아온 뒤에 그곳 아이들이 가장 많이 곤란을 겪는 것이 붓글씨 연습을 하는 데 필요한 종이를 구하는 것임을 알게 되었다. 그리고 우리나라의 독립을 위해 어린이들에게 한글을 가르쳐야겠다고 결심했다.

그 뒤로 그는 신문사에서 배달하고 남은 신문지나 파지 등을 모아 두었다가 홍제원에 인편으로 보내 주거나 자기가 직접 전달해 주었다. 그리고 구례에 들를 때가 있으면 냉천의 홍제원까지 가서 고아들을 직접 가르치기도 하였다.

정태준이 홍제원에서 아이들에게 주로 가르친 것은 한글이었다. 이곳 아이들은 한글이 있는 줄도 몰랐고, 한글을 가르칠 교사도 없었다. 비밀리에 독립운동을 하고 있던 그로서는 우리의 독립을 위해서 한글 보급이 가장 시급하다고 느끼고 있었다. 그러던 차에 그는 아이들을 교육할 기회를 얻게 된 것을 천우신조라고 생각하고 아이들에게 한글을 열심히 가르쳤다.

정태준은 이러한 농촌 계몽활동과 사회주의 활동을 하던 중에 구례공립보통학교 동창회에 신문기사 취재차 참석했던 것이었다. 그때 일본인 구례군수가 내빈축사를 하면서 동창회 모임 자리를 이용하여 일본인들의 조선인 약탈을 위한 산업생산 확충과 식민통치에 필요한 신민 양성을 위해 보통교육을 보급하려는 홍보연설을 듣게 되었다.

그는 대번에 조선인들의 영혼과 문화를 말살하고 한국인들을 일본 천황의 신민으로 만들어서 식민착취를 위해 교육을 악용하려는 구례 군수의 의도를 알아챘다. 그는 구례군수가 이처럼 황당한 황국화 신민 교육을 하자는 주장에 대한 울분을 참지 못하여 그의 가슴속에 잠자고 있던 애국심이 폭발한 것이었다.

그는 이 사건으로 다시 투옥되어 대구형무소에서 8개월간의 징역을 살아야만 했다.

구례의 냉천리 마을 김 개묵의 집 사랑방에 검은 양복을 입은 젊은 신사가 지방 유지들과 모여서 진지한 태도로 회의하고 있었다. 젊은 신사가 말했다.

"제가 별로 능력은 없지만, 고향에 와 있는 동안에 우리 냉천리뿐만 아니라 마산면 일대와 더 나아가 구례 일대에 사는 주민들의 생활개선을 위해 필요헌 생필품을 싸게 사서 파는 소비조합을 만들어 볼 생각입니다. 이에 대해 여러분들의 좋은 의견을 말해 주시기 바랍니다."

그러자 연세가 지긋한 유지 한 사람이 말했다.

"근디 그러자모 돈이 술차이 들 낀디 고걸 우떻게[57] 해결헐랑가?"

"아, 예, 자금 걱정은 안 해도 됩니다. 제가 힘닿는 데꺼지 돕겠습니다. 그것보다는 어떻게 하면 우리 냉천리 주민들의 생활에 도움을 주

---

57) 상당히 들 것인데 그걸 어떻게

고, 소비조합을 잘 운영하여 이익을 남길 수 있는가 하는 방법에 대해 의논해 주시기 바랍니다."

"그러모 머라 혀싸도 촌사람들헌티는 교통이 불편허기 땜시로 물건을 비싸게 사서 씨고 있는 헹펜잉께. 정지깐[58]에서 씨는 그륵허고 옷가지를 싸게 사다가 파는 기 닥상이겄는디요.[59]"

"바늘허고 실 겉은 방물도 사와야 쓰겄소이."

그들은 소비조합 운영에 대해 서로 간에 생각을 나누고 의논하느라 시간 가는 줄을 몰랐다.

검은 양복을 입은 이 젊은이는 김 개묵의 손자인 김헌필이었다. 그는 젊은 나이에 객지 생활을 하다가 아버지가 돌아가신 뒤에 고향으로 돌아왔다. 그는 아버지가 물려준 재산과 아버지가 건립한 홍제원을 관리하면서 우리 민족을 위해 뭔가 도움이 되는 일을 하려고, 동네 유지들과 모여서 소비조합 설립에 관해 의논하고 있었던 것이다.

그는 서울에 있는 보성고보를 졸업하고 나서 10여 년 전에 일본으로 건너가 정칙학원正則學院에서 영어를 공부했다. 그는 와세다 대학을 다니다가 뜻한 바가 있어서 중국 상해로 건너갔다.

그는 상해에서 민족 지도자이며 영어에 능통한 김규식 선생에게서 민족정신과 서양사상을 사사하기 위해 수소문하여 찾아갔다.

---

58) 부엌

59) 좋겠는데요.

그는 김규식 선생을 만나 같이 생활하면서 영어를 배우고, 자랑스러운 우리 역사와 우수한 문화, 전통에 관한 새로운 지식을 전수 받았다. 그리고 그의 투철한 민족정신과 독립정신에 깊은 감명을 받아 조국독립운동에 대한 굳은 의지를 가지게 되었다.

그리고 김규식 선생의 권유로 서양의 정치제도나 경제, 사회, 역사, 문학 등에 대한 서적을 구해 읽으면서, 그가 경험한 서양세계의 발전한 문물에 대한 폭넓은 지식을 얻게 되었다.

그는 선생에게서 그가 대표로 있던 대한독립당과 통합한 민족혁명당이 삼균주의와 사회주의를 수용한 진보적 민족주의를 주창하며 채택한 강령의 내용을 알게 되었다.

그는 이 강령의 내용이 침략자 일본세력을 몰아내고 자주독립과 민주정권수립을 근간으로 하며, 봉건제도를 타파하고 사회주의 경제제도를 수용한 것으로 보았다.

그는 김규식 선생의 소개로 알게 된 민족혁명당원들과 교류하면서 사회주의에 대한 사상을 처음으로 접하게 되었다. 그는 부유한 대지주의 입장에서 민족혁명당원들이 주장하는 토지의 국유화나 무상분배 등에 대한 정책에는 전적으로 동의하기는 어려웠다.

그러나 우리 역사에도 있었던 조선 초기의 과전법과 정여립이 실천에 옮기려고 했던 대동사상이나 허균이 주장한 신분제 폐지가 서민을 위한다는 점에서 사회주의 사상과 부합되는 점이 있다고 보았다. 그리고 그의 아버지께서 평소에 늘 주장하시던 민심이 천심이라는 관점에서 보면 크게 거부감을 가지는 내용은 아니라고 생각했다.

그가 생각하기에 옛 성인인 공자도 '견리사의見利思義' 즉 '눈앞의 이익利益을 보거든 먼저 그것을 취함이 의리義理에 합당合當한지를 생각하라' 하여 이利를 부정하지는 않았다. 다만 부富의 부당한 축적을 반대하면서 인仁의 정신으로 번 돈을 백성의 이익을 위해 써야 함을 강조했던 점을 상기해 보았다.

그는 민족혁명당의 삼균주의 강령이 국민 모두가 잘살기 위해 만든 강령이지 부를 배격하는 내용은 아니므로 공자의 경제관과도 일맥상통하는 점이 있다고 생각하였다.

김헌필은 상해에서 김규식 선생의 가르침을 받으면서 급변하는 국제정세 속에서 조국독립의 길을 찾던 중에 고향으로부터 갑자기 아버지가 돌아가셨다는 급보를 받았다.

그는 하는 수 없이 자신의 꿈을 접고 귀국할 수밖에 없었다. 그는 귀국 후에 아버지의 장례를 치르고 나서 부친의 유업을 이어 가면서도 자신이 상해에서 이루지 못한 조국독립 꿈을 이루기 위해 암암리에 활동했다.

그는 냉천리에서 주변의 지인들과 소비조합을 설립하여 명목상으로는 농민들을 위한 조직으로 운영하며 그 이익금을 비축하는 활동을 하였다. 그런데 실제로는 비밀리에 독립자금을 마련하는 일을 하고 있었던 것이다.

그는 이러한 활동을 숨기기 위해 표면적으로는 구례군청에 자주 들러 그들이 추진하는 저수지 축조나 교량 사업, 신작로 건설 등에 협조하면서 자신의 비밀 조국독립운동을 위장하였다.

길가에 노란 민들레가 예쁘게 활짝 피어 길 가는 나그네를 반기는 어느 봄날에 해 질 무렵이 되어 마른 김을 싼 하얀 보따리를 멜빵을 해서 짊어진 두 장사꾼이 김헌필의 집에 들어섰다.

"짐이 왔당께요. 짐이 와. 달고 맛나는 태인도 짐이 왔당께요. 짐 사시요잉. 짐 사."

김 장수의 김 파는 소리를 듣고 머리가 하얗게 센 안방마님이 방문을 열고 내다보며 말했다.

"아이고, 오랜만이네잉. 싸게 청 우로 올라오시랑께."

그녀는 김헌필의 어머니였다.

"아이구, 마님, 징허게 반갑소잉. 그동안 잘 게싰지라?"

두 사람이 안채 축담으로 올라가서 마루에 김 보따리를 풀어 놓자 안방마님이 김 다발을 살펴보며 말했다.

"작년에 샀던 짐은 참 맛이 좋았는디. 올해도 짐 맛이 갠찬은겨? 맛배기로 좀 떼 주시게잉."

그러자 김유원은 재빨리 김 다발을 풀어서 김 한 장을 안방마님께 바쳤다.

"마님, 한 장 다 자시고 맛을 잘 보도록 허씨요. 올해도 맛이 허벌나게 좋구만이라."

안방마님은 김 보따리에 있는 김을 이것저것 살펴보고는 예전처럼 일 년 동안 가용으로 쓸 김을 충분히 샀다. 두 사람은 태인도에서 힘들여 지고 온 김을 좋은 가격에 많이 팔아서 기분이 좋았다.

"아따, 마님! 인심 한번 푸짐허요이. 마님 겉은 분이 읎이모 우리 겉은 삼시랭이[60]들은 어디 입에 풀칠이나 허겄당가요?"

정일석이 너스레를 떨며 인사를 하자 김유원도 감사의 인사를 하였다.

"마님, 늘 건강허씨요이. 징허게 감사허당께요."

두 사람은 행랑방에서 냉천마을을 지나다가 들린 과객들과 저녁을 먹고 한담을 나누고 있는데 김헌필이 김유원을 찾았다.

김유원이 김헌필이 거처하는 사랑방으로 들어가자 다른 하객들은 한 사람도 없고 나이 많은 정 집사와 같이 앉아 있었다.

"동주 선생, 오랜만입니다."

김헌필은 김유원에게 그의 별명인 오월동주의 뒤 두 자를 딴 '동주'를 농담으로 호칭하며 인사를 하였다.

"참 내, 젊은 지주님! 농담도 잘 허신당께요."

김헌필은 목소리를 낮추며 조용히 말했다.

"지난번에 하동장에 갔을 때 광양상회에 들렀다가 편지 한 장을 전해 받았소. 그 편지를 읽어 보니 상해 임시정부 사정이 또 어렵다고 허더이다. 그래서 그 일을 동주 선생이 또 좀 수고를 해 주시야 하겠어요. 요즘 따라 일본 경찰의 감시가 더욱 심해지고 있는 실정이오."

"지주님, 그런 걱정일랑 꽉 붙들어 매시랑께요. 이번에는 짐 보따리를 지고 간전면과 다압면을 돕시로 짐을 폴 참인디요. 그라고 나서 하

60) 보잘 것 없는 사람

동읍에 가는 배를 탈 낀께로 그때 광양상회에 짐 파는 척험시로 지주 님이 부탁허는 거를 슬쩍 전허모 된당께요?"

"하여튼 김 씨만 믿습니다. 이 일은 우리 목숨이 걸린 일이니까 조심 또 조심해야 할 것입니다."

김유원은 김헌필에게도 신임도를 인정받아 조부 때부터 해오던 독립 자금 전달과 비밀 연락책의 임무를 그때까지 수행해 오고 있었다.

–

제민濟民 정신

김헌필은 귀향한 뒤에 마음속으로 뜻한 바가 있어서 구례면 소재지에 있던 김택주조장을 인수하여 '구례주조합명회사'를 설립하였다. 이것은 일본 식민자본에 맞서는 민족자본의 육성을 꾀하면서 비밀리에 독립자금을 형성하기 위함이었다. 이를 위해 경남 통영에 수산물가공을 전문으로 하는 '대동수산업회사'와 비료공장을 비롯한 전기계량기 공장 등을 설립하였다.

그는 뒤이어 암암리에 조국독립을 위한 비밀조직인 '금란회金蘭會'를 결성하여 자금을 지원했다.

'금란회'는 '금란지교金蘭之交'의 약자를 따서 지은 명칭인데 표면상의 설립목적은 화합 단결 애향을 위한 친목단체로 표방하고 있었지만, 실제적으로는 항일을 위한 비밀조직이었다.

그는 먼저 이 회사 직원을 신규 채용할 때에 관리자들은 구례 지역을 대표하는 사회주의 운동가들인 신간회 회원을 중심으로 선발하였다. 그들은 신간회 회원인 강대인, 박준동 등과 1930년대 농민운동의 중심 인물이었던 선태섭. 그리고 국악인 단소 연주자인 김무규 등이었다.

그는 오래전부터 이들이 비밀리에 독립운동을 전개하고 있었다는 사실을 알고 있었기 때문이다. 그들을 중용하여 앞으로 독립운동의 중심세력으로 양성하고자 했다.

그가 이러한 사회주의 운동을 하는 사람들과 교류를 하게 된 데에는 상해에 있었을 때 그가 만났던 존경하는 김규식 선생의 영향이 컸다. 그리고 사회주의 민족혁명당원들과 교류하면서 알게 된 정치, 경제, 교육의 균등과 독립, 자주, 균치를 강조하는 삼균주의 사상의 영향을 받았기 때문이다.

김규식 선생은 헌필이 대지주의 아들이라는 사실을 알고 그가 조선 독립을 위한 큰 자산이 될 것이라 기대하고 있었다. 그래서 그는 헌필에게 도움이 될 만한 한 권의 책을 권했다. 그것은 러시아의 대문호 톨스토이의 전기였다.

김헌필은 이 책을 감명 깊게 읽었다.

톨스토이는 그와 비슷하게 명문 백작 가문에서 태어나 유복한 어린 시절을 보냈다. 그런데 톨스토이는 그와는 달리 소년 시절을 불행하게 보냈다.

톨스토이는 8살이 되었을 때 아버지가 죽자 고아가 되어 먼 친척 집에서 아주 가난하게 생활하면서 자랐다.

헌필은 톨스토이가 이 시절에 갖은 고초를 겪으면서 가난한 사람들에 대한 고충을 이해하지 않았을까 하는 생각이 들었다.

그런데 톨스토이는 젊었을 때 다시 부모의 유산을 돌려받아 대지주가 되어 백작 가문의 지위를 되찾았다.

그는 대학을 중퇴한 후에 자기의 영지인 고향 야스나야 폴랴나로 돌아가 진보적인 지주로 새로운 농업경영을 하였다. 그는 비록 소작인의 계몽과 생활개선을 위해 노력하다가 실패하긴 했지만 젊었을 때부터 사회복지에 대한 꿈을 가지고 있었다.

김헌필의 집안에서도 아버지 때부터 가난하고 불쌍한 아이들을 돌보는 '홍제원'을 운영하여 빈민구제를 위한 활동을 하였다. 하지만 자신이 지주로서 농민들의 복지와 생활개선을 위해 직접 노력한 사실은 없었다.

톨스토이가 그에게 보다 큰 감명을 준 것은 그가 지주이면서 〈전쟁과 평화〉라는 걸작을 발표하여 대성공을 거두고, 뒤이어 대작을 남기면서 취득한 막대한 저작권 수익과 지주로서의 사유재산도 모두 포기하고 그 자금으로 자기 영지의 농노들이나 가난한 자들을 위해 투자하고 헌신한 점이었다.

그리고 그는 자기 영지의 농노들에게 살길을 열어 주고, 자기가 소속되어 살고 있는 사회의 구조적 모순을 극복하기 위해 스스로 자연인으로 돌아가 농사일에 종사하며 살았다는 점이다.

러시아의 대문호임과 동시에 위대한 사상가이며 사회사업가였던 톨스토이는 자기의 정력을 문학에만 쏟아붓지 않았다. 그는 교육·난민구제를 위해 재산권으로 인한 가족들과의 불화를 감당하면서까지 자신의 재산과 인생을 바쳐 인류의 복지를 위해 실천한 사람이었다.

그런데도 말년을 불행하게 보낸 톨스토이의 생애는 김헌필로 하여금 대지주의 아들로서 사회적 모순을 공감하거나 보편적 복지에 관심을 가지지 못하고 살았던 자신에게 신선한 충격을 주었다.

그가 톨스토이의 전기를 읽고 나서 자기도 사회를 대동의 정신으로 차등을 극복한 복지 세상을 만들어야겠다고 결심하였다. 그는 공산주의자들이 추구하는 절대적인 평등보다는 부자와 가난한 사람들이 상부상조하며 어울려 사는 대동사회를 꿈꾸었다.

이러한 그의 심경 변화는 그가 후일 해방 직후에 이승만 정권이 토지개혁을 하기도 전에 그의 많은 재산을 가난한 농민들에게 무상으로 분배해 주어서 농민들의 복지를 위해 행동으로 실천한 동기가 되었다.

김헌필은 '금란회'의 회합장소로 자기의 주조회사를 이용하도록 도와주었고 활동자금도 계속 지원했다. 이 조직은 조국이 일제로부터 해방되기 전까지 항일운동을 계속하였으며 해방 후에는 구례 건국준비위원회의 모태가 되었다.

그는 아버지로부터 물려받은 토지를 관리하면서 아버지 때보다 소작료를 낮추어 받았다. 그리고 마름들을 통해 각 지역에서 경제사정이 빈곤하여 어려움을 겪는 사람들을 찾아내어 곡식을 나누어 주는 등의 선행을 베풀었다.

*

지난번에 배드리장터에서 만세 사건이 일어난 이후에 이곳에도 고전면 주재소가 새로 들어섰다. 그런데 지소동네에 갑자기 무슨 일이라도 일어났는지 이곳저곳의 골목이나 우물가에 사람들이 모여서 수군대기 시작했다.

그것은 고전면 주재소에서 나온 순경 두 사람이 칼을 차고 지소동네를 한 바퀴 돌면서 순찰을 하고 갔기 때문이다. 우물가에서 빨래하던 한 여인이 우물에서 물을 긷는 친구를 보고 말했다.

"보래이, 우리 동내 문 일이 생깄나? 와 순경들이 저리 설치고 댕기는 기고?"

그러자 그 여자 친구가 말했다.

"니 아적도 모리는가 배? 어젯밤에 만세 부리다가 일본 겡찰에 잽히갔던 구영골 박 센허고 선소 이 센이 감옥 살다 돌아왔다 쿠대."

사실은 어젯밤에 배드리장터에서 있었던 만세운동의 주동자들 중에서 박영모와 이종민이 서울 형무소에서 2년 6개월 동안 형을 살고 먼저 돌아왔다.

그러나 동네 사람들 중에서 그 누구도 그들의 집을 찾아가서 귀향을 축하하거나 감옥살이를 위로하는 사람은 없었다. 그 까닭은 그들은 삼일 만세운동의 주동자들로서 이미 일본 경찰의 감시 대상이라는 것을 알리기 위해 일본 경찰들이 미리 지소동네를 찾아와 순찰하고 돌아갔기 때문이다.

몽환은 지소에서 독립만세운동을 주도한 죄로 형무소에 잡혀간 네 사람 중에서 박영모의 집안 살림형편이 가장 어려웠다는 것을 누구보다도 잘 알고 있었다.

사실 지난번 만세운동은 정 부자와 자신이 같이 주도하여 일으켰었다. 그런데 이들 네 사람이 그에 대한 죄목을 다 뒤집어쓰고 대신하여 옥살이하게 된 셈이다. 그로 인해 박영모 가족은 살림살이가 더욱 어려워져 곤란을 겪었다.

그래서 몽환은 이들이 감옥살이하는 동안 남몰래 영모네 가족들을 돌보아 주기는 했어도 항상 미안한 마음을 감추지 못했다. 그러던 차에 박영모와 이종민이 형을 무사히 다 마치고 돌아온 것이다.

몽환은 두 사람이 무사히 돌아온 것이 한편으로는 다행이기도 하고 한편으로 미안하기도 하였지만, 대놓고 그들을 찾아가서 반기는 내색을 할 수가 없었다. 그는 며칠 동안은 동네 분위기를 살펴가며 겉으로는 모른 척하고 지냈다. 동네 사람들 중에 누군가에게 비밀리에 감시를 붙여 놓았을지도 모를 일이기 때문이다.

몽환은 작두 사건으로 인해 거액의 벌금을 물기도 했지만, 그 사건으로 인해 전화위복이 되어 고전면 전체 소작논을 관리하는 마름이 되었다. 그런 뒤에 그가 소작논을 배정하는 과정에서 누군가 서운한 감정을 지닌 자가 생겨났을지도 모를 일이었다. 특히 옆집에 사는 용석에 대해서는 신경을 쓰지 않을 수가 없었다.

몽환은 며칠이 지난 뒤에 깜깜한 밤을 이용하여 영모네 집을 찾아갔다. 방안에 불은 이미 꺼져 있었고 집안은 조용하기만 하였다. 그는 마루 앞까지 조용히 다가가서 인기척을 하였다. 방 안에서도 낌새를 알아챘는지 부스럭거리며 옷 입는 소리가 들려왔다. 몽환은 약하게 헛기침을 하고 나서 나지막한 목소리로 말했다.

"이보게, 영모 동숭, 자는가? 날세, 웃몰 성일세."

"성님이요? 성님이 이 오밤중에 문 일이요?"

영모도 몽환의 목소리를 알아듣고는 긴장한 목소리로 소리를 낮추어 말하며 조심스럽게 문을 열어주었다. 영모의 아내가 일어나서 호롱불을 켰다. 그러자 영모가 호롱불 뚜껑을 열어서 심지를 낮추어 불꽃을 어둡게 조절하였다. 주위의 감시를 피하기 위해서였다.

몽환이 희미한 호롱불에 비친 영모의 얼굴을 살펴보니 많이 야위고 수척해 있었다. 차가운 서울 형무소에서의 옥살이가 얼마나 고통스러운 일이었던지 피골이 상접할 정도로 야위었고 얼굴빛은 하얗게 변해 있었다.

"동숭, 그래 감옥살이 허니라 얼매나 고생했는가? 내는 마음뿌이지 한번 찾아가 보지도 몬 허고 해서 머라꼬 자네를 위로해야 헐지 모리겄네."

"성님도 참, 거기가 어디라꼬 찾아온단 말이오? 그런디 진짜 옥살이 고생이야 우찌 말로 다 허겄소? 몬 죽어서 살아온 기지요."

몽환은 그 말을 듣고 더욱 미안한 마음에 가슴이 아팠다.

"그래, 죽을 고생을 했일 끼다. 동숭, 자네가 내 대신에 그 죽을 고생을 헌 거 아이겄나? 미안허네이. 내가 헐 끼라고는 말뿌인디 어쩌겄능가?"

"사실 내가 고생은 했지만…. 성님, 너무 신경 쓰지 마소. 내가 어디 성님 보고 만세 부린 기요? 다 나라 위헌다고 헌 일인디."

"그래, 다 나라 위헌다고 헌 일이재. 그런디 자네가 고생헌 거 치고는 아무 보람도 읎이 우리나라가 독립도 몬허고 말았잉께로 내가 허는 말 아인가?"

"성님, 말만 해도 고맙소. 그래도 내 헹펜 알고 내가 감옥살이 허는 동안 우리 식구 챙긴 사람은 성님뿌이라는 걸 이 사람헌티 들어서 다 알고 있소."

"내가 머 헌기 있다고…. 그래서 올매 안 되지만 내가 쌀 몇 데배이[61] 가지 왔네. 우신에 이거라도 밥 따시이 지서 묵고 기운 좀 채리게."

"성님, 멀 또 이리꺼정 허시는기요. 하이튼 고맙소."

몽환은 이후로 집안 농사일을 위해 동네 일꾼을 데릴 때면 영모네를 불렀다. 그런 경우에 동네 사람들의 눈도 있고 해서 절대로 영모네 식구를 혼자 불러서 일을 시키지는 않았다. 일부러 여러 사람의 놉을 댈 때만 동네 사람들과 같이 불러서는 일을 시키고 밤에 돌아갈 때 그의 아내에게 함지 속에 쌀을 숨겨 보내서 도움을 주었다.

3·1 만세운동에 참여했다가 일본 경찰에 체포된 뒤에 서울에서 옥고를 치르고 돌아온 박영모는 기력이 회복되자 다시 목수 일을 시작했다.

오늘은 잔너리에 사는 한양출의 허물어진 집을 새로 짓느라 바쁘게 일을 하고 있었다.

한양출은 홀어머니를 모시고 사는 가난한 젊은 농부였다. 그는 이웃에 사는 부자인 이호재 집에서 머슴을 살면서 어려서부터 여러 가지

61) 되

로 도움을 받고 살았다.

그가 태어났을 때 그에게 양출이라는 이름을 지어 준 사람이 이호재였다. 그의 어머니가 사내아이를 출산한 후에 이호재에게 가서 이름을 지어 달라고 부탁하였다. 이호재는 그녀가 사는 곳이 마을의 양달쪽이었는데, 양달에서 태어났으니 '양출'이로 하는 것이 어떠냐고 물었다고 한다. 그의 어머니가 그 이름에 찬성하여 한양출이 된 것이다.

그리고 한양출은 자라서 글을 배우지 못해 일자무식이었는데, 어머니의 간곡한 부탁으로 한글이라도 깨우치게 짬짬이 글을 가르쳐 준 사람도 이호재였다.

양출의 어머니는 오래전부터 앓던 신병으로 거동이 불편했다. 그러던 중에 지난여름에 태풍이 불어와 다 쓰러져 가던 그의 오두막집이 크게 기울어져서 사람이 살 수 없게 되었다.

양출은 하는 수 없이 이웃집에 사는 이호재 집의 건넛방을 한 칸 빌렸다. 그는 빌린 방에서 어머니를 임시로 거처하게 하면서 지소에 사는 박영모 목수를 들여서 기울어진 집을 허물고 새집을 짓게 되었다.

박영모는 목수 생활을 하면서 여러 곳을 다니며 집을 지어 봤지만 한양출처럼 가난한 사람의 집을 지어 보기는 처음이었다. 그래서 그는 왠지 자기가 어릴 적에 가난하여 어렵게 살던 시절이 생각나서 가슴이 아팠다.

그는 마음속으로 가난한 집에 보시한답시고 싼값으로 집을 지어 주기로 결심했다. 그는 한양출과 힘을 합쳐서 정성을 다해 집을 새로 지었다.

그런데 영모는 집을 짓는 동안 가난한 양출이 병을 앓고 있는 어머니를 지극정성으로 모시는 것을 보고는 감명을 받았다. 그는 아무리 바빠도 어머니의 식사 수발은 아내에게 시키지 않고 직접 자기 손으로 했으며, 똥오줌의 뒤치다꺼리도 직접 하였다. 그가 일하다가도 어머니의 부르는 소리가 들리면 급히 달려가 도와주었다.

영모가 대패로 기둥을 밀다가 양출에게 말을 걸었다.

"자네는 참 효성이 지극허네. 타고난 효잘세 그려."

"참 내, 무신 말씸을 그리 허십니꺼? 어머이를 잘 안 모시모 어쩔 낍니꺼? 아부지가 일찍 돌아가시고 나서 지 하나 보고 사신 분인디요."

"우리 새끼들도 자네 뿐이나 좀 보모 좋겄네. 이 사람아."

"자꾸 공치사 허지 마이소. 부끄럽십니더."

박영모가 집을 새로 짓기 시작한 지 달포 남짓 지나서 집이 완성되었다. 양출은 집안사정이 어려웠는데도 간단한 음식과 술을 준비하여서 동네 사람들은 초청하여 집들이하였다.

원래 술을 좋아하는 영모는 술이 거나하게 취하자 육자배기를 한 가락 죽 뽑았다. 영모는 술을 마시고 기분이 좋아지자 동네 사람들에게 큰 소리로 말했다.

"어이, 동네 사람들아! 여거 양출이맨키로 호도허는 사람 어디 봤소? 어디 있이모 한번 나와 보라 쿠소. 마."

그러자 동네 사람들이 영모가 하는 말에 맞장구를 쳤다.

"하모, 박 센 말이 맞소. 그런 호자는 조선 천지에는 없일 기요."

그 말을 듣고 영모는 더욱 기분이 나서 통 큰소리를 했다.

"그래서 말인디. 오늘 내가 마, 기분인 기라. 내가 양출이 집 지 준 돈을 반값만 받기로 맴을 정했다 아이요?"

영모가 하는 뜻밖의 말에 동네 사람들도 고마워하며 덕담을 했다.

"박 센, 그기 참말이요? 아이고 양출이 효도허더이마 박 센헌티 복을 받내. 박 센이 체고다. 박 센 기분인디 술 한 잔 더 허고 노래나 한자리 쭉 뽑아 보이소."

이리하여 양출이 집의 집들이 잔치는 조촐했지만, 인심만은 푸짐한 잔치가 되었다.

집들이 잔칫날이 저물어 갈 무렵 영모는 술에 취해서 비틀거리기 시작했다. 그러자 동네 사람들이 양출에게 일렀다.

"양출이, 박 센 술이 마이 치헌 거 겉데이. 니가 좀 바래다주고 와야겄내?"

"예, 그리 허지요."

양출은 거나하게 술에 취한 영모의 겨드랑이를 부축하고 잔너리 앞으로 흐르는 고전천의 방죽을 따라 지소동네로 올라갔다. 영모가 술에 취해 계속 양출에게 농담을 걸었다.

"참, 자네 호심은 극진헌 기라. 그래서 기분이 좋-내. 내 노래 한자리 헐 낀께로 니는 춤을 치라이."

"예, 한 자리 쭉 뽑아 보이소. 오늘 너무 고맙아서 지도 기분이 납니더."

영모는 방깨 앞의 방죽 위를 지나며 흥이 나서 아까 불렀던 육자배기를 구성진 목소리로 또 한 곡조 뽑았다. 그는 양출의 어깨를 껴안으며 감정에 복받쳤던지 갑자기 심중에 있던 말을 꺼냈다.

"양출이 자네도 오늘 기분이 좋다고 했재?"

"그러모요, 아재가 우리 집 지 준 돈을 얼매나 깎아 줬는디 기분이 딱이지요."

"양출아, 그런디 우리 새에 아재가 머꼬? 내는 니 겉은 호자 새끼 하나 있이모 좋겄다."

그 말을 들은 양출이 영모의 마음을 알아차리고 재치 있게 대답했다.

"그러모 아재가 우리 아부지 헐랍니꺼?"

"아부지! 그거 참 듣기 좋내. 그러모 오늘부텀 네는 내 새끼다이."

영모가 양출의 손을 꼭 잡으며 정감 나게 말했다. 그러자 양출도 싫지는 않았는지 맞장구를 쳤다.

"예! 아부지, 지는 아직꺼정 아부지가 읎었는디. 인자 아부지가 새로 생기서 기분 너무 좋십니더. 저승에 계신 우리 아부지도 틀림읎이 이해허실 낍니더."

"아이고, 니는 우찌 그리 내 기분을 알아서 잘 챙기노? 우리 새끼야이."

"예, 아부지, 얼매든지 아부지라 불러 디리지요."

이리하여 박영모와 한양출은 의부자義父子 관계를 맺고 남들이 보기에도 친부자처럼 가까이 지내게 되었다.

*

정태준은 지난번에 구례보통학교 동창회 때에 일본인 군수에게 항의한 사건으로 서울에서 또 옥고를 치러야만 했다.

그는 감옥에서 출소한 뒤에 고향인 구례로 귀향하여 다시 조선일보 구례지국을 경영하였다. 그는 조선일보 기자생활을 하면서 침술로 환자들을 치료하는 의료 활동을 계속하였다.

그런데 이때쯤에 정태준은 그가 항일 독립운동가로서의 행적이 일본 경찰에 거의 탄로가 난 상태였다. 이미 일본 경찰의 감시와 탄압, 그리고 회유가 시작되고 있었다. 신변의 위협을 느낀 그는 하는 수 없이 일본으로 도피하기로 결심하게 되었다.

정태준은 야음을 틈타 상경하여 자기의 스승인 차 영감을 모시고 일본 교토로 피신하였다. 그곳에서 그는 중화당이라는 한약방을 개설하여 차 영감으로부터 본격적으로 침술을 배웠다. 그리하여 그는 침술이 더욱 높은 경지에 이르게 되었다.

그는 이렇게 터득한 의술로 교토에 사는 가난한 조선 교민들을 대상으로 무료로 치료해 주거나 경제적 도움을 주는 등의 구세제민을 위해 적극적으로 활동하였다.

그는 교토에서 어느 정도 자리를 잡고 나서 사회운동가를 중심으로 하여 교민들과 비밀리에 다시 독립운동을 전개했다.

그는 이 단체를 주축으로 당시 여러 개로 나뉘어 있던 조선인 단체들을 규합하여 '조선인 유지간담회조직'을 탄생시켰다. 그는 이 조직을 활용하여 일본 최초로 조선인 유치원을 개설하였다. 이 유치원은 겉으로는 교민 교육활동을 하면서 비밀리에 독립운동을 하는 단체였다.

그런데 그는 비밀리에 조선인 유지 간담회를 개최하고 독립운동을 병행하다가 또 다시 그의 활동이 탄로 나서 일본 경찰에 구속되었고, 치안유지법 위반으로 기소유예 판결을 받고 석방되었다.

그 뒤에도 일본 경찰의 끊임없는 감시를 피해 그는 고베로 피신하였다. 그곳에서 그는 한약방을 다시 열고 동양학연구소를 개설하여 의술연구에 전념하면서 일본 침구학교를 졸업했다. 그리하여 그는 한국인 최초로 침구 자격증을 획득하여 교민들에게 더 수준 높은 침술로 의술을 펼쳤다.

그러면서 그는 이곳 이국땅 고베에 일본인들에 의해 강제로 끌려오거나 생활고를 해결하기 위해 부둣가에서 죽지 못해 일하며 사는 가난한 조선인들을 위해 정성을 다해 의술을 베풀었다.

그는 자신의 한약방을 찾아오는 교민들을 침술로 치료하다가 시간이 나는 대로 부둣가에 조선인 노무자들이 많이 거주하는 빈민촌으로 직접 찾아갔다. 그곳에서 그는 환자들을 치료했을 뿐만 아니라 가난한 사람들에게 무료로 의술을 베풀며 허준의 경세제민의 정신을 실천에 옮겼다. 그리하여 그는 고베에서 노동생활로 빈곤에 찌든 조선인들에게 큰 존경을 받았다.

붉은 지게 3, 4, 5권
6월 출간 예정

제 1 편 천둥소리

단초 / 돌개바람 / 하동 전투 / 인명(人命)은 재천(在天) / 무식이 죄 / 농사(農事) 유비예(有備豫) / 아! 조국이여 / 굴러온 돌 / 산울림

제 2 편 얼음석이

호사다마(好事多魔) / 창랑가(滄浪歌) / 이별고(離別苦) / 비가강개(悲歌慷慨) / 오월동주(吳越同舟) / 백운산(白雲山) / 제민(濟民) 정신

제 3 편 수령의 유혹

타향살이 / 복불중지(福不重至) / 색동저고리 / 조우(遭遇) / 미지의 동굴 샘 / 내선일체(內鮮一體) / 민족(民族) 혼(魂) / 빛 좋은 개살구 / 하늘 길 / 호가호위(狐假虎威) / 귀국선(歸國船) / 광복(光復) 하동(河東) / 홍두깨 / 먹구름 / 멍석말이 / 동도서기(東道西器) / 견물생심(見物生心)

제 4 편 적선여경(積善餘慶)

무자년(戊子年) 대수(大水) / 뒤바뀐 운명(運命) / 복벽설(復辟說) / 등불 / 돌팔매 / 콜럼버스의 그림자 / 서(恕) / 업보(業報)

제 5 편 원심력과 구심력

고뇌 / 음(陰)과 양(陽) / 화이부동(和而不同) / 일(1)의 전쟁 / 허리케인 / 외연(外延) / 서력동점(西力東占) / 악(惡)의 이면(裏面) / 과유불급(過猶不及) / 오십 보(五十 步) 백 보(百 步) / 유레카 / '24'와 '1' / 여의봉(如意棒) / 순(盾:방패) / 맹아론(盟亞論) / 격론(激論) / 지게 / 산화(散華)

붉은 지게 2

펴낸날 2021년 4월 23일

지은이 강기현
펴낸이 주계수 | **편집책임** 이슬기 | **꾸민이** 이슬기

펴낸곳 밥북 | **출판등록** 제 2014-000085 호
주소 서울시 마포구 양화로 59 화승리버스텔 303호
전화 02-6925-0370 | **팩스** 02-6925-0380
홈페이지 www.bobbook.co.kr | **이메일** bobbook@hanmail.net

ISBN 979-11-5858-767-3 (03810)